비극적 서사의 서정적 풍경

오정국(吳廷國)

1956년 경북 영양에서 태어나 중앙대학교 예술대학 문예창작학과와 동 대학원 문예창작학과 박사과정을 졸업했다(문학박사). 1980년 대구매일신문 신춘문예에 단편소설 「聖地의 돌」이 당선됐고, 1988년 『현대문학』 시 추천을 받아 등단했다. 저서로 시집 『저녁이면 블랙홀 속으로』(세계사, 1992) 『모래무덤』(세계사, 1997) 『내가 밀어낸 물결』(세계사, 2001), 시비평집 『시의 탄생, 설화의 재생』(청동거울, 2002)을 펴냈다. 서울신문 기자, 문화일보 문화부장, 중앙대 단국대 겸임교수를 거쳐 현재 언론중재위원회 전문위원으로 재직중이며, 중앙대 서울여대 가톨릭대에 출강하고 있다.

청동거울 문화점검 **36**

비극적 서사의 서정적 풍경

2004년 11월 5일 1판 1쇄 인쇄 / 2004년 11월 11일 1판 1쇄 발행

지은이 오정국 / 펴낸이 임은주 / 펴낸곳 도서출판 청동거울 / 출판등록 1998년 5월 14일 제13-532호
주소 (137-070) 서울 서초구 서초동 1359-4 동영빌딩 / 전화 02)584-9886~7
팩스 02)584-9882 / 전자우편 cheong21@freechal.com

주간 조태림 / 편집장 하은애 / 편집 문효진 / 영업관리 김형열

값 12,000원

ISBN 89-5749-025-6

청동거울 문화점검 36

비극적 서사의 서정적 풍경

오정국 문학평론집

청동거울

　이쯤에서 시집을 묶어야할 것을, 평론집을 내게 되었다. 그동안 학술지나 문예지에 발표한 평문을 비롯해 혼자 끙끙거리며 써본 논문들을 한자리에 모았는데 부끄럽다. 원고를 손질해 보니 더욱 그렇다. 그동안 필자는 남의 시를 읽고 평할 때, 텍스트가 지닌 서사성이 어떤 서정적인 풍경으로 피어나는가를 주로 살폈다. 최근에 이를수록 시에 서사가 많아지고, 그런 서사들을 뛰어넘는 서정적 초월은 줄어드는 것 같았다. 시는 필경 운율적 서정문학인데 어찌하여 서사가 넘쳐나는 것일까? 시적 자아의 파편화된 의식들이 초월을 꿈꿀수록 현실을 방황하고 있었다.

　언제나 그랬듯, 문학이란 초월과 번민의 십자가이다. 우리 삶이 비속할수록 시는 순결하고 소설은 매혹적이다. 시와 소설의 슬프고 아름다운 서사를 읽으며 필자는 우선 창작자의 창작의도를 짚어내고자 했다. 여기에 흥미를 느껴 어쩌다가 이렇게 많은 글을 쓰게 되었다. 필자는 여전히 시를 쓰는 사람이다. 필자는 이른바 문학평론가가 아니기에 이를 구실 삼아 논리보다는 정서를 앞세우고 싶었다. 그래서 감상(感傷)에 떨어진 글도 적지 않겠으나 필자에겐 그게 오히려 '시원스런 통풍구'였다.

　제1부 '2000년대 시의 표정'은 최근 몇 년간 문예지에 발표한 '현

장비평'을 모은 것이다. 매달 수십 편의 시를 읽고 '월평'과 '이 달의 작품'을 쓰면서 밤늦도록 번민했지만 그만큼 행복했다. 모두 30여 명의 시인들의 작품을 텍스트로 삼았다.

제2부 '김춘수 시의 인물연구'는 그동안 몇몇 학술지에 나눠서 발표한 논문이다. 김춘수의 시가 '처용' '이중섭' '예수' '도스토옙스키' 등 네 인물을 오브제로 삼아 오늘에 이르렀다는 관점에서 쓰여졌다. 필자는 이들 인물이 바로 김춘수 시의 관념적 궤적이라고 생각했다.

제3부 '시의 꿈, 소설의 욕망'은 한용운 이하석 하일지, 그리고 신진 작가들의 작품세계를 분석해 본 글이다. 한용운의 『님의 침묵』을 분석하면서 "님의 부재(不在)가 나의 존재성을 일깨운다"는 말이 퍼뜩 떠올랐다. 부재가 일깨우는 나의 존재성은 과연 무엇일까. 청동거울 편집진은 매양 고맙다. 아 이제 다시 맨몸으로 새벽길을 떠나게 된 느낌이다.

2004년 11월
오정국

제3부 시의 꿈, 소설의 욕망

제1부 2000년대 시의 표정

깊고 차가운 시간의 물골
—전동균의 시

　시인 전동균은 '작은 것'을 통해서 '큰 것'을 말하는 사람이다. 그는 지금까지 줄곧 미세한 감각의 식물적 상상력을 보여주었다. 특히 그의 두 번째 시집 『함허동천에서 서성이다』(2002년, 세계사)는 작고 사소한 사물들의 이름으로 소시민적 일상의 비애를 드러내왔고, 이를 통해 無垢한 생을 탐색하고 있다. 그의 시의 목소리는 언제나 은은하고 나즈막하다. 찰랑거리는 물결처럼 둑방을 적시는데, 그 물가에 앉아 있다보면 나 자신도 모르는 사이에 둑이 무너져 내 몸이 아득한 감동의 물밑에 들어와 있음을 깨닫게 된다.

　'사소한 것들'의 이름으로 '無垢한 생'을 호명하는 그의 시적 방법론은 견고하다. 그는 일단 '홍시'나 '매화', '앵두', '가랑잎', '풀벌레' '오줌방울' 등의 '눈에 보이는 작은 풍경'을 포착해낸다. 그것들의 움직임과 배경을 찬찬히 관찰해낸다. 그리고 그것들이 어디서 와서 어디로 가는가를 질문해본다. 이것이 바로 시인이 '눈에 보이는 풍경'을 통해서 '눈에 보이지 않는 생의 秘意'를 찾는 방법으로 보이는데, 여기 한 장의 나뭇잎이 있다.

비 그친 11월 저녁
살아있는 것들의 뼈가 다 만져질 듯한
어스름 고요 속으로
배가 왔다

수많은 길들이 흩어져 사라지는
내 속의 빈 들판과
그 들판 끝에 홀로 서 있는 등 굽은 큰 나무와
낡은 신발을 끌며 떠오르는 별빛의
傳言을 싣고

배는,
이 세상에 처음 온 듯이
소리도 없이 지금 막 내 앞에 닿은 배는,
무엇하러
무엇하러 나에게 왔을까

불타는 녹음과 단풍의 시간을 지나
짧은 생의 사랑이란, 운명이란
발목 시린 서러움이란
끝내 부르지 못할 노래라는 것을 알려주러 왔을까

울음 그친 아이와 같이,
울음 그친 아이의 맑은 눈동자와 같이,

솔기 없는 영혼을 찾아
어디로, 이 세상 너머 어느 곳으로
무거운 내 육신을 싣고 떠나려 왔을까

배가 왔다
비 그친 11월 저녁
살아 있는 것들의 뼈가 다 만져질 듯한
어스름 고요 속으로
내 손바닥만한 갈색 나뭇잎 한 장이.

— 전동균, 「배가 왔다」(시집 『동천에서 서성이다』)

　그는 이처럼 '나뭇잎 한 장'을 통해 우리 '짧은 생의 사랑과 운명과 서러움'을 노래하고 있다. 미시적 상상력이 안겨주는 울림의 효과는 크다. 이 시는 그가 지향하는 세계를 단적으로 보여주는데, 그 세계는 '솔기없는 영혼'의 세계다. 그가 '울음 그친 아이의 맑은 눈동자' 같은 곳을 지향하는 이유가 무엇일까. 아무래도 '무거운 육신'을 이끌고 살아가는 세속적 현실 때문일 것이다. 그러나 그는 그 세목을 드러내지 않는다. 단지, 오래 오래 기다려온 '저녁의 발견'을 낮게 낮게 읊조릴 뿐이다. 그는 비로소 '비 그친 저녁의 나뭇잎 한 장'을 발견했다.

　'배는,/이 세상에 처음 온 듯이'라는 언술은 '이미 무수히 내 앞을 지나쳐갔음'을 말해 주는데, 그 '배' 또한 오랜 시간을 인내하여 '나'와 조우하게 된 것이다. 4연의 '불타는 녹음과 단풍의 시간을 지나'라는 구절이 이를 말해 주고 있는데, 그런데 이 시를 다시 한번 읽어보면 이 나뭇잎은 '외부의 것'이 아니라 이미 오래 전부터 시적 화자에게 깃들여 있던 '내재적인 것'임을 알게 된다. 이 나뭇잎이 '내 속

의 빈 들판'과 '들판 끝의 나무'와 '별빛'의 '傳言'을 신고 왔기 때문
이다. 결국 시적 화자가 지녀왔던 '내부의 傳言'이 나뭇잎을 통해 다
시금 시적 화자에게 전달된 셈이다. 이 같은 오랜 우회의 여정을 통
해 시적 화자가 또 다시 묻는 것은 '짧은 생의 사랑과 운명과 서러움
은 끝내 부르지 못할 노래인가'이다. 그렇다. '부르지 못할 노래'이기
때문에 시인은 '울음 그친 아이의 맑은 눈동자'처럼 '솔기없는 영혼
을 희구하며 '가을저녁의 나뭇잎'을 노래하고 있는 게 아닐까?
    그는 또 자신의 '무거운 육신'이 '젊은 아낙의 맨살에 튀는/오줌방
울 같은 것이 되어서/되어서' (「창후리, 日沒」) 생을 건너가길 희망하기
도 하는데, 최근 이런 시를 발표했다.

대물들은
수심 깊은 곳에 산다지
깎아지른 벼랑 밑 혹은 수몰된 버드나무 아래
저 혼자 산다지
새벽 두시에서 세시 사이
가장 춥고 어두운 시간의 물골을 따라
연안 수초대를 회유한다지
더러는 지쳐 잠든 낚시꾼 발 밑에서
찰랑찰랑 잔물결을 일으키며
먹이를 찾는 음험한 눈빛들,
4짜나 5짜, 산전수전 다 겪은 이 놈들은
제 새끼도 잡아먹는다지
오랜 가뭄이 못 바닥을 드러내면
제 새끼를 잡아먹고
진흙바닥 파고들어 죽은 듯 몇 달을 견딘다지

어느 날 다시 큰 비 내리고
못물 차오르면 금빛 비늘 번쩍이며
용수철처럼 튀어오른다지
그러나 그러나 어떤 놈들은
멀쩡한 대낮에 빈 낚시를 물고 나온다지
自盡하듯이

— 전동균, 「大物들」(『창작과 비평』 2003년 겨울호)

이 작품은 전동균의 이전 작품과 뭔가 다르다. 그게 무엇일까? 월척(越尺)의 붕어를 뜻하는 '대물'을 통해 딴전을 피우듯 말한다. 우선 그의 화법이 달라진 것 같다. 정교하고 단아한 시의 틀을 벗어나 엉뚱하게도 낚시꾼의 입을 빌어 능청을 떨기 시작한 것이다.

이 작품은 얼핏 쉽고 평이해 보인다. 그러나 작품을 읽을수록 그 행보나 의미가 월척처럼 느리고 깊게 헤엄친다. 물론, 이 시에서의 '대물'은 낚시터의 '대물'이지만 필자는 이를 시라고 생각해 보았다. 시도 수심 깊은 곳에 산다. 현란한 감각을 앞세운 시들은 '깎아지른 벼랑'이나 '수몰된 버드나무'만을 노래한다. 선명하고 뚜렷한 이미지를 제시해 독자들에게 보다 강렬한 인상을 던져주기 위한 전략인데, 이 시는 '벼랑' 아래의 깊고 어두운 물밑을 보고 있다. 그런 시를 보고 있다. 이 시는 거의 진술에 의존하고 있지만, 정서적 환기력이 크다. 직유나 은유가 아닌, 환유의 효과를 보여주는데 이를 천천히 살펴보자.

대물들은
수심 깊은 곳에 산다지
깎아지른 벼랑 밑 혹은 수몰된 버드나무 아래

        저 혼자 산다지
        새벽 두시에서 세시 사이
        가장 춥고 어두운 시간의 물골을 따라
        연안 수초대를 회유한다지

    실제로 낚시꾼이기도 한 시인은 우선 자신의 오랜 경험을 바탕으
로 대물들의 생태를 알려준다. 여기서 주목되는 것은 '새벽 두시에
서 세시'라는 시간대이다. 바로 그 '춥고 어두운 시간의 물골'을 누가
저렇게 회유하고 있는가. 그 누가 스스로를 '가장 춥고 어두운 시간
의 물골'로 내몰았던 것인가. 아니, 그 누가 제 육신을 이육사의 「廣
野」나 조정권의 「山頂墓地」 같은 곳으로 몰고 갈 수 있으랴. 따라서
필자는 '가장 춥고 어두운 시간의 물골'을 우리 삶의 정신성으로, 나
아가 우리 시의 정신성으로 바꿔서 생각해 본다.

        더러는 지쳐 잠든 낚시꾼 발 밑에서
        찰랑찰랑 잔물결을 일으키며
        먹이를 찾는 음험한 눈빛들,

    춥고 어두운 시간의 촉수를 타고 회유하는 대물들. 놈들은 연안 수
초대에 앉아 꾸벅 꾸벅 졸고 있는 당신 곁을 어느새 지나치고 말았
다. 대물의 정신은 그렇게 살아 움직인다. 이 시의 전반부는 지나치
게 조심스럽게, 그리고 음험하게 물골을 헤엄치는 대물을 보여주는
데, 중반부에 이르면 그 상황이 달라진다.

        4짜나 5짜, 산전수전 다 겪은 이 놈들은
        제 새끼도 잡아먹는다지

> 오랜 가뭄이 못 바닥을 드러내면
> 제 새끼를 잡아먹고
> 진흙바닥 파고들어 죽은 듯 몇 달을 견딘다지

聯 구분도 없이, 이 시는 갑자기 '가뭄에 타는 상황'을 보여준다. 따라서 '회유'의 넉넉함이 '죽은 듯이 몇 달을 견디는' 극한상황으로 바뀐다. 이처럼 극명하게 대비되는 상황은 급기야 '제 새끼를 잡아먹는다'는 언술을 낳게 한다. 그런데 산전수전을 다 겪었으니 제 새끼를 잡아먹어도 된다는 것인가. 제 새끼를 잡아먹었기에 진흙바닥 속에서 죽은 듯 살아간다는 말일까? 아닐 것이다. 놈들은 대물이기에, 부처를 만나면 부처를 죽이고 나한을 만나면 나한을 죽이듯이, 제 새끼를 잡아먹고 진흙바닥을 파고들어 가뭄을 견딘다. 팽팽한 가뭄의 긴장이 느껴진다.

> 어느 날 다시 큰 비 내리고
> 못물 차오르면 금빛 비늘 번쩍이며
> 용수철처럼 튀어오른다지

여기 와서 시가 다시 출렁거리며 흘러가는데, '진흙바닥을 파고듦'이 '용수철처럼 튀어오름'으로 바뀌고, '죽은 듯 몇 달을 견딤'이 '금빛 비늘 번쩍이며 튀어오름'으로 바뀐다. '오랜 가뭄'도 '큰 비'로 바뀌어 대물들의 회유가 다시 시작된다. 그리하여 「大物들」은 놀랍게도 다시 한번 앞의 진술들을 전광석화처럼 뛰어넘는다. 그리하여 촌철살인의 한 구절을 남긴다.

> 그러나 그러나 어떤 놈들은

멀쩡한 대낮에 빈 낚시를 물고 나온다지
自盡하듯이

  '춥고 어두운 시간의 물골'이 '오랜 가뭄'을 거쳐 '멀쩡한 대낮'으로 바뀌었다. 그런 시간들을 견뎌온 대물들이 빈 낚시를 물고 끌려오다니! 시인은 교묘하게도 '自盡하듯이'라는 수식을 달아뒀다. 이로 인해 이 시가 아연 탄력을 지닌다. '自盡하듯이'라는 수식은 대물들이 자진하지 않았음을 말해 주지만, 시인이 굳이 이런 수식을 해둔 것은 대물들의 허망한 죽음을 자진한 것으로 보고 싶었기 때문이리라. 자진. 과연 우리에게, 우리의 시에 그런 높고 가파른 절대의 정신성이 있는 것일까.
  시인의 경험을 바탕으로 한 이런 낚시 이야기는 우리의 세상사는 이야기이기도 한다. 그렇지 않던가. 제 새끼를 잡아먹거나 미끼도 없는 낚시를 덥썩 물어버리거나. 우리 삶의 슬픈 꿈과 그 세목들을 낮게 낮게 노래해온 전동균 시인. 그가 종전과 달리 시치미를 뚝 떼고 '월척 이야기'를 들려주었는데, 누가 또 저 깊고 차가운 시간의 물골을 회유하고 있는가.

(『현대시학』 2004년 2월호)

존재의 留宿
— 마종기의 시

    대학시절, 황동규·김영태·마종기의 3인시집 『平均律』(1968. 創又社)에 실린 마종기의 「戀歌·끝」을 읽은 적이 있다. 그때 숨을 제대로 못 쉴 만큼 감동과 감격에 떨었다. 시의 제목과 첫 구절 '이제 강물은 흐르지 않는다'가 절묘하게 맞아 떨어지며 변주되는 가락인 '때로 江물을 막아서면/抑制한 未練이 쌓여/소리치며 한 길로 흐르던 물결'을 외우고 다녔다. 그 시가 나중에 개작되어 제목조차 「戀歌14」로 바뀌어 왠지 섭섭하고 의아스럽긴 했지만, 나는 「戀歌·끝」의 첫 경험을 지우지 못해 지금도 '戀歌를 한번 기막히게 써야 좋은 시인이 된다'고 생각한다.

이제 江물은 흐르지 않는다.

때로 江물을 막아서면

抑制한 未練이 쌓여

소리치며 한 길로 흐르던 물결,

向方을 알지도 못한 채
나는 사랑했다.
記憶하라 江물의 對話를,
江물의 視野, 그 은은한 힘을.

이제 江물은 흐르지 않는다.
흐르지 않는 江은 마침내 마르고
江물은 스스로 목숨을 태워
땅이 될 것이다.
그리하여 江은 자취를 감추고
江길을 따라 傾斜地가 남으면
周圍의 몇 사람이 길을 가면서
잠깐 동안 목마름을 느낄 것이다.
상상했던 靑春을, 그 사랑을.

그래도 언젠가는 모두 잊을 것이다.
이곳에 江이 있었던가
이곳에 江이 있었던가
그러나 잠깐 쉬어보라
아직 사랑할 수 있는 江의 이름
빛나는 물소리를 들을 것이다.

— 마종기, 「戀歌·끝」 전문

    이 시는 마종기 시인의 다른 초기시에 비해 다소 평이한 진술로 깊은 은유를 담아내고 있다. 그런데 마종기 시인의 작품을 읽을 때마다 이 작품에서처럼 하나의 대상을 두고 시상을 변주시켜나가는 모습을 발견할 수 있었다.

　최근에 읽은 「꿈꾸는 당신」 또한 '당신'이란 대상을 두고, 그 대상
과의 관계를 통해 시인이 지닌 감정의 굴곡을 드러내는 방법을 취하
고 있다. 게다가 종전처럼 시 안에 하나의 서사를 담아내되 구체적인
정황은 생략되어 있고 현재적 시간의 흐름에 따라 각 연이 이어져간
다.

　　내가 채워주지 못한 것을
　　당신은 어디서 무엇을 구해 채우는가.
　　재가 덮어주지 못한 곳을
　　당신은 어떻게 탄탄히 메워
　　떨리는 오한을 이겨내는가.

　　헤매며 한정없이 찾고 있는 것이
　　얼마나 멀고 험난한 곳에 있기에
　　당신은 돌아눕고 돌아눕고 하는가.
　　어느 날쯤 불안한 당신 속에 들어가
　　늪 속 깊이 숨은 것도 찾아주고 싶다.

　　밤새 조용히 신음하는 어깨여
　　시고 매운 세월이 얼마나 길었으면
　　약 바르지 못한 온몸의 상처를
　　이불만 덮은 채로 참아내는가.

　　쉽게 따뜻해지지 않는 새벽 침상,
　　아무리 인연의 끈이 질기다 해도

어차피 서로를 다 채워줄 수는 없는 것
아는지, 빈 가슴 감춘 채 멀리 떠나며
수십 년의 밤을 불러 꿈꾸는 당신.

— 마종기, 「꿈꾸는 당신」 전문(『문학사상』 2004년 2월호)

이 작품을 처음 읽었을 때, 문득 이런 풍경이 떠올랐다. 한 사내가 발걸음을 멈추고 물끄러미 물웅덩이를 내려다보고 있다. 그는 물이나 하늘, 구름 따위를 내려다보는 게 아니라 제 얼굴을 내려다보고 있는 것이다. 他者를 바라보는 것은 결국 자신의 내면을 들여다보는 것, 그리하여 他者를 향한 시선 또한 내 몸 속으로 아득히 휘어져 들어오는 것이리라.

「꿈꾸는 당신」은 인식의 주체인 '나'와 인식의 대상인 '당신'을 중심축으로 짜여져 있는데, '당신'은 '떨리는 오한' 속에 있다. '당신'은 '돌아눕고 돌아눕고' 있으며, '밤새 조용히 신음하는 어깨'로 나타나 있다. 뿐만 아니라, '온몸의 상처'를 참아내고 있으며, 새벽녘이 되자 '빈 가슴 감춘 채 멀리 떠나'게 된다.

반면 '나'는, '당신'과 하룻밤을 同宿하지만, 여태 당신께 무엇인가를 채워주지 못했고, 당신이 '떨리는 오한'을 이겨낼 수 있도록 그 어떤 것을 덮어주지도 못했다. 게다가 이 하룻밤의 同宿으로 '당신'을 채워주고 덮어주지 못함을 깨닫게 된다. 그러나 밤새 '돌아눕고 돌아눕고 하는' 당신의 '신음하는 어깨'를 잠자코 바라볼 뿐이며, 새벽녘이 되자 당신을 배웅하게 된다.

이처럼 '당신'과 '나' 사이엔 끝끝내 합일되지 않는, 메울 수 없는 간극이 존재한다. 그 간극에 대한 구체적 정보는 나타나 있지 않다. 단지, 제1연의 구절들로 미루어 볼 때 그 간극이 다분히 추상적이라는 것이다.

내가 채워주지 못한 것을
당신은 어디서 무엇을 구해 채우는가.
재가 덮어주지 못한 곳을
당신은 어떻게 탄탄히 메워
떨리는 오한을 이겨내는가.

　시적 화자가 채워주려는 행위는 구체적이지만, 채워지는 것은 시적 화자가 알아낼 수 없는 그 '무엇'이다. 게다가 '내'가 덮어주지 못한 '데'가 '곳'으로 되어 있다. '신체 부위'가 아닌, 다분히 추상적인 어투인 '곳'으로 표현되어 있다. 그렇다면, 이같은 '당신'과 '나' 사이의 추상적인 간극은 어디에서 비롯된 것일까?

헤매며 한정없이 찾고 있는 것이
얼마나 멀고 험난한 곳에 있기에
당신은 돌아눕고 돌아눕고 하는가.
어느 날쯤 불안한 당신 속에 들어가
늪 속 깊이 숨은 것도 찾아주고 싶다.

밤새 조용히 신음하는 어깨여
시고 매운 세월이 얼마나 길었으면
약 바르지 못한 온몸의 상처를
이불만 덮은 채로 참아내는가.

　'당신'은 그 무엇인가를 한정없이 찾고 있다. 문제는 그 대상이 미처 손길이 닿을 수 없는 '멀고 험난한 곳'에 있다는 것이다. 따라서 침상 위의 '당신'은 밤새 신음하며 輾轉反側한다. 그 모습을 바라보는 시적 화자의 시선엔 '당신'의 '시고 메운 세월'에 대한 연민이 배어 있는데, '시고 메운 세월'은 당신이 '한정없이 찾고 있는' 행위에 연결되고, 그 대상이 '얼마나 멀고 험난한 곳'에 있는가를 가늠케 한다. 뿐만 아니라, '시고 메운 세월'은 당신의 온몸에 상처를 남겼지만 그토록 '시고 메운 세월'을 겪었기에 지금의 상처를 '이불만 덮은 채로 참아내'고 있는 것으로 나타나 있다.

이런 정황 속에서 '당신'은 여전히 '멀고 험난한 곳'을 바라보고, '나'는 '당신'의 등을 지켜보고 있다. 이렇듯, 두 시선은 애당초 그 방향이 달랐고 따라서 간극은 이미 존재했었다. 비유로 말하자면, 내가 빙하를 보기 이전에, 빙하를 밟기도 전에, 얼음덩어리는 이미 금이 가 있었던 것이다.

그렇다면, '당신'이 '한정없이 찾고 있는' 그것은 무엇일까? '구원의 등불'이거나 '형이상학적 화두'이거나 '오래 오래 견뎌낸 꿈'일 수 있겠다. 이때의 '당신'은 아직 '이루지 못한 꿈'을 지닌 '결핍된 자아'이다. '당신'은 물론 '나' 역시 '결핍된 존재'인데, '나'는 '당신'과의 '간극'으로 인해, '당신'은 '이루지 못한 꿈'으로 인해 '결핍된 상황' 속에 놓여 있나.

이 시는 또 '당신'의 '과거'와 '현재'를 교차시키고 있는데, 결국은 두 존재의 '결핍', 다시 말해 '두 겹의 결핍'을 드러내고 감추고 출렁거리며 보여준다. 그 하룻밤의 留宿이 끝나자 비로소 시인이 직접적 진술을 행한다.

쉽게 따뜻해지지 않는 새벽 침상,
아무리 인연의 끈이 질기다 해도
어차피 서로를 다 채워줄 수는 없는 것
아는지, 빈 가슴 감춘 채 멀리 떠나며

수십 년의 밤을 불러 꿈꾸는 당신.

시인은 시적 화자의 입을 빌어 '아무리 인연의 끈이 질기다 해도/ 어차피 서로를 다 채워줄 수는 없는 것'이라고 말한다. 이로 인해 우리는 자못 쓸쓸하지만 인간이란 어차피 '단독자적 존재'임을 확인하게 된다. 문제는 '당신'이 그걸 알고 혼자 떠나갈 때, 또 다시 '수십년의 밤을 불러 꿈'을 꾼다는 것이다. '시고 매운 세월'을 불러 스스로를 위로하고 또 다시 먼 길을 꿈꾸다니! 그 세월을 '등짐'으로 삼아 등이라도 따뜻하게 데우자는 것인가. 문득, 서영은의 단편 「먼 그대」의 '등불'이 생각나고, 허만하 시인의 '낙타는 십리 밖의 물냄새를 맡는다'는 詩行이 떠오른다.

결국 이 시는 '비워짐'과 '채워짐', '허물어짐'과 '메워짐', '잃어버림'과 '찾고있음', '만남'과 '떠남'이란 4개의 상반한 항목을 길항시키며 어차피 그럴 수밖에 없는 존재의 갈망과 결핍, 그리고 그 헐벗음을 보여주고 있다. 그것이 곧 존재의 속성임을 말해 주는 듯하다.

하룻밤의 留宿은 쓸쓸하다. '당신'과 '나', 두 존재의 留宿은 알베르 카뮈의 단편 「適謫와 王國—姦婦」에서처럼 결국 同宿者의 부재를 확인하는 과정으로 읽히기도 하는데, 이 땅에서의 '존재의 留宿' 자체가 그러한 게 아닐까? 그리하여 시인은 「상처 2」를 통해 '같이 있어도 같이 있지 않고/같이 없어도 같이 있는' 삶을 노래했던 것일까?

이 시는 쓸쓸하고 따뜻하고 아름답다. 시인은 시적 화자로 하여금 끝없는 연민의 시선으로 '당신'을 바라보게 하고 있다. 시인은 그 시선을 통해 '당신'의 고난과 결핍과 상처를 발굴해내고, 그것들을 머언 먼 길을 향한 '꿈의 질료'로 바꿔놓았다. 하룻밤의 留宿과 성찰. 他者를 향한 시적 화자의 성찰은 곧 화자 자신을 들여다보는 성찰이었고, 시인 스스로의 성찰이었다. 고통스러웠으라. 시인 또한 '아무리 말이 없어도 꽃은/깊은 고통 속에서 피어난다'(「담쟁이꽃」)고 했으니, 성찰의 고통이 때로는 이토록 아름다운 꽃이 되는 것인가.

(『현대시학』 2004년 3월호)

白晝의 허기와 갈망
— 김언희의 시

　　김언희의 시에 등장하는 性은 결코 아름답지 않다. 입에 침이 고이는 섹스는 없다. 그의 시는 끔찍하다. 읽고 나서도 뒤가 캥킨다. 그의 시는 불손하고 불온하고 찝찝하다. 이것이 김언희 시의 개성이자 魔力인데 그간의 평자들은 주로 그의 시의 언어와 표현을 주목해 왔다. 다시 말해, 그의 시가 보여주는 기괴한 이미지를 주목해 왔지만 그런 이미지를 지탱시키는 가치전복적 상상력의 지향점을 밝혀내는 데는 미흡했다는 것이다.

　　김언희의 시는 금기를 조롱하고 즐긴다. 그런 시쓰기로 이 세계의 고착화된 질서를 붕괴시키려는 것일까? 필자 또한 그의 끔찍한 언어의 행렬이 언제까지 계속될 것인지를 주목해왔다. 이 도착적인 이미지의 파편들이 어떻게 바뀌어갈 것인지, 그 지향점을 지켜 보고 있다. 그 와중에 읽게 된 작품이 '9분전'이다.

　　근무중의 手淫

책상 다리 사이로 매독이 퍼진다 아침 10시에

디지털 자지에서 디지털 정액이 흘러
넘치고 빠는 기계 당신은
빨아서 모든 것을
말려
죽이지

불길하고 더러운 새 소식과
만원짜리 몇 장이 쥐고 흔드는 음탕한 미래

깜빡
잠들었다 나는
백발이 된 채 깨어난다 미스 리
천국에서 나가는 길 좀
가르쳐 줘

천국에서 나가는 길은
애인보다 더 애인같은 애인이 가로막고 있다
肉重하고 무자비한, 내장이
무게만
백 킬로가 될

미치치 않았으면 맛 볼 수 없는 세상

9분전이다

— 김언희, 「9분전」(『현대시학』 2004년 4월호)

왜 '9분전'인 것일까? '10분전'이라고 해서는 아니되는 것이며, '8분전'이라고 하면 무엇이 어긋나는 것일까? 이 시의 '9분전'은 명쾌하게 해석되지 않는다. 그냥 '9분전'이다. '8분전'이라고 해도 괜찮고 '11분전'이라고 해도 무방할 것이다. 단지, 우리는 시적 화자의 '위태롭고 불안한 시간', 그 자의식의 상징적 코드로 받아들이면 될 듯 하다. '9분전'에는 이유가 없다. 마치 우리 삶이 그러하듯.

그런데 이 시를 끝까지 읽어 보면, '9분전'은 아직도 우리가 당도하지 못한 시간대이다. '9분후'의 세상은 아직 오지 않았다. '9분전'은 '멈춰 있는 공포'(「공」)이다. '9분후'엔 '미쳐서 맛본 세상'이 폭발할지도 모른다. 그러나 아직은 안심하시라. '9분전'이다. 그 시간이 카운트다운되고 있긴 하지만 아직은 '9분전'이다.

이같은 '9분전'에 관한 상상처럼, 김언희의 이 시엔 '열린 구멍'이 많다. '열린 구멍'들이 독자의 시읽기를 한결 편하게 해준다. '탱탱한/증오의/표면장력'(「공」), 또는 '면도날로 밑줄을 친/붉은 밑줄들'(「이 책」)처럼 빈틈없는 시읽기를 강요하지 않는다. 그럼 여기서 「9분전」을 좀더 자세히 들여다보자.

근무중의 手淫
책상다리 사이로 매독이 퍼진다 아침 10시에

이 시의 첫行인 '근무중의 手淫'이 그 다음 행의 '책상다리'와 '매독'을 불러온다. '근무'와 '책상'이 호응되고 '手淫'과 '매독'이 연결된다. 이 항목을 이어주는 게 바로 '책상다리'인데, '책상다리'는 '책상의 다리'이기도 하지만 사무원의 '앉은 자세'를 말하는 것이다. 이 '앉은 자세'가 '책상의 다리'처럼 物化되었다고 볼 수도 있으리라.

手淫으로는 매독이 퍼지지 않는다. 두 개체의 성행위가 생략된 것일까? 그 이유가 제2연에 나타나는데, 문제는 제1연의 맨 끝에 '아침 10시에'를 붙여 두었다는 것이다. '아침 10시'는 '근무중의 手淫/책상다리 사이로 매독이 퍼진다'와 전혀 관련이 없다. 굳이 말하자면, 시간적 배경 정도가 되겠는데, '아침 10시'는 아직 햇빛이 밝고 싱싱한 오전이다. 대기오염도 심해지지 않을 때이다. 대낮이다. 이런 시간대는 음습한 병적 이미지와 잘 어울리지 않는다. 따라서 우리는 시인이 고의적으로 '아침 10시'를 갖다 붙여뒀다는 걸 유추할 수 있겠다. '오전 10시'라고 해도 될 것을, 굳이 '아침 10시'라고 명명한 셈이다. 그런 '아침 10시'에 매독이 퍼지다니! 그 상상력은 이렇게 파동쳐간다.

> 디지털 자지에서 디지털 정액이 흘러
> 넘치고 빠는 기계 당신은
> 빨아서 모든 것을
> 말려
> 죽이지

이 行들은 책상 위의 컴퓨터, 그리고 인터넷의 포로노 사이트를 연상시킨다. 이른바 '디지털 세상', 그것이 '0'과 '1'이라는 숫자의 조합으로 이루어진 허구의 세계라 할지라도 우리는 그 회로를 통해 모든 게 가능하다고 믿는다. 아나로그적 연속성, 그 굴곡의 세계는 사라지고, 우리는 컴퓨터 회로가 가져다 주는 光速의 색상에 취해서 산다. 그것이 비록 '평면적 色'이라 할지라도 쾌락의 정액이 흘러내린다. '디지털 정액'이 흘러넘치고, '디지털 매독'이 퍼진다.

끔찍하다. '당신'은 '빠는 기계'이다. '디지털 성기'를 '빠는 기계', 아니 '디지털 성기'를 빨아보이는 기계, 즉 컴퓨터일 것이다. 아니,

'그런 기계'를 즐기는, 빨듯이 즐기는 인간일 수도 있겠다. 그런 존재들이 인간에게 쾌락을 제공하고, 그리하여 인간을 서서히 고사시킨다.

필자가 이 글을 쓰는 동안, PC 화면의 커스가 쉴새없이 깜박거린다. 커스는 자신의 몸에 글자를 새겨넣어줄 것을 끝없이 요구하고 있다. 마치 내 혼을 빨아들이는 것 같다. 내 영혼이 컴퓨터로 轉移되면, PC 화면의 커스가 文身을 새긴 하나의 육체로 태어나는 것인가. 내가 늙어서도 글을 쓴다면 나는 컴퓨터 앞에서 말라 죽을 것이다. 이런 '디지털 세상'은 제3연에 이르러 '디스토피아의 세계'로 명료하게 요약된다.

불길하고 더러운 새 소식과
만원짜리 몇 장이 쥐고 흔드는 음탕한 미래

시인은 '새 소식'을 불길하고 더럽다고 한다. 게다가 '미래' 앞에 '음탕한'이란 수식어를 붙여놓았다. '음탕한 미래'가 윤락녀처럼 더러운 만원짜리 몇 장을 쥐고 흔드는 세상, 이런 위악적인 표현 뒤엔 '이런 세상 속에선 유토피아는 없고 디스토피아만 있다'는 생각이 베어 있는 듯하다. 이 시는 제4연에 이르러 비로소 시적 화자가 등장하고 이에 다라 시의 분위기도 바뀐다.

깜빡
잠들었다 나는
백발이 된 채 깨어난다 미스 리
천국에서 나가는 길 좀
가르쳐 줘

시적 화자는 깜빡 잠이 들었다고 한다. 그렇다면 그동안의 사무실 풍경은 무엇이었단 말인가. 누구의 눈으로 관찰되고, 누구의 입으로 진술된 '아침 10시'와 '디지털 정액'과 '음탕한 미래'라는 것일까. 물론, 시적 화자가 그런 진술을 해놓고 잠이 들었다고 볼 수도 있으리라. 허지만 그간의 상황을 연속적으로 읽게 되면, 독자들은 어느 쪽이 현실적 공간이고 어느 쪽이 비현실적 공간인지 가늠하기 어렵다.

게다가 깜박 잠들었다 깨어났는데 백발이라고 한다. 이런 대목들이 바로 이 시의 '열린 구멍'들인데, 잠에서 깨어난 화자가 난데없이 '미스 리'를 부른다. 그녀는 사무실의 '미스 리'일 수 있겠고 불특정 다수의 '미스 리'라고 해도 무방하리라. 문제는 시적 화자가 잠들었던 곳이 '천국'이라는 傳言이다. '매독'이 퍼지고, '디지털 정액'이 흘러넘치고, '음탕한 미래'가 오고 있던 그곳을 '천국'이라고 말한다.

어찌하여 그곳이 '천국'인 것일까. 그 '천국'은 다름 아닌 '디지털 천국'일 터. 그렇다면, 과연 이런 세상이 천국인 것일까. 여기에 바로 이 시인의 底意가 숨어 있다. 그는 지금까지 주로 '섹스'라는 코드를 통해 '비속한 생의 지옥'을 드러내왔는데, 이 작품에선 '사이버 공간'을 시의 전면으로 끌고 나왔다. 디지털 문명 속의 생. 이런 '디지털 천국'은 '0과 1의 천국'이며, '숫자들의 천국'이며, '가상의 천국'이며, '인공의 천국'이다. 시인은 이를 '가두리 천국'으로 보고 있는 듯하다. 따라서 시적 화자가 '천국에서 나가는 길'을, 다시 말해 '천국의 입구'가 아닌 '출구'를 찾는 게 아닐까?

천국에서 나가는 길은
애인보다 더 애인같은 애인이 가로막고 있다
肉重하고 무자비한, 내장이

무게만

백 킬로가 될

미치치 않았으면 맛 볼 수 없는 세상

'나'의 '애인'은 친절하고 사랑스럽기는커녕 이처럼 '肉重하고 무자비'하다. '내장이/무게만/백 킬로가 될' 거구이자 흉물로 그려져 있다. 천국에서 나가는 길을 인도해 주기는커녕 그 길목을 지키고 서 있다. 우리 머릿속의 애인들, 그 이미지와 너무나 거리가 멀다. 그럼에도 불구하고 시적 화자는 그를 애인이라고 부른다.

누가 시적 화자의 애인인가? 여기에도 구멍이 많아 발을 헛딛기 쉬운데, 일단 '디지털 정액'을 흘러내리는 '컴퓨터'를 그 애인으로 상정해 볼 수 있겠다. 그리고 '미치치 않았으면 맛 볼 수 없는 세상', 다시 말해 '미쳐서 맛본 세상'을 애인으로 생각할 수도 있을 것이다. 그런데 알고 보면, '컴퓨터'와 '미쳐서 맛본 세상'은 동일선상에 놓여 있다. 단지, '미쳐서 맛본 세상'은 '디지털 정액'의 '쾌락을 맛본 자들의 천국'으로, '컴퓨터'보다 그 공간이 좀더 확장되어 있을 뿐이다. 그런데 왜 '9분전'일까?

9분전이다

시인은 왜 이렇게 시를 끝낸 것일까? 서두에서 살펴본 것처럼, '9분전'은 아직도 우리가 당도하지 못한 세상이다. '9분후'엔 우리가 '미쳐서 맛본 세상'이 폭발할지도 모른다. 그러나 아직은 '9분전'이다. '디지털 천국'을 맛본 자들의 유토피아가 디스토피아로 바뀔지라도 아직은 '9분전'인 것이다.

아직은 대낮이다. '오전 10시'로 가는 '9분전'이거나 '오후 2시'로 가는 '9분전'이거나, 이 지상의 성채같은 벽돌들이 어둠 속으로 무너지기 '9분전'이다. 아직은 백주이다. 우리 모두 '멈춰 있는 공포'(「공」)처럼 이렇게 정지된 채, 어쩌면 '미쳐서 맛본 세상' 속에 영원토록 남아 있을지도 모를 일이다. 아무래도 천국의 출구가 봉쇄되어 있을 것 같다. 저기 저 흉물스런 애인이나 벙어리같은 '미스 리' 때문이 아니다. '천국의 출구' 쪽으로 펄럭거리는 우리의 갈망만큼 '우리의 발목'이 '우리가 미쳐서 맛본 세상'의 늪 속에 너무 깊이 빠져 있기 때문일 것이다.

저 문 밖에서 누군가 희미하게 우리를 지켜 보고 있다. 그게 어쩌면 김언희인지도 모른다. 김언희는 지금까지 위악적이고 엽기적인 광기의 언어로 '비속한 생의 지옥'을 폭로해왔고, 그 코드는 주로 섹스였다. 먹고 마시고 빨고 핥는 인간의 육체를 통해 도착적이고 도발적인 가학과 피학의 피댓줄을 보여주곤 했는데, 인간의 육체란 때때로 理性의 힘을 비웃는 몰염치한 욕망의 기계이기 때문이다. 그런 '기계'처럼 그려지긴 했지만 김언희 시에 등장하는 육체는 그래도 굴곡을 지닌, 아나로그적 육체였다.

그런데 지금껏 살펴본 것처럼 '9분전'의 육체는 이와 좀 다르다. 이 시에선 '디지털 자지'와 '디지털 정액'이 등장한다. 게다가 그런 것이 흘러 넘치는 곳을 '천국'이라고 부른다. 지금까지 그의 시가 보여준, 가부장적 억압의 질서이자 그 대명사인 '아버지' 대신 '디지털 문명'이 끼어들기 시작한 것일까? 그렇다면, 그의 최근작 '9분전'은 그의 시적 변모를 가늠케 한다.

(『현대시학』 2004년 5월호)

상처의 꽃
— 김혜순의 시

　김혜순의 시는 그 상상력의 파동이 현란하고 다채롭고 거침없다. 딱딱하게 굳어 있는 일상의 사물도 그의 손길을 거치면 아연 활기를 띠며 벽돌처럼 마비되어가는 우리 삶의 처참한 현주소를 보여준다. '他者'의 거울에 비친 우리의 얼굴이 자못 고통스럽다.

　김혜순은 결코 적지 않는 연륜의 시인이지만 그의 시는 여전히 젊다. 이쯤에선 그 연륜을 등에 업고 '삶이란 이런 것'이라고 포즈를 잡을 법 하지만 그는 여전히 이 세계와 싸우고 있다. 이 세계와 어깨동무를 하지 않는다. 그는 여전히 內戰을 치르고 있으며, 고착화된 질서 속으로의 편입을 거부하고 있다. 그는 아직 투항하지 않고 있다. 피투성이 손으로 거울에 비친 제 얼굴을 지우며 벽을 뚫고 간다. 필자는 김혜순의 시를 주로 그렇게 읽어 왔다.

누가 쪼개놓았나
저 지평선

하늘과 땅이 갈라선 흔적
그 사이로 핏물이 번져나오는 저녁

누가 쪼개놓았나
윗눈꺼풀과 아랫눈꺼풀 사이
바깥의 광활과 안의 광활로 내 몸이 갈라진 흔적
그 사이로 눈물이 솟구치는 저녁

상처만이 상처와 스밀 수 있는가
내가 두 눈을 뜨자 닥쳐오는 저 노을
상처와 상처가 맞닿아
하염없이 붉은 물이 흐르고
당신이란 이름의 비상구도 깜깜하게 닫히네

누가 쪼개놓았나
흰 낮과 검은 밤
낮이면 그녀는 매가 되고
밤이 오면 그가 늑대가 되는
그 사이로 칼날처럼 스쳐 지나는
우리 만남의 저녁

— 김혜순, 「지평선」 전문(『문학동네』, 2004년 봄호)

　이 작품은 시인 특유의 거침없는 상상력을 보여주되, 밖으로 출렁거리지 않는다. 단정한 시행 속에 응축시켜 놓았다. 이를테면, '하늘'과 '땅', '윗눈꺼풀'과 '아랫눈꺼풀', '당신'과 '나', '낮'과 '밤'이란 상반된 4개의 항목을 길항시키며 그 구도 속에 거침없는 상상력을 감춰놓았다.

이 항목들은 애당초 저마다 한몸이었다. 다시 말해, 카오스와 같은 상태였다. 카오스의 세계 속에선 '하늘'과 '땅'이 한 몸으로 뒤섞여 흘렀다. 거기선 '낮'과 '밤'의 구분이 없고, 나와 他者의 구획도 없으며, 물과 불이라는 분별도 없었으리라. 나와 세계는 진흙처럼 그렇게 한몸이었고 한덩어리의 광활한 우주였으리라. 슬픔이 없으니 기쁨도 없고 상처도 없었으리라. 그런 것들이 뒤섞인 반죽덩어리에 누가 칼을 댔다.

> 누가 쪼개놓았나
> 저 지평선
> 하늘과 땅이 갈라선 흔적
> 그 사이로 핏물이 번져나오는 저녁

노을이 지는 지평선은 다분히 낭만적인 풍경이다. 그러나 김혜순은 그 지평선을 '하늘'과 '땅'이 쪼개어진 흔적이라고 보고 있으며, 쪼개졌기 때문에 핏물이 번져나온다고 말한다. 그 '핏물'과 '저녁'이 어우러져 '저녁노을'을 낳게 되는데, 그 누가 '저녁노을'을 하늘과 땅이 쪼개어진, 그리하여 흘러나온 '상흔의 핏물'이라고 말한 적 있으랴. 이 시는 이렇게 遠景에서부터 시작되는데, 제2연에 이르자 시적 화자의 시선이 자신의 몸을 들여다보게 된다.

> 누가 쪼개놓았나
> 윗눈꺼풀과 아랫눈꺼풀 사이
> 바깥의 광활과 안의 광활로 내 몸이 갈라진 흔적
> 그 사이로 눈물이 솟구치는 저녁

인간의 육체란 카오스의 덩어리였다. 안팎의 구분이 없는 광활, 그걸 누가 쪼개놓았으니 분별의 눈이 생기고, 그런 분별로 인해 눈물이 솟는다. 시적 화자는 제 눈의 안쪽을 '안의 광활'이라고 말하는데, 정말 그런 것일까. 분별의 눈을 뜨기 이전, 인간의 몸은 광활한 우주였던 것일까? 그리하여 '바깥의 광활'과 대비되는 '안의 광활'은 시인이 지닌 시선의 깊이를 아득한 벼랑처럼 보여준다. 무심코 길을 걷다가 허방다리를 디딘 듯, 아찔한 현깃증을 느끼게 한다.

시인은 시적 화자의 시선을 遠景에서 近景으로 끌어당기며, 수평적 이미지와 수직적 이미지를 교직시킨다. '갈라섬'(수평선)과 '번져나옴'(핏물), '갈라짐'(눈꺼풀)과 '솟구침'(눈물)이 그것이다. 이런 정경은, 다시 말해 '핏물이 번져나오는 저녁'과 '눈물이 솟구치는 저녁'은 제3연에 와서 하나로 융합된다.

상처만이 상처와 스밀 수 있는가
내가 두 눈을 뜨자 닥쳐오는 저 노을
상처와 상처가 맞닿아
하염없이 붉은 물이 흐르고
당신이란 이름의 비상구도 깜깜하게 닫히네

여기에서 주목되는 것은 '하늘'과 '땅'의 '상처'를 '내 눈꺼풀'의 '상처'가 보게 된다는 언술인데, 그 광경이 지평선의 '핏물'과 시적 화자의 '눈물'이 뒤섞여 흐르는 '하염없이 붉은 물'로 나타난다. 시적 화자의 육체 또한 황혼의 일부가 되어 '붉은 물'로 흐르는 찬란한 아름다움을 보여준다. 비로소 이 세계의 상처와 나의 상처가 만나고 스며 저녁노을을 낳은 셈인데, 이는 상처가 상처를 껴안는 눈물겨운 정경이기도 하다. 게다가 그 정경은 내 몸의 상처로 인해 인지하게 되는 他者이며, 결국 한덩어리로 뒤섞여 내 몸이 되고 마는 '상처의 융합'이기도 하다. 거기에 꽃이 피듯 노을이 피었다. 상처의 꽃이다.

그런데 그때가 어찌 저녁인 것일까? 이 시는 시종 일몰의 시간을 담아내고 있는데, 이를 통해 '피어나는 노을빛'과 '추락하는 노을빛'을 동시에 보여준다. '피어나는 노을빛'이 '상처의 융합'이라면, '추락하는 노을빛'은 '당신이란 이름의 비상구'가 깜깜하게 닫힌다는 이미지로 나타난다. '당신'은 그 실체가 모호하다. '하늘'과 '땅'과 '내 눈꺼풀'을 열어젖힌 조물주이거나 결코 합일될 수 없는 他者, 아니면 스쳐 지나가는 독자인 당신을 호명하는 목소리일 수도 있겠다.

'당신이란 이름의 비상구'가 닫힘으로서 시적 화자는 고립과 단절 속으로 아득하게 떨어져가는데, 그러나 아직은 저녁이다. 언제나 그러했듯, 저녁은, 특히 황혼이 지는 저녁은 소멸의 아름다움을 극명하게 보여주지만 그 순간들은 낮과 밤의 경계이자 개와 늑대를 구분할 수 없는 '짐승의 시간'이다. 투명과 불투명, 광명과 암흑, 분별과 미몽의 그 접경지대이다. 그 한가운데 다시 칼 한자루가 놓인다.

누가 쪼개놓았나
흰 낮과 검은 밤
낮이면 그녀는 매가 되고
밤이 오면 그가 늑대가 되는
그 사이로 칼날처럼 스쳐 지나는
우리 만남의 저녁

'하늘'과 '땅', '윗눈꺼풀'과 '아랫눈꺼풀'을 쪼개놓았음직한 칼날이 이번엔 '낮'과 '밤'을 구획짓고, 그렇게 밤이 오면 '그'와 '그녀'로 통칭되는 우리는 전혀 다른 존재로 轉移된다. 늑대가 되어도 좋고 승냥이가 되어도 좋고 수리부엉이가 되어도 좋으리라. 때로는 위태롭고 때로는 아늑한, 그 바닥모를 수렁 속으로 빠져들기 전, 우리는 우리를 '칼날'처럼 스쳐 지나간다. 짧고 날카롭고 고통스런 순간이리라. 이 '칼날'은 그런 순간들을 떠올리게 하지만 '당신'과 '나'를 쪼개놓고 구분짓는 도구이기도 하다.

결국 우리는 이 저녁 한때를 '칼날처럼 스쳐 지나는' 존재들인가. 이 시인은 이달에 여러 편의 시를 발표했는데, 「너의 눈물」은 「지평선」에 나타나는 '칼날처럼 스쳐 지나는' 만남의 텅빈 늪을 좀더 자세히 보여준다.

> 네가 나를 스쳐보던 그 시선
> 그 시선이 멈추었던 순간의
> 세상에 나 영원히 있고 싶어
> 물끄러미
> 물꾸러미
> 투명한 보따리
> 너의 것인줄 알았는데
> 알고보니 나의 것인 물 한 꾸러미
> 그 속에서 헤엄치고 싶어
> 잠들면 내 가슴을 헤적이던
> 물의 나라
> 그 곳으로 잠겨서 가고 싶어
> 네 시선의 줄에 메달려가는
> 조그만 어항이고 싶어

— 「너의 눈물」 전문(『동서문학』, 2004년 봄호)

　시적 화자는 상대방의 '시선이 멈추었던 순간'을 영원히 살고 싶지만 그 만남은 결코 합일되지 않는 스쳐감에 불과하다. 칼날처럼 물방울처럼 스쳐 지나가는, 짧은 저녁이다. 게다가, '너의 것'인줄 알았던 눈물도 결국은 '나의 것'이었으니, '당신이란 이름의 비상구'는 아예 존재하지 않았는지도 모른다.

　우리는 어차피 단독자로 존재하지만, 얼핏 스쳐가는 '시선의 줄'에 눈물 한방울이라도 메달아 보내고 싶지만 '생의 저녁'은 짧다. 늑대 또는 승냥이가 되기 전에, 죽음 같은 나락으로 떨어지기 이전에 바라보고 확인하는 傷痕의 꽃들이 눈부시다. 시인은 기하학적 구도 속에 '열림'과 '닫힘', '분리'와 '융합', '생성'과 '소멸'의 이미지를 길항시키며 그 중심부에 저녁노을을 피워 놓았다. '붉은 물'처럼 흐르는 '상처의 꽃'을 껴안고 비춰주는 저녁은 이 시인에 의해 다시 한 번 '신성한 秘意의 공간'으로 태어났다.

(『현대시학』 2004년 6월호)

풍경의 안쪽, 닿을 수 없는 여행
— 문인수의 시

언제 또 문인수 시인이 인도를 다녀온 것일까? 그의 최근 「인도소풍」 연작을 보니, 바람같은 그의 行步가 인도까지 흘러간 모양이다. 정진규 시인이 말했듯, '讀萬卷書 行萬里路'의 그는 '무슨 전대같은 것을 허리에 차고 있거나 어깨에 메고' 다니는데, 실제로 그 속엔 돈도 있고 펜도 있다. 그런 전대같은 게 있기 때문인지, 그는 언제 어디서나 떠날 준비가 된 옷차림이다.

그는 왜 지금도 저렇게 떠도는 것일까? 그는 '정처 없으니 길이 많을 것'(「5월」)이라고 했다. 그래서 길을 떠도는 것일까? 그는 '길 위의 시인'이다. 작가 김주영의 소설에선 등장인물들이 길 위에 있을 때 그 문체가 가장 싱싱하게 빛난다. 문인수의 시도 시적 화자가 길을 떠돌 때 에너지가 뜨겁고 싱싱하고 폭발적이다.

문인수는 '풍경의 시인'이다. 그는 '그 모두 꽉 막은 이 놈의 오줌보'(「정선, 오장폭포」)를 못견뎌하듯, 그동안 '정선' '우포' '욕지도' '물운대' '동강' 등을 찾아다니며 그 오줌보를 '세게, 길게 풀'(「정

선, 오장폭포」)어 날린 것인가. 그리하여, 그 오줌발이 '다 부서져 희
게 꽃피'(「정선, 오장폭포」)어 이번엔 인도까지 다녀온 모양이다. 최근
까지도 국내의 시인과 소설가들이 그 무슨 '필생의 코스'처럼 인도
를 다녀왔는데, 그 글들은 대게 경이로운 풍광을 보여주었다. 그리곤
그런 풍광에 기댄 화두나 잠언을 던져주곤 했다.

문인수의 「인도」 시편은 이와 구별된다. 그 첫번째 변별성은 거창
한 화두를 들고 나오지 않는다는 것이며, 두 번째는 인도가 지닌 그
높고 오랜 '정신성의 遺蹟'보다 땅바닥에 배를 붙인 인간의 모습을
한결같이 담아내고 있다는 것이다. 땅바닥, 좀더 구체적으로 말해 저
자거리에 몸을 댄 인간의 모습은 문인수의 이전 시와 비교해도 확연
히 달라진 부분이다.

그 인간은 어리고 헐벗고 병약하고 비천한 존재들이다. 이를테면,
'움막집에 사는 어린 새댁'(「인도소풍, 빨래궁전」)을 비롯해 '굴렁쇠 속
으로 가냘픈 몸을 흘러넣는 빈민가의 여자아이'(「인도소풍, 굴렁쇠 우
물」), '죽을 날을 기다리며 싯타르를 켜는 갠지스 강가의 백발 노인'
(「인소소풍, 싯타르를 켜는 노인」), 그리고 '땅바닥의 누더기 이불 속에
서 기어나온 젖먹이 아기'(「인도소풍, 먹구름 본다」) 등이다. 앞으로 그
의 「인도」 시편이 '修行중의 승려'를 등장시킬 수도 있겠으나, 어쩌
면 어리고 병약하고 비천한 존재들 모두 이 땅의 業을 온몸으로 문지
르고 씻어가는 것인지도 모를 일이다.

문인수 시인은 '그 어떤 뜻도 세우지 않아서/그렇듯 정처없으니
길이 많을 것'(「5월」)이라고 했지만, 인도 역시 '뜻없이 흘러간 정처
없는 길'이었을까? 필자는 일단 여기에 물음표를 던진다.

시인은 「인도」 시편에서 저자거리의 비천한 존재들을 슬쩍 보고
지나친다. 어디까지나 局外者이다. 「인도여행」이나 「기행」이 아닌,
「소풍」이기 때문일까? 필자는 지금까지 문인수 시인이 발표한 4편의

「인도소풍」 연작을 통해 인도의 저자거리 풍경들이 결국 시인 자신에게 되돌아와 맺히는 걸 확인할 수 있었는데, 「인도소풍, 빨래궁전」에선 찰라처럼 지나간 움막집 새댁의 웃음이 시인으로 하여금 '개똥밭에 굴러도 역시 이승이 땡깁니다'란 진술을 낳게 한다. 게다가 그 움막집은 타즈마할 궁전보다도 시인의 마음을 오래 잡아끄는 '빨래궁전'이 된다. 시인은 끝끝내 새댁의 '눈', 다시 말해 이승의 '검고 깊은 눈'의 아름다움에서 헤어나지 못한다.

또 「인도소풍, 굴렁쇠 우물」에선 '여자아이가 제 몸을 흘러넣는 굴렁쇠'와 '꾸뜹미나르의 낡은, 동그란 우물'이 겹쳐져서 '굴렁쇠 우물'이 되는데, 시인은 '저 싸늘한 굴레 속은 도대체 얼마나 깊은 것인지요'라는 질문에 이어 이 땅의 '깊지 않는 운명이란 없고'라는 진술을 토한다.

이처럼 풍경 속의 인물을 담아내고, 그들의 행위가 결국 시인이 지닌 생에 대한 인식을 간섭하고 흔드는 형태는 문인수의 이전 시 세계와 달라진 부분이다. 그는 지금껏, 특히 시집 『동강의 높은 새』에서 절대순수의 자연풍경을 찾아 다녔고 업고 다녔고 업혀 다녔다. 그 행위는 '어리고 비린 물음표'의 길이자, '자연의 풍경이 열어보이는 섬뜩한 아름다움에 대한 현깃증'(이경호, 『동강의 높은 새』 해설)의 행로였다.

이렇듯 그의 풍경은 '밝고 환하게 집약된 풍경'이었다. 그의 '자연'이 때때로 '깜깜한 그대 가슴'(「정선, 오장폭포」)으로 현현되기도 했지만, 그는 '깜깜한 그대 가슴에 아찔 걸려 보겠다'는 식이었다. 이런 그가 인도의 새벽 거리에서 남루하기 이를 데 없는 풍경에 눈길을 던졌다.

　　새벽 차가운 거리에

人道 여기 저기에 웬 누더기 이불들이 시꺼멓게,
뭉게뭉게 널려 있습니다.

저 한 군데
이불자락이 자꾸 꼼지락거리더니 아,
젖먹이 아기 하나 앙금 앙금 기어 나오는군요.
노란 물똥을 조금 찔겨 놓고
제자리로 얼른 기어듭니다.

너무도 참 자발적인 동작이어서
'서식' 이란 말이 뇌리에
거미처럼 달라붙었다 퍼뜩 떨어집니다.

아기가 단숨에 기어든 이 바닥은 사실
이역만리보다 멀어서
그 어떤 여행으로도 나는 가 닿을 수 없고요,
멀어서인지 잠잠 아무 소리도 나지 않습니다.

다만 여러 굴곡을 안에서 묶는 오랜 이불 속 사정이
그나마 한 자루 그득하게 꿈틀거리며
먹구름, 먹구름 흘러갑니다.
— 문인수, 「인도소풍, 먹구름 본다」(『문학수첩』 2004년 여름호)

　이 시를 읽고 나미, 우선 활줄처럼 팽팽하던 시가 다소 평이한 산문투로 바뀐 것이 눈에 띈다. 노숙의 '누더기 이불'이란, 우리의 관점에서 보면, '누더기의 삶'과 다름없을 터이다. 비천하고 쓸쓸한 적요

의 풍경이다. 거기서 시인의 눈에 포착된 건 젖먹이 아기다. 아기가
이불 밖으로 나와 '노란 똥물'을 '찔겨 놓'으니, 이때부터 '노숙의 누
더기'는 살아서 꿈틀거리는 '생명의 처소'가 된다.

그런데 시적 화자는 난데없이 '서식'이란 말을 떠올린다. 아기는
아직 젖먹이지만 기가 막히게도 이불 밖으로 나와 똥을 눠야 한다는
걸 알고 있으니, 자신의 생존방식을 동물적으로 습득한 '서식'으로
볼 수 있겠다. 물론, '자발적인 동작'이 아닌, 강요된 훈련에 의한 동
작일 수도 있을 것이다. 문제는 시적 화자가 그 동작을 '자발적인 동
작'으로 보았다는 것이다. 그래서 '동물적인 서식'을 떠올렸겠는데,
다음 순간 시적 화자의 뇌리에서 '서식'이란 말이 떨어져버린다. 그
이유는 무엇일까? 젖먹이가 기어든 곳이 비록 '노숙의 누더기'지만,
그 이불이 '한 가족의 지붕'이자 '따뜻한 체온의 스크럼'라는 생각에
이르렀기 때문일 것이다. 또 하나의 이유가 있다면 다음 聯에서 살펴
볼 수 있겠다.

아기가 단숨에 기어든 이 바닥은 사실
이역만리보다 멀어서
그 어떤 여행으로도 나는 가 닿을 수 없고요,
멀어서인지 잠잠 아무 소리도 나지 않습니다.

눈앞의 풍경을 '현재 진행형'으로 보고 있던 화자가 갑자기 '이 바
닥은 이역만리보다 멀'다고 말한다. 게다가 '이 바닥은 그 어떤 여행
으로도' '닿을 수 없'다는 것이다. 사실적 풍경이 느닷없이 추상적
공간으로 바뀌는 순간이다. 물론, '누더기 一家'에겐 시적 화자가 하
나의 他者에 불과하리라. 따라서 그들의 삶의 깊이와 너비에 결코 이
를 수 없으리라. 코앞의 풍경을 '이역만리보다 멀다'고 인식하는 태

도나 그 진술은 이 시와 함께 발표된 「인도소풍, 싯타르를 켜는 노인」에서도 나타나는데, 그 일부를 옮겨보면 다음과 같다.

음악을 모르는 내게 이역만리 저 너머로 자꾸 귀 대게 하네.

(중략)

사람들로 꽉 찬 그 골목 막바지에

높이 쌓인 장작 야적장 입구에

초라한 방, 슈 사리타 음악당은 있네. 전통악기 싯타르는 비스듬히 선
채

작은 엉덩이가 무척 앙증맞고 이쁘네. 노인의 앉은키보다 훨씬 길어서

어지럽도록 목이 긴 미인같네. 넝쿨손처럼

싯타르를 타고 올라가는 노인은 숱이 적은 웨이브, 백발이네.

오래 전 아내를 잃고

이제 이곳으로 흘러들어 와 죽을 날을 기다리네.

날갯짓처럼 야윈 체구, 입을 다문 눈빛이 멀리, 더 멀리 고요해지고 있
네.

— 문인수,「인도소풍, 싯타르를 켜는 노인」 일부(『문학수첩』 2004년 여름호)

이 시의 시적 화자는 싯타르 연주음악을 들으면서 그 소리가 '이역만리 저 너머'에 있다고 한다. 그 음악의 오랜 사연이나 始原을 알 수 없기 때문일 것이다. 그리하여 '노인의 눈빛'마저 '멀리, 더 멀리'서 '고요해지는 深淵' 같은 것으로 인식한다.

여기엔 아득한 수렁같은 거리가 있다. 아직은 '피안'이라고 말할 수 없는, 아스라한 거리가 있다. 시적 화자는 싯타르 연주음악처럼 눈앞의 '누더기 바닥'을 결코 '맞닿을 수 없는 거리'로 인식하고 있

다. 이런 인식은 마지막 聯의 '이불 속 사정'에서 좀더 구체화된다. 앞서 언급한 '서식'의 경우도 그렇다. 시적 화자는 젖먹이 아기의 날랜 동작을 맨 처음 '동물적 서식'으로 생각했지만 '누더기 속' 또한 자신이 맞닿을 수 없는 신성한 삶의 공간이기에 '서식'이란 말을 털어 버린 게 아니었을까?

문인수의 「인도」시편이 모두 그러하듯, 이 시의 시적 화자도 어디까지나 局外者이다. 풍경의 이쪽에서 풍경을 바라보고 있다. 다시 말해, 풍경의 겉모습은 볼 수 있으나 그 안쪽은 '그 어떤 여행으로도' '가 닿을 수 없'는 셈이다. '누더기 一家'의 삶도 그러하다. 시적 화자는 다만, 그리고 잠자코 그 '숨쉬는 굴곡'을 바라볼 뿐이다.

> 다만 여러 굴곡을 안에서 묶는 오랜 이불 속 사정이
> 그나마 한 자루 그득하게 꿈틀거리며
> 먹구름, 먹구름 흘러갑니다.

시적 화자에겐 '이불 속'이 결코 범접 못할 공간처럼 보인다. '한 자루 그득하게 꿈틀거리'는 '피붙이 생명'의 겉모습만 바라볼 뿐이다. 결국 '풍경의 안쪽', 결코 맞닿을 수 없는 아득한 거리는 '먹구름'이 되어 흘러가고 마는데, '여러 굴곡을 안에서 묶는'다는 표현이 놀랍다. 사람은 물론 꽃이나 나무 등 모든 생명들이 그러하듯이 겉모습의 굴곡은 늘 안에서 묶여 있다. 시도 그러하고, '누더기 一家'의 생존방식도 그러하리라.

이 시는 마지막行에 이르러 또 한번의 전환이 이뤄지는데, '누더기 이불'이 '천상의 구름'으로 떠오른다. '시꺼먼 누더기 이불'이니 당연히 '먹구름'이 됐겠지만, 필자는 '먹구름'을 자꾸만 '뭉게구름'이나 '양떼구름', '새털구름'으로 읽고 싶었다. 어쨌던, 이런 뜻밖의 전환

이 '그 어떤 여행으로도' '가 닿을 수 없'는 거리를 더욱 아프게 각인
시킨다. 서정시는 늘 시적 자아와 他者의 합일을 꿈꿔왔지만 그것은
꿈이었다. 이것이 오늘날에 이르러 더욱 두드러지게 된 시정시의 운
명인데, 이 시인은 대상과의 거리를 확인함으로서 자신의 몸을 낮추
는 실존적 자각에 이른다.

그 자각은 세속적 삶의 온기에 대한 발견과 긍정으로 나타난다. 뿐
만 아니라, 그의 「인도」 시편엔 '삶'과 '죽음', '문명'과 '원시', '소
멸'과 '신생'의 풍경이 교직되어 있다. 여기엔 저자거리의 인간, 그
삶에 대한 보다 직접적이고 근원적인 질문이 깃들여 있다. 이것이 산
과 강, 섬을 떠돌던 시인이 인도 거리에서 발굴하고 건져낸 것들이
다.

그러나 '그 어떤 여행으로도' '가 닿을 수 없'는 대상과의 거리, 그
결핍된 상태는 여전하다. 이는 다분히 관념적인 것이다. 최근 「인도」
시편에서도 그러하거니와, 그동안 산과 강과 섬과 계곡을 떠돌던 시
인의 행보는 끝끝내 맞닿을 수 없는 '풍경의 안쪽'을 향한 갈망이 아
니었을까? 결코 맞닿을 수 없는 거리이기 때문에 그곳에 이르고자
했던 게 아닐까? 그렇다면, 그 '풍경의 안쪽'이 문인수의 시세계를
어떻게 끌어당겨 묶고 풀고 변모시킬 것인가? 그의 「인도」 시편과
더불어 그의 신작들을 좀더 지켜볼 일이다.

(『현대시학』 2004년 7월호)

소모되는 生, 깊어지는 성찰
— 이승욱의 시

　　시인 이승욱은 ‘은둔하는 시인’이다. 1991년 『세계의 문학』으로 등단한 이후 줄곧 시를 발표해 왔고, 시집 『늙은 퇴폐』(1993, 민음사)와 『참 이상한 상형문자』(1995, 민음사)를 펴냈지만 문단 행사나 모임엔 그 모습을 드러내지 않아 그의 얼굴을 아는 이가 드물다. 그래서인지 우리는 그의 시적 성취도에 비해 그의 시에 대한 논의를 게을리 해왔다. 그는 지방의 한 대학(순천향대)에서 독문학을 연구하고 가르치는, ‘은둔하는 학자’이기도 하다. 그가 새 시집 『지나가는 슬픔』을 펴냈다. 그는 아웃사이더처럼 눈에 잘 띄지 않지만, 그러나 그는 그곳에 존재하고 있었다.

　　그 운둔의 골목엔 「페인트통!」의 소재가 된 ‘속 빈 페인트통’과 ‘빈 양은 냄비’, 그리고 ‘집 앞 물가에서 파밭을 일구는 늙은 할멈’이 있다. 그 위엔 ‘으스러진 별들의 눈망울들이/더러 재울 수 없는 상처처럼’(「지나가는 슬픔 7」) 떠 있다. 그는 주로 ‘늙고 병든 존재’나 ‘이미 낡아버린 사물들’을 시의 소재로 삼아 그것들의 ‘재울 수 없는 상처’

를 바라본다. 이남호의 말대로 '낭만적 순수의 맑은 눈동자로 현실의 거짓과 황폐를 쓸쓸히 쳐다보고 또 그 속에서 소외당한 아름다움을 찾아' (이남호, 『늙은 퇴폐』 해설)내려는 것일까?

이 은둔자의 새 시집은 거의 그 자신의 이야기로 채워져 있다. 대부분의 은둔자가 그러하듯, 그는 혼자 중얼거리고 혼자 대답한다.

> 내 생각만 하고
> 내 생각만 한다
> (밑창이 나간 신발같은 이 오랜 생각,
> 그 신발은 아직도 좀더 쓸모가 있다)
> 내가 누구의 답이며, 자유이며
> 희망일 수 있겠는가!
>
> 내 생각 앞으로 오늘은 속 빈 페인트통 하나
> 제 생각을 뒤집어쓰고 녹슬어 간다
> 못난 것의 엉덩이에 구멍이 뻥― 뚫려 있다
> 그 뻥- 뚫린 구멍 속으로, 오늘은 그의 생각과는 다른
> 짙푸른 하늘이 흘러들어와 뭉그러져 있다 구멍이
> 커져 가면서 그의 생각도 조금씩 조금씩
> 뭉그러져 가고 있다
>
> 누가 그의 답이며, 자유이며
> 희망일 수 있겠는가 검붉은 녹버섯
> 더러운 꽃문양의 저 양철통!
>
> 누군가 더러운 꽃이기 전의 그를 만들었고, 속을 채웠고

그의 몸이 탕진할 때까지 유용하게 끌고 다니며
'페인트통!' 이라 불렀다.

— 이승욱, 「페인트통!」(『지나가는 슬픔』, 세계사, 2004)

　그는 이처럼 말을 치장하지 않는다. 현란한 수식으로 굳이 남을 설득하려 들지 않는다. 그는 감각적 표현의 출렁거림보다 견고한 지적 인식에 시 정신의 바탕을 두고 시를 이끌어간다. 이것이 그의 시적 개성인데, 「페인트통!」에선 '밑창이 나간 신발'과 '속 빈 페인트통', '페인트통의 구멍'과 '구멍 속으로 흘러오는 하늘'을 보며 혼자 질문하고 혼자 대답한다. 그 첫 질문은 다음과 같다.

　　내가 누구의 답이며, 자유이며
　　희망일 수 있겠는가!

　과연 나는 그 누군가의 삶의 대답이 될 수 있는가? 나는 그 누구의 자유가 될 수 있으며 누구의 희망이 될 수 있는가? 이런 질문은 어차피 우리가 소통해야 할 이 세상과의 관계 속에서 자신의 존재가치를 탐색해 보는 일이다. 이런 질문은 다분히 추상적이고 위험하다. 추상적이기 때문에 위험하다는 뜻이 아니다. 이런 질문은 결국 자기 자신에게 되돌아와 심각한 內傷을 입힌다. 이런 맥락에서 이승욱은 현실적 풍경들, 그런 존재들의 外樣를 통해 인간의 황폐한 삶에 대한 존재론적 탐색을 거듭해온 시인이다.
　시적 화자는 '이 오랜 생각'이 '밑창이 나간 신발'처럼 낡고 거들났지만 '아직도 좀더 쓸모가 있다'고 말한다. 아직도 '내가 누구의 답이며, 자유이며/희망일 수 있겠는가!'라는 질문을 포기하고 있지 않기 때문일까? 아닐 것이다. 이 시행을 다시 한번 읽어 보면 '나는 그

누구의 해답도 아니며, 자유도 아니며, 희망도 될 수 없다'는 비극적
자기인식이 깔려 있다. 구둣점을 살펴봐도 그러하다. '…희망일 수
있겠는가!'는 물음표가 아닌, 느낌표로 끝난다. 그런 자신이 못견디
게 갑갑하다는 것일까? 그리하여 시적 화자는 눈앞의 페인트통을 호
명하듯 불러보는 것이니,

> 내 생각 앞으로 오늘은 속 빈 페인트통 하나
> 제 생각을 뒤집어쓰고 녹슬어 간다
> 못난 것의 엉덩이에 구멍이 뻥- 뚫려 있다
> 그 뻥- 뚫린 구멍 속으로, 오늘은 그의 생각과는 다른
> 짙푸른 하늘이 흘러들어와 뭉그러져 있다 구멍이
> 커져 가면서 그의 생각도 조금씩 조금씩
> 뭉그러져 가고 있다

페인트통 역시, 제 생각에 갇힌 채 마모되어가는 우리의 삶처럼, 제 생
각을 뒤집어쓰고 녹슬어간다. 시인은 이미 첫시집 『늙은 퇴폐』에서 이런
요지부동의 페인트통을 노래한 적이 있는데, 그 시에선 그래도 '꽃'이 피
어 있었다.

> 무정한 세월, 오래 참고
> 온유하며, 마침내
> 영혼은 하늘로 보내고
> 육신은 땅에 담아 궁둥이가 삭아내렸다.
> 뻥 뚫린 구멍 속으로 시간은 거름이 되어
> 오늘 이른 가을, 코스모스 한줄기
> 뜨거운 목숨을 비집고, 춤을 춘다.
>
> — 이승욱, 「썩은 페인트통」(『늙은 퇴폐』, 민음사, 1993)

페인트통의 '궁둥이'가 삭아내렸지만 그래도 그곳에서 피어난 '코스모스'를 노래할 때, 시인은 소멸의 쓸쓸함과 생성의 아름다움을 함께 보았다. 「페인트통!」에서는 '코스모스'가 춤을 추는 대신 '짙푸른 하늘'이 흘러오는데, 그 하늘빛이 출렁거리기는커녕 허물어져 주저앉아 버린다. 그리하여 페인트통의 고집스런 생각도 조금씩 허물어진다. 그럼에도 불구하고 시적 화자의 고집스런 질문은 끝나지 않는다.

> 누가 그의 답이며, 자유이며
> 희망일 수 있겠는가 검붉은 녹버섯
> 더러운 꽃문양의 저 양철통!

여기서의 '…희망일 수 있겠는가'엔 구두점이 붙어 있지 않다. 그런데도 자꾸만 '…희망일 수 있겠는가!'로 읽힌다. 그렇다면, 페인트통의 완강하던 고집도 푸른 하늘빛에 뒤섞여 조금씩 허물어졌지만, 그 누구도 '검붉은 녹버섯' 같은 삶에 대한 해답이 될 수 없다는 뜻이 된다. 그리하여 그 누구도 '저 양철통'의 자유가 될 수 없으며, 그 누구도 '검붉게 더럽혀진' 존재의 희망이 될 수 없다는 것이다. 그렇다면 우리는 그 어느 곳에 기대어 살아가야 하는가?

이 시를 이렇게 읽고 나니, 좀 쓸쓸하다. 우리 또한 저 '페인트통'처럼 낡고 더럽혀져 가나니, 물젖은 이 살갗도 마침내 '검붉은 버섯'이 되고 말리라. 우리 살점 또한 '이미 시든 꽃문양'이 되고 말리라.

올해도 어김없이 봄꽃이 피고, 흐드러지고, 우리는 또 다시 꽃진 자리를 봐야 하고, 그 흔적이 火印처럼 우리의 몸에 새겨지고, 그렇게 우리는 소멸되는 것일까? 다만, 그때까지 누군가가 우리의 이름을 불러주나니,

누군가 더러운 꽃이기 전의 그를 만들었고, 속을 채웠고
그의 몸이 탕진할 때까지 유용하게 끌고 다니며
'페인트통!'이라 불렀다.

'밑창이 나간 신발'이 '속 빈 페인트통'을 불러오고, 마침내 그 페인트통이 "페인트통!"으로 불리워지는 것으로 이 시는 끝나는데, 시인은 페인트통을 통해 끊임없이 소모되는 우리의 생에 대한 성찰을 보여준 셈이다. 여기엔 이 시인의 비극적 세계인식이 깔려 있다. 시인은 「지나가는 슬픔 10」을 통해 '깔끔한 빈 통들엔/기쁨보다 슬픔이 더 꽉 들어차 있다'고 말한다. 그 역시 슬픔에 기대어 생을 노래하는 시인인데, 우리 또한 그런 슬픔들을 긍정하기에 오늘을 살아가는지도 모른다.

「페인트통!」에서 살펴보았듯, 시인은 그의 시에 굳이 '철지난 것들'이나 '구닥다리같은 것들'을 등장시킨다. 다시 말해, 이미 돌이킬 수 없는 '소멸의 운명에 처해있는 것들'이다. 인간도 그러하고 사물도 그러하다. 그렇다, 그는 '늙고 병든 존재'나 '이미 낡아버린 사물들'을 통해 '우리네 생의 황폐한 비의'를 드러내왔다.

그의 이번 시집엔 구닥다리 같은 양철그릇이 몇 개 더 있다. 「페인트통!」을 읽고 난 쓸쓸함을 이렇게나마 위로받고 싶은 것이니, 다음 한 대목을 읽어 보자.

무심코 발길에 차인 빈 양은 냄비 하나가
그동안 모았던 소리를 다 풀어놓고 또 왕—하고 운다
울지 마라! 네 울음의 빈 껍질에도 언젠가
그것만큼의 족한 기쁨의 물이 넘쳤었다
— 이승욱, 「지나가는 슬픔 5」(『지나가는 슬픔』, 세계사, 2004)

　이 시에 등장하는 '양은 냄비'는 그래도 '언젠가/그것만큼의 족한 기쁨의 물'이 넘쳤고, 시인은 우리에게 그걸 환기시킨다. 뿐만 아니라, 시적 화자가 '왕—하고' 우는 '양은 냄비'의 슬픔을 달래 주고 있다. 이런 소통의 손길이 시인의 이전 시집과 다른 점으로 보이는데, 여기에 또 하나의 '양은 냄비'가 있다.

> 바닥에 얌전한 구멍을 낸 양은 냄비 하나,
> 내리는 빗물을 안 받고 솔솔
> 내리는 족족 땅 속으로 흘러버린다는 것도
> 이제 나는 아네! 몸을 통과하는 빗소리가
> 맨 나중의 그의 노래라는 것을 아네!
>
> — 이승욱, 「맨 나중의 노래」 일부(『지나가는 슬픔』, 세계사, 2004)

　이 '양은 냄비'는 울지 않는다. 빗물을 내리는 족족 땅 속으로 흘러 보낸다. 그때 '양은 냄비'의 몸을 빌어 빗줄기가 노래를 불렀는데, 알고 보니 그 소리는 빗줄기가 대신 불러준 '양은 냄비'의 노랫가락이었다니! 絶唱이다. 이런 게 바로 '나'와 '타자'의 숨막히는 소통이며, 존재의 비의였던가. 정말 이 시에서처럼 '오랜 날이 지나고/견딜 수 없이 더/오랜 날이 지난 다음'(「맨 나중의 노래」), 육탈된 내 몸 또한 빗줄기나 바람자락을 빌어 노랫가락 한가락 살려낼 수 있을 것인가?

(『현대시학』 2004년 8월호)

낯선 생, 몽상의 파편들

　이장욱의 시는 우리에게 보다 새로운 시읽기를 요구하고 있다. 그의 「인파이터—코끼리군의 엽서」도 그 연장선상에 놓여 있다. 그는 일상적 삶의 경험을 전통적 어법으로 담아내지 않는다. 따라서 그의 시는 이질적이다.

　저기 저, 안전해진 자들의 표정을 봐.
　하지만 머나먼 구름들이 선전포고를 해온다면
　나는 벙어리처럼 끝내 싸우지.
　김득구의 14회전, 그의 마지막 스탭을 기억하는지.
　사랑이 없으면 리얼리즘도 없어요
　내 눈앞에 나 아닌 네가 없듯. 그런데,
　사과를 놓친 가지 끝처럼 문득 텅 비어버리는
　여긴 또 어디?
　한 잔의 소주를 마시고 내리는 눈 속을 걸어

가장 어이없는 겨울에 당도하고 싶어.

다시는 돌아오지 못할 곳

방금 눈앞에서 사라진 고양이가 도착한 곳.

하지만 커다란 가운을 걸치고

나는 사각의 링으로 전진하는 거야.

날 위해 울지 말아요 아르헨티나.

넌 내가 바라보던 바다를 상상한 적이 없잖아?

그러니까 어느 날 아침에는 날 잊어줘.

사람들을 떠올리면 에네르기만 떨어질 뿐.

떨어진 사과처럼 멍하니 창밖을 바라보는데

거기 서해 쪽으로 천천히, 새 한 마리 날아가데.

모호한 빛 속에서 느낌 없이 흔들릴 때

구름 따위는 모두 알고 있다는 듯한 표정들.

하지만 돌아보지 말자, 돌아보면 돌처럼 굳어

다시는 카운터 펀치를 날릴 수 없지.

안녕, 날 위해 울지 말아요.

고양이가 있었다는 증거는 없잖아? 그러니까,

가이사의 것은 가이사에게

구름의 것은 구름에게.

나는 지치지 않는

구름의 스파링 파트너.

— 이장욱, 「인파이터—코끼리군의 엽서」 전문(『문학사상』 2003년 3월호)

이 작품은 '엽서'란 부제가 말해주듯 1인칭 화자의 독백으로 채워
져 있는데, 그 독백을 알아듣기 힘들다. 그 이유는 시의 첫행부터
'안전해진 자들'이란 모호한 표현이 등장하고, 느닷없이 '사랑이 없

으면 리얼리즘도 없어요'라는 잠언 같은 구절이 나타나는가 하면, 난데없이 'Don't cry for me Argentina'를 번역한 듯한 '날 위해 울지 말아요. 아르헨티나'가 끼어든다. 게다가 '사람들을 떠올리면 에네르기만 떨어진다'는 모호한 표현까지 등장한다.

몽환적 의식의 파편들이기 때문일까? 이 작품은 시행의 의미맥락과 연관관계를 짚어내기 어렵다. 이장욱의 시는 알아듣기 힘든 주술(呪術)이나 방언(方言)과 같다. 게다가 그의 시에선 육성(肉聲)이 느껴지지 않는다. 그의 시를 읽는다는 것은 어쩌면 지적으로 구축된 가성(假聲)의 메카니즘을 풀어내는 일인지도 모른다.

「인파이터—코끼리군의 엽서」는 '구름'과 '나'의 대립적 구조로 짜여져 있다. '나'는 또 '안전해진 자들'과 대립항을 이루고 있다. '구름'은 이 시를 읽어내는 첫번째 코드다. '안전해진 자들'이 일상적 안일을 얻은 '현실적 존재들'이라면, '머나먼 구름'은 '비현실적 몽상'이며 '초월적 존재'로 읽힌다. '구름'은 또 바람처럼 흘러가는 '유동적 존재'이기도 하다. 반면, '안전해진 자'들은 더 이상의 변화를 꿈꾸지 않는 '부동의 존재'들이다.

시의 화자인 '나' 또한 '일상적 안일'을 익히 알고 있지만 '몽상'이 싸움을 걸어온다면, 결코 피하지 않겠다는 태도다. 그런데 이 시에선 단 한번의 타이틀 매치나 스파링이 벌어지지 않는다. 즉, '나는 벙어리처럼 끝내 싸우지'를 비롯해 '나는 사각의 링으로 전진하는 거야' '돌아보면 돌처럼 굳어 다시는 카운터펀치를 날릴 수 없지'라는 독백은 모두 시적 화자인 '나'의 다짐이다. '나'는 '다시는 돌아오지 못할' 죽음의 유배지에 가서도 인파이터가 될 것이라고 말한다. 그곳에서 김득구처럼 죽음을 무릅쓴 스텝을 밟을 때, 대중들이 "에비타"를 환호하듯 관중들이 '나'를 연호할 것이라고 상상한다. 그러나 '나'는 그들이 김득구의 유년시절의 바다를 상상조차 해본 적이 없듯 '나'의 개별적 삶에는 관심조차 없으리라는 걸 알고 있다. 따라서 '날 위해 울지 말라'는 전언이 가능하진 셈인데, 결국 이 시는 '이같은 인파이터가 되겠다'는 미래형의 '진술적 발화(陳述的 發話)'가 하나의 기둥을 이루고 있다.

또 하나의 기둥은 '나'의 '현재적 공간'이다. '나'는 지금 '낯선 곳'에 내던져져 있다. '나'는 '문득 텅 비어버리는/여긴 또 어디?'라고 묻는다. 슬쩍 지나가듯, 툭 던지는 말인 듯 하지만 이 질문이 바로 시의 핵심적 모티브로 여겨진다.

이장욱은 그의 시집 '내 잠 속의 모래산'을 통해 '내가 왜 이곳에 와 있을까' '그런데 여기는, 여기는 도대체 이딜까'(「미도파 백화점을 나와 약 15미터」 일부)를 몇 번이나 자문한 적이 있거나와, 이 '낯선 곳'이란 인식의 밑바탕엔 '거울 속의 당신은 어느 생의 얼굴인가?'(「킬러의 사랑」 일부)란 질문이 함축되어 있다. 그렇다면, 이 질문이 바로 이장욱 시의 인식론적 명제이자 시작(詩作)의 동인(動因)이 된다.

문득 자각하게 된, '이런 생'은 '지나치게 현실적으로 존재하는 저 어리둥절한 풍경'(「리얼리스트」 일부)들 때문에 몽상을 꿈꾼다. 따라서 우리는 이장욱의 시를 벽돌처럼 딱딱하게 굳어버린, 다시 말해 물화(物化)된 현실을 벗어나고 뛰어 넘으려는 '제의적 형식'이라고 말할 수 있겠다. 그 도구가 바로 '몽상'이다. '몽상'이야말로 비루한 현실을 가장 자유롭게 뛰어넘는 시간이동이자 공간이동이 아닌가.

이 시는 '몽상적 공간'과 '현실적 공간'으로 짜여져 있다. 시의 화자는 시종 인파이터를 꿈꾸고, 미래의 그 공간에서 싱싱한 생명력의 역동적 삶을 구가한다. 반면, '현실적 공간' 속의 '나'는 '떨어진 사과처럼 멍하니 창밖을 바라보는데', '서해' 쪽으로 새 한 마리가 날아가는 걸 감지한다. '서해'는 '내가 바라보던 바다'의 '바다'와 관련을 맺고 있는 듯하지만 의미맥락이 잡혀오지 않는다. 시인의 지극히 개인적인 경험이거나 몽환적 의식의 파편이기 때문일 것이다.

그것처럼 시의 화자도 주위의 풍경들에 대해 아무런 느낌을 갖지 못한 채 '모호한 빛 속'에 앉아 있다. 그러나 공중에 떠 있는 '초월자'인 구름은, '아무런 형체를 지니지 못한/그 허랑한 마음'(「바지입은 구름」 일부)은 '나'의 집착과 패배를, 그리고 어쩌면 '나'의 죽음까지 알고 있다는 표정이다. 그러나 '나'는 옆도 뒤도 돌아보지 않고 오직 전진해야 한다. 뒤를 돌아보면 석상이 되고 만다고 스스로를 다그친다. 동서양의 설화에 나타나는 석상이나 소금기둥은 '계율을 어긴 자의 비극적 조형물'이자 인간적인 미련을 끝끝내 떨구지 못한 '인간의 한계'를 극명하게 드러내고 있다. 이장욱 시에서의 '뒤돌아봄'은 '과거로의 시간이동'을 의미한다. 즉, '누군가 나를 불러 뒤돌아보면, 누군가 그의 기나긴 내력을 찬찬히 얘기해줄 것 같'(「개인적 불행」 일부)고, 그 시선의 그물망엔 횡단보도에서 교통사고로 죽은 사내가 '문득 정지 포즈로 허공에 떠 있'(「개인적 불행」 일부)는 모습이 걸린다. 따라서 이 시의 '돌아보지 말자'는 '과거를 돌아보지 말자'가 되겠는데, 설령 그곳에 쓰러져 죽음을 맞게 된다 할지라도 스텝을 밟아나가야 한다는 전언이다.

그런데 여기서 또 '고양이'란 말이 튀어나온다. 이 시의 전반부에선 '방금 눈 앞에서 고양이가 사라졌다'고 하더니, 여기와선 '고양이가 있었다는 증거가 없다'고 한다. 여기서 '나'의 몽상이 뒤섞이고 흔들리고 깨어진다. 어쩌면 '모든 게 착란에 불과했는지도'(「뱀파이어와의 낭만적인 인터뷰」 일부) 모를 일이다.

따라서 '가이사의 것은 가이사에게/구름의 것은 구름에게'라는 진술이 이어지는데, 현실의 몫은 현실적 왕국에 바치고, 몽상의 몫은 몽상의 나라에 되돌려줘야 한다는 것이다. 결국 이 시는 '나는 지치지 않는/구름의 스파링 파트너'임을 다짐하고 확인하기 위한 여정이었다. 시인은 현실의 땅바닥에 배를 붙이고 살아가지만 구름 같은 초월을 꿈꾸고, 불가해한 생의 유동성을 향해 끊임없이 정신을 움직여가는 존재이다. 그런 점에서 이 시는 이 시인에게 있어서 시론적(詩論的)이자 시론적(試論的)인 작품이라고 볼 수도 있겠다.

(『현대시』 2003년 4월호)

'아슴푸레한 물'의 視野

—— 노미영의 시

    노미영은 그의 첫 시집 『일 년만에 쓴 시』를 통해 우리가 성채(城砦)처럼 믿고 의지하는 이 시대의 세속적 가치를 야유하고 조롱하고 풍자했다. 그는 우리 몸에 교착된 일상적 가치의 맹점을 주로 '타자와의 관계'를 통해 거침없이 드러내 보였는데, 그 행보는 경쾌했고 화법은 발랄했다. 위악적 자학(自虐)도 서슴지 않았다. 최근 그가 발표한 「물의 역사」 또한 그 행보가 경쾌하고 발랄하지만 이전 작품과 구별되는 몇 가지의 변별적 징표를 보여준다. 그의 시선이 '타자와의 관계'가 아닌 '자신의 내면'을 향하고 있다. 그 원문을 읽어 보자.

1

페니실린은 나를 너무 오래 먹여살렸다

죽은 피부들이 떠다니는 물의 횡격막에서

나를 들어올린 것은 어머니, 손

어,쩌,다,

머리 위로 날아오르던 裸婦들의 혓바닥
어머니 가슴에 각질을 게워내고
나는 아스푸레한 물이 되었다
나를 빚어낸 것도, 부러뜨린 것도 물
물, 물, 신물의 역사

2
하늘이 승냥이처럼 찢겨 나가고
퉁퉁 불어터진 물 밑에서
둥글게 몸을 말아올리는
피의 등뼈,
물의 발원을 삼키는 달은 알았으리
내가 마시고 뱉는 물이
한 톨의 씨앗도 터뜨릴 수 없다는 것을!
죽어도 온전히 썩지 못하리
들쥐로 환생할 당신의 이빨 밑에서
범람하는 타액으로나 떠돌,
죄가 깊어 하늘로 돌아갈 수 없는 나는, 오줌

— 노미영, 「물의 역사」 전문(『현대시』 2003년 4월호)

이 시는 '물의 역사'이지만 '나의 역사'이다. '나'와 '물'이 지시어
의 경계를 뛰어넘어 곳곳에서 출렁거리며 삼투된다. '나'는 '아슴푸
레한 물'이다. '나'를 빚어낸 것도 '물'이며 '나'를 부러뜨린 것도
'물'이다. '내'가 마시는 것도 '물'이며 '내'가 뱉는 것도 '물'이다.
'나'는 '타액'이며 '나'는 '오줌'이다. 이처럼 시의 화자인 '나'와 객
관적 오브제인 '물'이 출렁거리며 넘나드는 가운데 '나의 역사'는 펼

쳐진다.

　　1) 나는 오랫동안 페니실린에 의지해 살아왔다.
　　2) 나는 어슴푸레한 물이 되었다.
　　3) 나는 죽어도 온전히 썩지 못하리라.
　　4) 나는 당신의 타액으로 떠돌 것이다.
　　5) 나는 죄가 깊어 하늘로 돌아갈 수 없는 오줌이다.

　5)를 제외하고 모두 시간 순으로 배열된 '나의 역사'는 내가 '아슴푸레한 물'이 되는 과정이자 그 이후의 상황으로 짜여져 있다. '나'는 오랫동안 항생물질인 페니실린에 의지해 살아왔지만 어머니의 손에 의해 '물'이 된다. 그 대신, 어머니는 '죽은 피부'의 '각질'을 품에 안게 되는데, 이 때의 어머니는 그 모든 것을 받아들이고 껴안아주는 '모성(母性)으로서의 물'이다.

　이 시는 '물'에서 시작하여 '물'로 끝나는데, '물'은 예로부터 '시간' '정화' '재생' '풍요' '생명' 등의 원형적 상징을 지녀왔다. 이 시에서의 '물'은 아슴푸레한 빛깔처럼 그 상징적 의미가 잘 잡혀오지 않는다. 단지, '어머니'란 비유를 통해 '모성적 포용'을 상정할 수 있을 것이며, '한 톨의 씨앗도 터뜨릴 수 없다'는 구절을 빌어 '생명의 시원(始原)'으로 추론해 볼 수 있겠다. 또 '퉁퉁 불어터진 물' '타액' '오줌' 등의 '오염된 물'과 대비시켜 '티끌 없는 순결성'이란 해석도 가능하겠다.

　시의 화자인 '나'는 아직 '아슴푸레한 물'이다. '타액'이나 '오줌'이 되기 전의, 아직은 뚜렷하지 않는, 미명의, 미성년의, 미각성 상태의 물이다. 그런데 돌연 '물이 나를 망가뜨렸다'고 선언한다. 따라서 '물의 역사'는 '신물나는 역사'라는 진술이 가능해진 셈인데, 너무나

직설적인 언명이고 보니 느닷없다는 느낌이 든다.

그는 왜 '신물의 역사'라고 말하는가? 위악인가, 자학인가? 자학의 카타르시스는 여기서 끝나지 않는다. '내가 마시고 뱉는 물이/한 톨의 씨앗도 터뜨릴 수 없다'는 것이다. 게다가 3)과 4)의 진술까지 낳게 된다. 물은 생명의 근원이다. 허지만 '타액'이나 '오줌'에 나타나듯, '어슴푸레한 물'이 시간이 경과될수록 오염된다. 그리하여 '나는 오줌'이란 자학적 선언을 낳게 되는데, '물, 물, 신물의 역사'란 표현이 번뜩이는 기지(奇智)와 더불어 독자들을 허탈하게 만들고 통렬하게 비웃는다.

이미 늦은 것이다. '나'는 '모성적 포용'이나 '생명의 시원'에 의해, '생명의 시원'으로 태어났지만 그 시원이 될 수 없다는 것이다. 그 이유는 '내가 마시고 내뱉는 물이/한톨의 씨앗도 터뜨릴 수 없'을 만큼 오염되어 있기 때문이다. '달'은 이미 그 사실을 알고 있다. '물'의 오염, 즉 '나'의 변질을 알고 있다. 게다가 시의 화자는 자신의 몸을 두고 '죽어도 온전히 썩지 못하리라'고 말한다. 1)이 그 근거가 될 법한데, 이러한 도저한 비극성이 문명비판적으로 읽히기도 한다.

그러나 우리는 '죄가 깊어 하늘로 돌아갈 수 없다'는 진술을 주목해야 한다. 여기서의 '하늘'은 '하늘이 승냥이처럼 찢겨 나가고'의 '하늘'과 더불어 시의 화자가 물을 통해 꿈꾸는 가장 순결하고 무구한 공간이다. 다시 말해, '순환적 재생으로서의 물'이 가장 무구한 상태로 머무르는 곳이다. 따라서 시인은 이 시를 통해 '아슴푸레한 물' 이전의 어머니의 자궁처럼 순결하고 무구한 상태로의 회귀를 꿈꿨을지도 모를 일이다.

허지만 시적 화자인 '나'는 그곳으로 돌아갈 수 없다. 페니실린을 너무 많이 먹었기에 '순환의 밑거름'으로 온전하게 되돌아갈 수 없을 뿐만 아니라 들쥐의 식욕이나 돋궈주는 타액이 될 것을 예감하고 있으니, 내 죄가 깊다는 것이다. '들쥐로 환생할/당신의 이빨'에서 불특정 다수를 칭하는 '당신'은 그리 중요하지 않다. 문제는 '나'의 예감이다. '수평적 하강'의 속성을 지닌 '물'이 '수동적 포용성'을 지 닌다면, '들쥐'와 '승냥이'는 '동물적 공격성'을 뜻하지 않겠는가.

  결국 '나'는 '모성적 포용'을 통한 '생명의 순환적 재생'을 꿈꾸었 으나 그런 순결한 꿈은 이뤄지지 않았고 또 이뤄지지 않음을 알고 있 다. '나'의 '죄'가 깊기 때문이다. 이를 통해 우리는 '타자'를 향해 있 던 노미영의 시선이 '자신의 내면'으로 옮겨지고 있음을 확인할 수 있다. 이는 자학과 역설을 통해 '분출로서의 시'를 지향하던 한 젊은 시인의 시적 관심의 확장이다. 그 확장의 한가운데 '아웃사이더적 일상인'에서 '물의 자식'이 된 시인이 앉아 있고, 아직은 '아슴푸레 한 물'인 그가 '사회'가 아닌 '사물'을 통해 인간 존재의 삶에 대한 근 원적 질문을 시작한 것이다.

(『현대시』 2003년 5월호)

風景의 언어, 內傷의 언어

— 노향림의 시

노향림 시인의 시를 읽을 때마다 고개를 갸웃거리게 된다. 어찌 시가 이렇게 맑고 선명할 수 있을까. 맑은 가을하늘 아래 빨래 몇 점이 적막하게 흔들리고 것 같다. 그는 50대 중견시인이지만 '시나 인생에 대해 이 정도쯤은 알고 있다'는 식의 포즈를 잡지 않는다. 그의 시는 아직도 사물을 성교하게 응시하고 있으며, 그 눈빛 속에 숨이 있는 정열이 놀랍고 뜨겁다. 그는 결코 잠언이나 警句를 발하지 않는다. 그는 여성시인이지만 그 흔한 '사랑타령'을 늘어놓지 않는다. 물기 젖은 感傷性을 극도로 배제하는 '풍경의 언어'를 축조한다. 그의 시는 분출하는 감정을 안으로 새겨넣는 '內傷의 언어'이다.

桃園은 없다 도원 단지 밖은
언제나 정체불명의 새상이다
桃色 봄이 소문없이 와서 문 밖에서 사라져
낯선 바람 낯선 길 낯선 사람들이

술렁거리며 돌아간다

도로 중간에 주차한 구급차 한 대
오랫동안 꼼짝 않는다
누군가 이승을 떠났을가
車가문이 열리고 기사가 올려다보는
구름 속으로 막 건너가다 들킨
짧은 햇살의 뒷 몸

벼랑길을 따라서 세상 속으로
낮게 포복해가는 바람소리
후문을 지탱해주는 힘은 높고 험한 벽이다
밤새 풀러내렸는지
담장을 뚫고 나가 핀 나팔꽃들이
저녁이 되어도 마르지 않는다

천주교 용산 대교구 마리아 수녀관이
적막하다 칠 칠 벗겨진 팻말을 단
그 집 창문들은 한번도 열린 적 없다
담 밖으로 손 내민 생소나무 가지 사이
이따금 박히는 새소리 몇 점

— 노향림, 「도원길」(『현대시』 2003년 5월호)

　최근에 발표된 이 작품 역시 그의 시적 개성을 잘 보여주는 시이
다. 그렇다. 武陵桃源은 없다. '무릉도원' 또는 '도원아파트 단지'
밖의 세상만 적막하게 깔려 있을 뿐이다. 시인은 이런 세상을 '정체

불명의 세상'이라고 말한다. 일상적 풍경마저도 '낯선 바람' '낯선 길' '낯선 사람들'로 분해한다. 그러나 이 시의 2, 3, 4연을 읽어 보면 결코 낯선 풍경들이 아니다. 그럼에도 불구하고 시인은 왜 일상적 풍경을 '낯선 바람' '낯선 길' '낯선 사람들'로 표현한 것일까? 그 이유는 '桃色 봄이 소문없이 와서 문 밖에서 사라졌기' 때문일 것이다.

桃園과 桃色을 통해 우리는 온갖 생명이 복숭아꽃처럼 흐드러지게 피어나는 봄날을 연상하게 되지만 이 시의 풍경은 너무나 적요하다. 봄이 문 밖까지 왔다가 사라져 버렸을 뿐 아니라 2, 3, 4연을 통해 보여주는 풍경이 적막하기 이를 데 없다.

이 시는 화자의 진술에 의지하는 1연을 제외하곤 모두 3개의 개별적 풍경을 모자이크하듯 배열해 놓고 있다. 2연에선 도로 중간에 구급차가 서 있고, 3연에선 담장에 나팔꽃이 피어 있으며, 4연에선 수녀원 담 밖으로 소나무 가지가 뻗어 나와 있다. 그런데 모두 이쪽의 풍경이다. 다시 말해, '문'의 이쪽 풍경이다. 이 시에선 모두 4개의 문이 등장한다.

1연) 桃色 봄이 소문없이 와서 문밖에서 사라져
2연) 車문이 열리고 기사가 올려다보는
3연) 후문을 지탱해주는 힘은 높고 험한 벽이다
4연) 그 집 창문들은 한번도 열린 적 없다

시인은 이상하게도 문의 이쪽 풍경만 담아내고 있다. 결코 문의 저쪽 세상을 보여주지 않는다. 이를테면, 봄이 소문없이 왔다가 사라져 버린 문의 저쪽과 구급차 내부, 후문의 안쪽, 수녀원 내부를 보여주지 않는다. 시인은 오로지 시야에 잡힌 풍경만 담아낸다. 게다가 그 풍경을 바라보는 감정들이 흰 빨래처럼 탈색되어 있다. 여기서 우리

는 感傷的 辭說을 거부하는 시인 특유의 '脫俗의 언어'를 볼 수 있는
데, 그 풍경들이 한결같이 사물처럼 고정되어 있다. 도로에서 꼼짝도
하지 않는 '구급차'와 저녁이 되어도 마르지 않는 '나팔꽃', 수녀원
담 밖으로 뻗어나온 '소나무'가 그것인데, 여기서 움직이는 것은 '짧
은 햇살'과 '낮게 포복해가는 바람소리', 그리고 '새소리' 정도이다.
그런데 '새소리'마저도 소나무 가지 사이에 박힌다고 표현되고 있
다.

　凝血처럼 맺혀 있는 풍경들. 이 풍경 속에는 '누군가 이승을 떠났
을까'란 구절이 암시하는 죽음이 있고, 높고 험한 벽에 피어 있는 나
팔꽃 같은 생명이 있고, 마리아 수녀원 수녀들의 봉쇄된 수도생활이
있다. 말없이 하늘을 올려다보고, 저녁을 맞고, 담 밖으로 손을 내미
는 존재들. 무릉도원 밖의 존재들이 무엇인가를 힘겹게 견디고 있다.

　시인은 이런 풍경들을 보여주면서, 각 연마다 부정적 어사를 끼워
넣어 놓았다. 도원은 없고, 구급차는 꼼짝 않고, 나팔꽃은 마르지 않
고, 창문은 한번도 열린 적 없다. 이런 낱낱의 풍경이야말로 더 이상
의 변화를 기대할 수 없는, 정물과 다름없는 우리의 삶이 아닐까.

　이 시의 '도원길'은 '함축적 화자'가 무릉도원으로 가는 길일 수 있
겠고, 무릉도원을 꿈꾸는 '길 위의 존재들'의 삶을 담아내고 있다고
볼 수도 있겠다. 그 존재들이란 '구급차' '구급차 기사' '나팔꽃'
'수녀' '소나무' '새'가 되겠다. 시인은 이런 존재들의 모습을 담담
하게 보여줄 뿐, 그 풍경에 관념을 덧씌우지 않는다. 오로지 적막한
풍경 몇 점을 던져놓는 것으로 무릉도원을 꿈꾸는 자들의 적막한 슬
픔을 담아낸다. 탈수되고 건조된 것들의 쓸쓸함이 느껴진다.

　뿐만 아니라 이 시엔 이 지상의 현실을 아직도 낯설게 받아들이는
시인의 내면풍경이 담겨 있다. 시인은 이 시의 1연에서 도원단지 밖
의 세상을 정체불명의 낯선 세상이라고 진술했다. 이 시는 2, 3, 4연

의 풍경이 1연의 진술을 뒷받침하는 구조로 짜여져 있다. 따라서 2, 3, 4연의 일상적 풍경 또한 '낯선 바람' '낯선 길' '낯선 사람들'에 불과한 것이다.

무릉도원은 없지만 무릉도원을 꿈꾸는 자들. 과연, 문의 저쪽 풍경은 어떠할까? 혹시, 문의 저쪽이 무릉도원이 아닐까? 허지만 시인은 저쪽 풍경을 보여주지 않는다. 햇빛 속의 적막이 한기를 느끼게 한다. 그렇다, 무릉도원은 없다. 그렇게 때문에 시의 무릉도원은 있는 게 아닐까. 따라서 시인은 거듭 內傷을 입는다.

(『현대시』 2003년 6월호)

시가 겨냥하는 욕망, 시에 장착된 욕망

신인들이 너무 늙어 있었다. 이번 달엔 계간지 겨울호가 쏟아져 나왔으니, 작품이 풍성하리라고 믿었다. 그러나 신인들에게 할애된 지면이 너무 적었고, 그나마 발표된 작품을 샅샅이 뒤져도 신인다운 패기를 만나기 어려웠다. 신인들이 벌써 통념 속으로 함몰되고 있었다. 시의 완성도에 지나치게 신경을 쓰고 있었다. 개성적인 목소리를 지녔다고 평가받은 신인들은 어느새 자기복제에 빠져 있었다.

가까스로 젊은 시인 몇 사람을 만날 수 있었다. 몇몇의 중견시인을 만났다. 필자가 주의 깊게 살펴본 시인은 모두 네 사람이었고 '4인4색'의 개성을 보여주었다.

시 또한 욕망의 통조림이다. 그러나 잠들지 않는, 부패할 수 없는 통조림이다. 아직 거칠긴 하지만 날것의 싱싱함을 그대로 보여주는 한편의 시가 있었다.

1

　정오의 달 쨍쨍한 25시가 되자 괘종시계의 시침은 오른쪽으로 분침은 왼쪽으로 똑딱거리더니 교차로에서 만난 시계불알을 꼬집었어요, 그 순간 일십백천만십만백만천만억조경해 파운드 짜리 샛노란 볼링공이 유리 파편처럼 뾰쪽뾰쪽한 살을 곤두세운 압핀들의 등뼈 위로 뚝 하고 떨어졌는데요, 부서져 떠다니던 뼛조각들이 볼록한 엉덩이를 달군 솥 안에서 팡팡 튀겨져 일십백천만십만백만천만억조경해 개의 샛노란 팝콘으로 하늘에 가 박히기 시작했는데요, 한입 가득 팝콘을 녹여 먹느라 그물같은 혀를 땅 속 깊이 늘어뜨린 하늘에서 흘러내린 침이 관 속에 사는 잠 속의 꿈 속의 배고픈 내 눈물샘을 껍적껍적 채웠는데요, 그때 엄마가 내게 바통을 넘겨주며 말했어요, 아가, 그걸 마시면 안 보이는 것도 볼 수 있게 되거나 어쩜 잘 보이던 것도 못 볼 수가 있단다

— 김민정, 「눈물에 뜬 시립주안도서관─내가 그린 기린 그림 3」 일부
(『시안』 2001년 겨울호)

　이 작품은 '1'에서 '5'까지 이어진다. '1'은 '괘종시계의 시침, 분침'이 '시계불알'을 거쳐 '볼링공', '압핀', '하늘', '하늘의 침', '내 눈물샘', '엄마'로 파동치며 흘러가는 것을 보여주는데, 그 상상력의 발놀림이 다족류처럼 현란하다. '2'에 이르면 '볼따구니에 바코드를 붙인 인간'들이 등장하고, '잃어버린 내 얼굴'을 딴 사람이 달고 다니는 상황으로 전개된다. '얼굴을 잃어버린 나'는 항아리만한 오렌지를 덮어쓰고 도서관 현관을 통과하는데, 핸드 스캐너가 나를 '014251000018001 남아공산 오렌지'라고 판독한다.

　이 작품의 '3' '4' '5'에 이르면 거침없이 내뱉는 화법이 더욱 두드러진다. 그만큼 당당하고 개성적이다. 가히 '상상력의 핵분열'이라고 불러도 좋을 법한데, 특히 주목되는 것은 '현실'이 비틀리고 왜

곡되어 나타난다는 점이다. 이를테면, '정오의 달 쨍쨍한 25시'에 '시침'이 '시계불알'을 꼬집고, '압핀'조각들이 '팝콘'이 되고,' 하늘'이 '압핀'조각을 녹여먹고, '하늘의 침'이 관 속에서 꿈을 꾸는 나의 '눈물샘'을 채우는 것으로 진술된다.

지극히 순수해야 할 생(生)과 물질문명에 오염된 세계. 이 두 항목 사이의 충돌이 위악적이고도 현란한 상상력을 낳고 있는 것으로 보여지는데, 이 시에 잠복된 것은 배설의 욕망이다. 김민정은 배설의 욕망을 통제하지 않는다.

그 욕망은 이 세계의 통조림처럼 정돈된 질서를 거부하고 교란시키려는 욕망이다. 가치전복의 위태로운 파편들이다. 김민정의 시는 독자들에게 가치전복의 현란한 즐거움을 주지만, 시가 파편처럼 사방으로 튀고 때로는 요설적이어서 '불온한 상상력의 가건물'이다. 착란같은 분출이 아닌, 응축의 시도 발견됐다. 이 작품 역시 진술의 형식을 밟고 있지만, 감각적 역동성을 가급적 배제시키고 있다.

불타는 집에 오래 살았습니다
세상은 커다란 화덕 같은 것이어서
발을 딛는 순간, 발을 떼야 했습니다
가까이에서 보면
마라톤 선수같지만
멀리서 보면, 춤꾼 같습니다

꽃피는 집에 오래 살았습니다
세상은 커다란 꽃밭 같은 것이어서
눈을 뗄 수가 없었습니다
눈을 떼면, 이쁜 꽃들이

모두 사라져버릴 것 같았습니다

집이 불타고, 집이 꽃 피어 납니다
발을 디딜 수도, 발을 뗄 수도 없습니다
눈을 뜰 수도, 눈을 감을 수도 없습니다

이제 막 태어난 아이가
소리쳐 우는 것도 다 까닭이 있습니다
이제 막 꿈에서 돌아온 아이가
서럽게 우는 것도 다 까닭이 있습니다
　　　　　— 이홍섭, 「夢遊悲願圖 2—火宅, 花宅」(『시와 사람』 2001년 겨울호)

　이 시인은 '도원(桃園)'이 아닌 '비원(悲願)'을 말한다. 왜 비원(悲願)일까? 초월이나 탈속을 향한 열망을 거부하고 있기 때문이다. 이 땅의, 세속의 삶을 몸 비비며 살아내려는 욕망을 때문일 것이다. 비원(悲願) 또한 욕망이다. 그 욕망의 공간은 '집'이다. '집'은 '존재의 거처'이자 '하나의 정신세계'이다. '집'은 또 '타자'와 대응하는 '주체'를 상징하기도 한다. 시인은 이 작품을 통해 '타자'에 대응하여 상호작용을 추구하는 은밀한 욕망을 드러내고 있는데, 그 작용은 '발'과 '눈'에 의해 구체화된다. 시적 화자는 '화덕같은 세상'에선 발을 떼고 싶었고 '꽃밭같은 세상'에선 눈을 뗄 수 없었다고 한다. 그럴 것이다. 눈을 떼면 예쁜 꽃들이 사라지기 때문이다.
　여기서의 '꽃'과 '불'은 추상적 관념이다. '집'도 마찬가지다. 시적 화자는 '오래 살았다'는 말로 두 집, 다시 말해 두 개의 세계를 통과했음을 알려준다. 문제는 눈앞의 현실이다. 옛 집을 떠나 또 다른 세상을 맞았는데, 이번엔 '발을 디딜 수도, 뗄 수도 없는' 상황이다.

'눈'도 마찬가지다. 이같은 번민의 머뭇거림, 여기에 시인의 내면풍경이 깃들어 있다.

그 함축적 의미를 좀더 확장시켜보면, 시인은 세상에 대한 연민과 탈속, 그 중간쯤에서 끊임없이 서성거리고 있다. 이런 게 바로 우리 삶의 아이러니이긴 하지만, 이 시인에겐 고통의 현주소이다. 고통스런 욕망의 현주소이다. 시인이 바라보는 세상이 이러하기 때문에 시인은 막 태어난 아기가 소리쳐 운다고 말한다. 인간 생(生)의 비극성이 한층 강화된다.

그 언제부터인가 우리는 시를 읽는 즐거움을 잃어버렸다. 시의 욕망을 지나치게 앞세워 왔기 때문이다. 이번엔 시를 읽는 맛이 아기자기한 작품을 한편 살펴보자.

따지고 보면 바다처럼 죄 많은 계집도 없어 태초 이래 가장 실한 가랑이를 가진, 그 속으로 끌어들인 세월이 대체 얼마였는지 밤낮없이 들끓는 몸도 몸이지만 웬놈의 배신은 그렇게 잦은지 어깻짓 한번이면 저만치, 멀리간 者들 다시는 돌아올 줄을 몰랐지

모두는 그 푸른 자궁 속 비밀을 캐다가 망한 어부였어 滿船은커녕 노도 잃고 닻도 잃고 뱅뱅거리다 하얗게 질려서 돌아온 그들, 그녀는 점점 전설이 되어갔던 거야 늑대도 너구리도 그냥 가는데 그 전설에 기웃거린 건 꼭 사람이라지 아마?

하긴 고년인들 온전하겠어 뭇 사내들이 들락거린, 근래 들어 시름시름 앓는다는 소문은 내 진작 들은 바 있지만, 고년은 절대 안 죽는다니까 저길 보라구 매달 보름이면 맨발로 달려오는 늙은이, 鍼筒을 열어 아예 들이붓고 있는 저 하얀 主治醫가 있는 한 절대로 고년은 안 죽는다니깐

— 한혜영, 「그녀와 主治醫」(『작가세계』 2001년 겨울호)

이 작품의 재미는 우선 능청스럽게 감아 넘기는 화법에서 온다. 산문시로서의 가락도 그만이다. 인간과 바다와 달의 관계를 성적 이미지를 곁들여 적절하게 녹여내고 풀어낸다. '가장 실한 가랑이를 가진 바다'의 '들끓는 몸'은 '사람'을 부른다. 어부들에게 바다는 '생존의 터'이자 '뼈도 못추릴 공동묘지'이다. 그러나 수컷인 어부는 암컷의 자궁, 그 비밀을 캐려든다. '자궁 속 비밀'이란 표현으로 인해 이 시는 어부의 반복적 어로행위(漁撈行爲)를 훌쩍 뛰어넘어 원형적 심상으로 나아간다. 영원한 여성으로서의 바다, 그곳으로 '뭍 사내들'이 들락거린다. '바다'와 '뭍'의 교합은 바다를 병들게 하는데, 여기서 '헌화가'의 촌로(村老)를 연상시키는 '맨발의 늙은이'가 등장한다. 맨발로 달려온 보름달이 저렇게 침을 들이붓고 있으니, 바다는 거듭 싱싱해질 수밖에 없다. 이때 '뭍의 여자들'도 몸을 뒤척인다. 이를 '월경(月經)'이라고 부르던가.

어디 보름때 뿐이랴, 달은 수시로 바다를 밀고 끌어당긴다. 밀물과 썰물로 바다의 자궁을 설레게 하니, 바다의 생명력은 끝이 없다. 바다가 다시 상생(相生)의 힘을 얻는다. 이것은 대자연의 섭리이며, 순환이며, 리듬이며, 교합이다.

시의 리듬도 이같은 순환의 궤적을 호흡하는 행위일 터. 그다지 새로운 내용은 아니지만, 달과 바다의 이미지를 '노도 잃고 닻도 잃고 뱅뱅거리다 하얗게 질려서' '그 전설에 기웃거린 건 꼭 사람이라지 아마?'라는 등의 절묘한 표현과 가락에 실어낸 솜씨가 놀랍다. 시는 욕망의 산물이다. 시의 가락은 시의 욕망들을 이렇게 은근슬쩍 감춰 취 출렁거리게 한다.

한혜영의 경우, 이런 가락이 육화된 가락인지는 좀더 지켜볼 일이지만, 모처럼 시를 읽는 즐거움을 선사해 주었다. 이번엔 승객들이 닭처럼 앉아서 졸고 있는 지하철 객실로 가보자.

　지하철 칸 속 긴 횃대에 사람들이 쪼르륵 줄지어 앉아 조는 그 속에 나
도 끼어 졸면서 그리어 보네

　앉은뱅이 그는
　일어나고 싶지 않는 願病을 이룩한 사람

　장님 그는
　보고 싶지 않는 願病을 이룩한 사람

　절름발이 그는
　앞달리고 싶지 않는 願病을 이룩한 사람

　벙어리 그는
　아무 것도 말하고 싶지 않는 願病을 이룩한 사람

　(중략)

　그렇게 이 칸 속에 나타났다가 앞을 스치다가 막다가 저 칸으로 사라진
　자신의 바람에 의해
　세상에 하고 싶지 않은, 하고 싶은 것을 이룬
　적지 않는 그들, 장애의 願病人들

　그들이 사라진 뒤에도 이 칸 속에는
　그들이 다가왔을 때처럼 언제고
　조용하고 작은 물품
　껌이나 볼펜, 실꾸리 따위가 돌고 있네

그들 붉은 손바닥 안에서 願病의 묘약처럼 꺼내어 디밀어주던

껌, 볼펜, 실꾸리 그리고 동전 바구니……
— 이진명, 「지하철 칸 속 긴 횟대에 앉아 그리어 보네」 일부
(『현대문학』 2001년 12월호)

이진명의 나직한 목소리는 늘 우리에게 반성적 울림을 준다. 앉은 뱅이, 장님, 절름발이, 벙어리, 지하철 객실에서 흔히 볼 수 있는 얼굴들이다. 그런데 껌이나 볼펜, 동전바구니를 돌리는 저들이 원병(願病)을 했다니! 통념의 벽을 일시에 무너뜨린다. 그러나 그 어조는 나즈막하다.

어찌 그들이 원병(願病)을 했으랴. 그럼에도 시인은 왜 그들이 원병(願病)을 했다고 진술한 것일까? 여기서 '그리어보네'를 주목할 필요가 있다. 차라리 저들이 병을 원했다고 가정해 보면, 전철의 실내가 갑자기 훈훈해진다. 구걸하다시피 물건을 파는 장애인들이 더 이상 안쓰럽지 않게 된다. 이 도시에서 지하철만큼 비정한 공간이 또 있을까. 정확하고 편리하고 능률적이지만 그것만큼 비정하고 차갑고 일방적이다. 이런 공간에 빌붙어 살다시피하는 사람들. 시인은 그들의 손을 맞잡는다. 그 온기는 세상에 대한 눈물이다. 그 눈물은 대속(代贖)이며 화해이며 포옹이다.

그런데, 이 작품을 다시 읽어 보면 또 다른 의미가 잡혀온다. 저들이 스스로 병을 원해서 얻었다니! 갑자기 이쪽의 현실이 고통스럽게 다가온다. 지하철과 휴대폰과 인터넷, 그 어느 곳을 둘러봐도 숨막히는 속도전이다. 이런 세상에 차라리 앉은뱅이나 장님, 절름발이가 되고 싶을 때는 없었던가. 그러나 우리는 더 높고 넓고 화려한 곳을 꿈꾼다. 그곳을 향한 직립(直立)의 노역(勞役)을 마다하지 않는다. 이 작

품의 원병(願病)엔 이처럼 두 가지의 의미가 교묘하게 중첩되어 있다.

원병(願病)은 비원(悲願)이다. 비원의 욕망은 더욱 슬프다. 반신불수를 희구하는 슬픈 욕망들을 통해 이 세상을 따뜻하게 감싸안으려는 '모성적 상상력'이 느껴지는데, 이 시는 최종적으로 우리에게 묻는다. 원병(願病)의 묘약이 아직도 눈앞에 있다고…… 제 몸이 붉게 녹슬어 허물어질 때까지 땅 밑을 순환하는 지하철 객차, 우리의 몸이 저 쇠붙이와 다르다면 그게 무엇이냐고.

(『현대시』 2002년 1월호)

비극적 현실의 서정적 풍경들

저 집들, 언제 강을 건너
저렇게 무덤처럼 웅크리고 앉았나
아무도 몰래 건너 가버린 저 산들은
어떻게 다시 또 데려오나
젖은 길만 골라가는 낡은 나룻배가
산과
나무들과 꽃들,
풀밭을 다 실어 나른 건가
남아 있는 불빛마저 참방참방 뛰어서
저 편으로 가는구나
환하다,
내가 없는 저곳

— 이은림, 「彼岸」 전문(『현대시학』 1월호)

집들이 강을 건너가고, 산과 나무와 꽃과 풀밭도 강을 건너가 버렸
다. 그나마 남아 있던 불빛마저 저 편으로 가고 있다. 그곳은 환하다.
그런데 그곳엔 내가 없다. 내가 없기 때문에 저렇게 환한 것일까? 저
곳은 피안(彼岸). 내가 영원히 다다를 수 없기 때문에 피안은 피안으
로 존재하는 것인가.

그렇다면 지금 이곳의 현실은 어떠한가. 이번 달엔 시인들이 어떤
'현실'을 바탕으로 시를 쓰고 있으며, 현실 너머의 세계는 어떤 곳인
지를 살펴보기로 하자. 시는 언제 어디서나 지금 이곳의 현실로부터
출발한다. 소설도 마찬가지다. 역사소설이나 SF소설, 판타지소설도
결국은 작품이 쓰여진 당대의 현실을 비춰주는 거울이다. 쟈크 데리
다가 그의 저작물들을 통해 수없이 강조했던 것처럼, 현존(現存,
presence)이야말로 모든 사고의 진행을 가능케하는 가장 통일적인 기
반이기 때문이다.

이은림의 '피안'은 간명하고 활달하다. 함축적이고도 감각적인 화
법이 돋보인다. '피안'이란 낡고 무거운 제목이 무색할 정도다. 특히
마지막 두 행 '환하다,/내가 없는 저곳'이 환기시키는 효과는 크다.
그 두 행으로 인하여 앞의 모든 행들이 아연 생기를 띠게 될 뿐 아니
라 낡고 상투적인 제목을 새롭게 태어나게 한다. 저곳이 환할수록 이
곳이 더욱 어둡게 느껴진다.

그러나 이은림은 이곳의 현실을 구체적으로 드러내지 않는다. '피
안'으로 가지 못한 자신, 차안(此岸)의 세속적 현실에 대해 침묵한다.
우리에게 너무나 친숙했던 것들, 우리의 생존과 생활을 지켜주던 것
들, 우리가 무심코 접해 왔던 것들이 사라진 세계는 어떠한가? 시인
은 단지 '저곳이 환하다'는 말로 '이곳이 깜깜하다'는 걸 보여줄 뿐
이다. 과감한 생략이 지닌 뜨거운 에너지가 느껴진다.

이 시엔 '不在(absence)'를 깨닫는 화자만 존재할 뿐이다. 집을 잃

고, 산을 잃고, 나무와 꽃도 잃어버린 '나'의 지각만 존재할 뿐이다. 그렇다면, 이은림은 '부재'를 통해 '현존'을 드러내는 셈인데, 강 건너의 거울이 너무나 선명하여 이쪽의 현실이 더욱 아프게 느껴진다.

이은림이 '피안'과 '차안'이란 두 개의 공간을 대비시켜 시적 화자의 현실적 삶을 담아냈다면, 홍윤숙은 '새벽 4시'라는 시간을 중심축으로 삼아 죽음과 맞선다.

새벽 네시엔 자명종처럼 잠이 깬다 언제부터인가 인체가 기계가 되어 있다 잔잔한 물굽이 한 귀퉁이 부드럽게 갈라지며 문득 수면으로 부상하는 자동인형 그 검은 물체에선 살냄새가 안 난다 마른 산사나무 잎새 타는 연한 연기 한솔기 후르르 감돌고 부피도 없이 일어서는 허수아비 빈들에 삭정이로 흔들리는 새벽 네시의 벌판, 세상의 도시 어디선가 첫기차 떠나는 소리 들리고 후드기는 빗줄기 섞여 죽은 살의 젖은 발이 잠시 눈을 뜨는……

핏기없이 마른 가을 볏짚의 엉성한 제웅 하나 어둠 속에 눈뜨고 세상을 바라본다 생애 중 가장 청정한 살의 몸 하나로
한 발이 이미 천상의 계단에 닿은 듯도 한 아, 무중력의 가벼움 이 허공……

— 홍윤숙, 「새벽 네시의 벌판에」 전문(『현대시』 1월호)

시인은 '새벽 4시의 현실' 속에 있다. 시인의 '새벽 4시'는 '죽음과 맞서는 차갑고 엄격하고 예민한 시간'이다. 시인은 자신을 '새벽 4시'에 잠을 깨는 '자동인형'이라고 말하는데, 이젠 '살 냄새'조차 나지 않는다는 것이다. '살 냄새' 없는 육체는 '부피도 없이 일어서는 허수아비'로 전이(轉移)되고, 다시 '핏기 없이 마른 가을 볏짚의 제

웅'이 된다. 시인이 이같은 육탈(肉脫)을 노래한다는 것은 바로 죽음과 맞서는 행위. 그러나 그 어조는 너무나 담담하고 진솔하다. 시인은 결코 정신적 탈속(脫俗)을 꿈꾸지 않는다. 이 지상의 새벽 4시를 끊임없는 연민으로 바라본다. 망자(亡子)들의 안쓰러운 육체, '죽은 살의 젖은 발'을 본다.

시적 화자와 함께 눈을 뜨는 것은 벌판의 허수아비. 그러나 독자들은 시인이 벌판에서 잠을 깼다는 느낌을 가진다. 이 벌판은 노시인이 단독자(單獨者)로 홀로 깨어 있는 '절대 공간'이다. 마치 고해소(告解所)와 같은, 이 지상의 차갑고 엄격한 절대의 공간 속에서 시인은 생사(生死)가 엇갈리는 것을 본다. 첫 기차가 떠나고 망자들이 눈을 뜨고…… 이런 벌판에서 제웅 하나 또 눈을 뜨게 되니, 시인은 꿈꾼다. '생애 중 가장 청정한 살의 몸 하나로' 천상의 계단으로 나아갈 것을.

이 작품엔 '망자들의 젖은 살에 대한 연민'과 '가을 볏짚처럼 향기로운 육탈을 향한 꿈'이 중첩되어 있는데, 그 무엇보다도 육체를 통해 죽음과 맞서려는 정신이 주목된다. 요즘엔 젊은 시인들마저 '탈속'을 읊조리고 '잠언' 같은 시를 쓴다. 육체를 통해 죽음과 맞서려는 이런 시야말로 가을볕에 잘 마른 魂과 같고 魂의 노래처럼 섬뜩한 絶唱이 아닐까 싶다. 최문자 시인 또한 죽음을 눈앞에 둔 비극적 현실을 노래하고 있다. 시인은 '곧 세상이 얼어붙는다'고 말한다.

그대,
우리 서로 얼어붙기 전에
툰드라 벌판에 우물 하나 파기로 하자.
이별은 우리가 우리 안에 숨긴
가장 차가운 얼음

저 이별의 얼음 밑엔

깊은 물 속이 있다.

지난 날 우리의 꽃잎

거기서 물을 마시다가

푸른 산맥 모두 얼음이 되는

불길한 예감으로

지금 미리 팔을 떨고 있다.

사랑과 함께 이별 하나 태어나려고

어느 지층 얼음 품고 그렇게 설레였던가?

그대,

곧 빙하기가 시작된다.

얼음도 얼음과 헤어져

혼자 얼어붙는 참을 수 없는 시간이 온다.

우리가 흘렸던 눈물까지

하얗게 얼음을 뒤집어쓰는

슬픔도 얼음처럼 빛나는

툰드라의 계절이 오고 있다.

그대,

간빙기에 우물하나 파기로 하자.

가는 뿌리 하나 몰래 키우면서

얼음 속에서도 얼음을 녹이는

빙하기에서도 김이 오르는

우물 하나 파기로 하자

간빙기

① 빙기와 빙기 사이의 기간

② 빙하기가 오기 전 잠시 얼음이 녹고 온대림이 덮히며, 호수와 못이 생기는 기간이다. 이 때 우물을 파고 식수를 마련해 둔다

— 최문자 「간빙기 · 1」 전문(『현대시학』 1월호)

시인은 불길한 예감에 몸을 떨고 있다. 몸이 얼어붙는다는 것은 곧 죽음을 의미하는 것, 따라서 '그대'와 '나'도 필연적으로 이별을 할 수밖에 없다. 시인은 우리에게 또 다시 간빙기가 온다는 가상적 상황을 배경으로 죽음 앞에서의 이별을 노래하고 있는데, 우리가 숨을 이어가는 삶이 바로 간빙기에 해당된다는 것일까? 그렇다면 온 세상이 얼어붙는 빙하기의 기나긴 침묵은 무엇인가? 그것이 바로 영원이란 것일까?

시인은 이별이란 우리가 '우리 안에 숨긴' 얼음이라고 말한다. 몸 안의 얼음이란 어차피 녹게 되는 것, 그렇다면 우리의 사랑이란 고작 얼음이 녹고 있는 동안 나누는 대화나 몸짓에 지나지 않는다. 이토록 짧은 사랑에 긴 이별이 준비되어 있으니, 그 이별이 바로 지상에서 가장 차가운 얼음이 아니겠는가?

게다가 '사랑과 함께 이별 하나 태어나려고' 지층이 얼음을 품고 그토록 설레었다니! 그렇다면, '사랑'과 '이별'은 그 이름이 다를 뿐, 자웅동체였던 것이다. 생의 물밑을 내려다보는 시인의 통찰력이 놀랍다.

마침내 빙하기가 시작되면, '얼음도 얼음과 헤어져/혼자 얼어붙는 참을 수 없는 시간' 속에 갇힌다. 결국엔 혼자 얼어붙게 되는 인간의 비극적 숙명이 얼음처럼 서늘하고 명쾌하게 다가온다.

시인은 이 같은 죽음의 이별을 앞둔 이 시간, 우물 하자를 파자고 한다. 그 우물은 '얼음 속에서도 얼음을 녹이는', 우리가 지닌 최후의 희망이며 그 씨앗이다. 그 희망은 우리네 애달픈 사랑에 비해, 이

짧은 생애에 비해 좀더 영속적이다. 따라서 우리는 '혼자 얼어붙는 참을 수 없는 시간'을 견디며 이 시를 끝까지 읽어낼 수 있다.

　나희덕 시인은 여전히 낮게 낮게 중얼거린다.

　　처음엔 흰 연꽃 열어보이더니

　　다음엔 빈 손바닥만 푸르게 흔들더니

　　그 다음엔 더운 연밥 한 그릇 들고 서 있더니

　　이제는 마른 손목마저 꺾인 채

　　연못 속에 거꾸로 처박히고 말았네

　　수많은 槍을 가슴에 꽂고 연못은

　　거대한 폐선처럼 서서히 가라앉고 있네

　　저 바닥에 처박혀 그는 무엇을 하나

　　말 건네려 해도

　　손 잡으려 해도 보이지 않네

　　발 밑에 떨어진 밥알들 주워서

　　진흙 속에 심고 있는지 고개 들지 않네

　　백 년쯤 지나 다시 오면

　　그가 지은 연밥 한 그릇 얻어먹을 수 있으려나

　　그보다 일찍 오면 빈 손이라도 잡으려나

　　그보다 일찍 오면 흰 꽃도 볼 수 있으려나

　　회산에 회산에 다시 온다면

　　　　　　　　　— 나희덕, 「사라진 손바닥」 전문(『현대문학』 1월호)

　시적 화자의 눈앞에 펼쳐진 풍경은 처참한 잔해(殘骸)뿐이다. 꽃을 피워 연밥을 만들던 연의 줄기들이 연못 속에 거꾸로 처박힌 상황이다. 게다가 연못마저 폐선처럼 가라앉고 있다. 이 작품엔 연 줄기들이 꺾이고 연못이 황폐해지는 이유가 나타나 있지 않다. 시인의 관심은 다른 데 있기 때문일 것이다. 시인은 물에 처박힌 연들이 고개를 들지 않는데, '발 밑에 떨어진 밥알을 주워서/진흙 속에 심고 있'기 때문이라고 생각한다.

'사라진 손바닥'은 '사라진 시간'에 다름 아니다. 그 '사라진 시간'들이 '백년 뒤의 공양(供養)'을 불러오고 있으니, 바로 '연밥 한그릇'이다. 언제나 각박하기 마련인 현실, 때로는 처참한 풍경과 마주치는 게 우리네 삶인데, 그런 풍경들을 '백 년 뒤의 연밥 공양(供養)'으로 버무려내는 '모성적(母性的) 상상력'이 가슴 뭉클한 감동을 준다.

그런데 조건이 하나 달려 있다. '회산에 회산에 다시 온다면'이란 구절이 그것이다. 이 구절로 인해 갑자기 시가 탄력을 얻는다. '회산에 회산에 다시 온다면'은 다시 오기 어려울 것이라는 부정적인 의미를 내포하고 있다. 시인은 '다시 오기 어려운 회산'과 '언젠가 다시 피어날 연꽃'을 대비시켜 인간의 유한적인 삶, 그 비극성을 강화시켜 놓았다.

이번 달에 논의한 작품들은 주로 현재의 시간을 기점으로 詩想을 과거 또는 미래로 확장시켜나가는 형태를 취했는데, 그 과거와 미래에 의해 현실적 고통이 부각되고 있다. 이들 시인이 바라보는 현실 너머의 세계는 '내가 없기 때문에 불빛 환한 피안'이며 '해후의 날을 기약할 수 없는 연못'이며 '온 세상이 얼어붙는 빙하기', 그리고 '무중력의 허공'이다. 그 '피안'과 '연못'과 '빙하기의 얼음'과 '무중력이 허공'이 우리의 세속적 현실과 삶의 비극성을 거울처럼 비춰준 셈이다.

이번 달에 논의한 작품들은 서정과 서사가 잘 어울려 읽기가 쉬웠고, 평이한 듯했지만 시를 읽어 나가는 도중 허방다리를 딛는 듯 현기증을 느끼게 했다. 사실, 주위를 둘러보면 말을 도무지 알아들을 수 없거나 너무도 식상한 말을 늘어놓는 시들이 얼마나 많은가. 서정과 서사가 물처럼 흘러가는 시, 그러나 현기증을 느끼게 하는 시, 그 이유가 궁금했다. 논의한 시들은 다시 한번 읽어 보니, 아 저마다 하나씩의 풍경을 지니고 있었다. 시의 화자가 풍경을 업고 있거나 입고 있었다. '강'과 '연못'과 '얼음'과 '벌판'이 피워낸 눈부신 슬픔들이었다.

(『현대시』 2002년 2월호)

일상의 감옥, 일상의 모래

1. 지나치게 현실적으로 존재하는 풍경들

이번 달엔 신인들의 작품이 풍성했다. 월간 『현대시』가 우리 시단
의 시동인들 중 가장 젊은 시인들로 구성된 '천몽'과 '시원' 동인들
의 작품을 특집으로 꾸몄고, 『현대시학』은 '올해(2002년) 신춘문예
당선자' 특집을 엮어 우리 시단의 젊은 목소리를 한꺼번에 접할 수
있었다.

필자는 우선 이 시인들이 현실을 어떻게 바라보고 있으며, 어떤 상
상력으로 현실적 삶의 굴곡을 드러내는가를 살펴보았다. 벌써부터
일상을 재해석하는 정도의 안정적 포즈를 취하는 시인도 많았다. 반
면, 독특한 화법의 개성적인 시를 지향하는 시인도 발견돼 뜻밖의 즐
거움을 누리기도 했다.

신인들은 신음하고 있었다. 이들은 가변차선이 허용되지 않는 현
실, 일상(日常)의 감옥에 갇혀 있었다. 일찍이, 당대의 현실을 행복하

다고 말한 예술가는 없었다. 그것처럼 이들 시인 역시 불우하고 불행한 연대를 토로하고 있었다. 시인들이 모래, 모래밭을 방황하고 있었다.

모래의 나라가 네온불빛 아래 아득하니

— 김종태, 「테헤란로의 나무 벤치」 일부(『현대시』 2월호)

할아버지는 먼 사막을 건너온 이역 사람이 아닐까 신기루 아닐까. 나의 할아버지가 나의 아버지에게 전해준 짧은 이야기에는 늘 모래인간이 등장했다.

— 장석원, 「동방의 서점에는」 일부(『현대시학』 2월호)

어부가 되지 못한 옛 친구들은
소금바람에 부식되어 가고 있었다

— 권현형, 「푸른 사막을 보고 오다」 일부(『현대시』 2월호)

수절수절 모래알로 쏟아내는
미라의 건조한 음성 같은 것이 들려온다

— 손택수, 「점자도서관」 일부(『현대시』 2월호)

사막이란 우리에게 낯선 곳이다. 그러나 이 땅의 시인들에겐 낯설지 않다. 시인들의 눈앞에 펼쳐진 풍경이 곧 사막이기 때문이다. 시인들은 왜 이 땅을 사막이라고 말하는가. 이 도시에 누워서 모래를 꿈꾸는가. 여기 한편의 시가 있다.

오늘은 가을과 가을 사이에 가로수들 젖은 머리 풀지

내일은 겨울과 겨울 사이에 늙은 정치가는 선언문을 낭독하지

또 어리둥절한 아침을 지나자 거리엔 수많은 여자들이 피어나고

너무나 당연하다는 듯이 모닝글로리의 아이들은

보이지 않게 죽어가고 횡단보도를 건너온 늙은 여자는

한걸음을 옮길 때마다 최선을 다해 침묵하지

당연하다는 듯이 관광버스는 人道의 여고생들을 향해

질주하지 않고 당연하다는 듯이

여고생들은 웃음과 욕설을 그치지 않고 당연하다는 듯이

먼 그대의 자살소식은 들려오지 않고 오늘은 당연하다는 듯이

이 거리엔 상상하지 않는 일들만 일어나네

잠깐 고개를 돌리면 지나치게 현실적으로 존재하는

저 어리둥절한 풍경 앞에서 다시

오늘은 가을과 가을 사이에 가로수들 젖은 머리를 풀고

내일은 겨울과 겨울 사이에 대통령의 선언문이 배달되지

저기 누군가 아주 현실적인 혜화동의 오후에 주저앉아

문득 웃음을 터뜨릴 듯한데

— 이장욱, 「리얼리스트」 전문(『현대시』 2월호)

   이 작품의 화자는 자신을 리얼리스트라고 부른다. 그리고 도시의 풍경을 카메라처럼 담담하게 훑어나간다. 그런데 몇번이나 반복되는 '당연하다는 듯이'라는 수식이 이상하다. 아무래도 이상하다. 시의 화자는 '너무나 당연하다는 듯이 모닝글로리의 아이들은/보이지 않게 죽어가고'라고 말해 놓고, 그 다음엔 '당연하다는 듯이 관광버스는 人道의 여고생들을 향해/질주하지 않고'라고 말한다. 앞 행의 의미를 살려 나가자면 당연히 그 다음 행을 '질주하고'라고 해야 할 것이다. 그럼에도 불구하고 이장욱은 '질주하지 않고'라고 표현했다.

여기에 이 시의 묘미가 있다. 이것은 단순한 역설이 아니다.

시를 계속 읽어 보자. 시는 '당연하다는 듯이/여고생들은 웃음과 욕설을 그치지 않고'에 이어 '당연하다는 듯이/먼 그대의 자살소식은 들려오지 않'는다는 것이다. 여기서도 의미맥락상 '먼 그대의 자살소식이 들려오고'라고 해야 할 것이다. 그러나 이장욱은 '들려오지 않고'라고 말했다. 이것은 아이러니다. 시치미를 뚝 떼는 독특한 화법의 아이러니다.

이 시는 '당연하다는 듯이/이 거리엔 상상하지 않는 일들만 일어나네'라는 말로 '당연하거나 당연해야 할 사건'들을 마무리짓는데, 그 사건들은 '지나치게 현실적으로 존재하는 풍경들'이다. 아니다, '현실적으로 존재하지 않는 풍경들'이다. 왜냐하면 '잠깐 고개를 돌리면'이라는 단서가 붙어 있기 때문이다. 그렇다면, 시인 앞의 풍경은 두 종류이다. 고개를 돌리지 않을 때의 '비현실적 풍경'과 고개를 돌렸을 때의 '현실적 풍경'이 그것이다.

이처럼 길항하는 두 개의 풍경이 이 시를 이끌어가는데, 시인은 '현실적 풍경'을 굳이 '어리둥절한 풍경'이라고 말해 놓았다. 당연하다는 듯이 발생하지만, 발생해선 안 될 사건들이란 뜻이다. 이것이 바로 우리들 일상의 슬픔이다. 그 감옥이다. 일상의 감옥은 우리가 밤낮으로 접하는 친숙한 공간이지만 시인에겐 아직 낯선 곳이다.

이런 풍경 앞에 '누군가 문득 웃음을 터뜨릴 듯 한데', 웃음을 터뜨리는 사람이 없다. 이것이 곧 우리의 '현실적 풍경'이다. 시의 제목은 '리얼리스트'이지만 이장욱은 독특한 화법의 '스타일리스트'이기도 하다. '당연하다는 듯이'라는 수식 하나로 '지나치게 현실적으로 존재하는' 우리네 일상의 감옥을 드러내놓고 있다. 그것도 시치미를 뚝 뗀, 아이러니를 통해 표현해냈다.

2. 형형색색의 모래알

'당연한 현실'이지만 '당연하게 받아들여선 안될 현실'은 결국 시인들로 하여금 '비현실적 공간'을 꿈꾸게 한다. 그 중의 하나가 사막이다.

> 떠나온 곳도 모르는 생이 예 있으니 빌딩 새를 스치는 바람의 나날들, 무상한 모래의 나라가 네온불빛 아래 아득하니 나는 나마트湖의 목마른 낙타, 카비르산 밝은 달 아래 곤드레만드레 주인남자를 태우고 카샨 지나 야즈드 지나 루트사막 모래 울음 속을 검부러기처럼 건너가리 케르만여관의 주인 과부는 아직 몸 뒤척이니 창틈에 여비를 떼어놓고 떠나면 어떠리 교교한 별빛아래 목놓아 울어본들 말구유에 마른 사탕무잎이 다시 젖을까만 맨발로 보도블럭 점자를 더듬으면 오지 않을 옛사랑이 흙먼지처럼 붉어져 추억은 오랜만큼 아름다우리 시간의 폭풍이 몰아치면 흰 수염으로 온기를 엮어 엘리 엘리 엘리베이트 오를지니 정처 없음이야 세월밖에 또 무엇에 의지하리 행상을 지고 고원으로 향하는 모험의 사내들은 모르리 아무도 밟지 않은 낙엽이 이 길의 빈 몸을 덮으면 새벽 단풍의 실핏줄 매만지며 밤푸르의 밤 푸른 오아시스 마을로 들어가리 끝내 꿈같지 않으리

— 김종태, 「테헤란로의 나무벤치」 전문

이 시엔 '현실'과 '비현실', '도시'와 '사막'의 이미지가 교묘하게 뒤섞여 있다. 이 시의 배경은 네온불빛 화려한 테헤란로(路), 그러나 시인은 이곳을 '사막'이라고 말한다. 그리고 시의 화자를 나마트湖의 낙타로 전이(轉移)시켜 곤드레만드레 술에 취한 주인남자를 태우고 사막을 건너가는, 다분히 낭만적인 여행을 꿈꾼다. 낙타는 무겁지

만, 이것은 환상이기에 검부러기처럼 가볍게 모래울음 속을 건너가기를 희망한다. 시의 화자는 한마리 낙타가 되어 '네온불빛'이 아닌 '달빛'과 '별빛'이 가득한 사막을 흘러가며 목놓아 울어보고 싶지만, 이 도시에서의 삶이란 '맨발로 보도블럭 점자를 더듬'는 것과 같다. 네온불빛이 화려하지만 '나'는 맹인과 다름없고, 오지 않을 옛사랑의 추억이나 더듬을 뿐이다. 추억의 흙먼지나 먹고 앉아 있을 뿐이다.

사막은 불모(不毛)의 땅, '절망'과 '죽음'과 '허무'의 공간을 상징한다. '영혼의 갈증'을 뜻하기도 하는데, 이 시는 특이하게도 사막을 '낭만적 공간'으로 그리고 있다. 그 낭만은 이 시인의 허무주의적 태도에서 비롯된다. 시의 화자는 '떠나온 곳도 모르는 생'이며, 그의 일상은 '바람의 나날'이며, 그가 발을 딛고 있는 곳이 '무상한 모래의 나라'이기 때문이다.

수평적 여행인 '사막 건너기'에 대비되는 수직적 이동인 '엘리베이터 탑승' 또한 정처가 없다. 게다가 세월 밖에 의지할 게 없다니! 김종태의 허무주의적 낭만은 이 도시의 차가운 현실이 낳은 '뼈아픈 몽상'이며 그 환상이다.

이 도시를 못견뎌 자신이 성장한 곳, 이른바 '고향'이란 이름의 추억 속을 들락거리는 시인도 있다. 그의 화법은 경쾌하다.

겨울 저녁 도둑고양이처럼
고향바다를 훔쳐보고 온 일 있다
눈길따라 낙타를 타고 타박타박
푸른 사막을 지나간 일 있다
누가 아직 떠나지 못하고 파도를 끌어안고 사는지
그 얼굴이 몹시 궁금했다

바닷가 노래방

바닷가 야식집

바닷가 약국에서

어부가 되지 못한 옛 친구들은

소금바람에 부식되어 가고 있었다

바다는 그렇게 사막처럼 버려져 있었다

선술집 유리를 통해

밤새 뒤척이는

고향바다를 본 것 같기도 하고

집어등 불빛 때문인가 어둠 속에서 파도가

눈물자국처럼 번득인 것 같기도 한데

새벽 고속버스 의자에 올라 올라앉아 생각하니

고향도 바다도 방금 스쳐 지나온

간이 정거장처럼만 여겨진 일 있다

— 권현형, 「푸른 사막을 보고 오다」 전문

여기서도 사막이다. 이 시인은 뜻밖에도 고향바다를 사막으로 표현하고 있다. 원시적 생명력의 상징인 바다를 불모(不毛)의 땅으로 표현하다니! 시의 화자는 무슨 까닭인지 도둑고양이처럼 고향을 다녀온다. 누가 고향바다의 파도를 껴안고 사는지 궁금해 한다. 그러나 옛 친구들은 기껏 노래방이나 야식집, 약국을 차려놓고 있을 뿐이었다. 핏기 잃은 풍경들이다.

바다를 잃어버린 친구들, 수동태의 삶에 길들여가는 친구들은 결국 바닷가의 자동차처럼 염분에 부식되어 갈 수밖에 없었던 것. 그것처럼 바다 또한 고립되어 있었고, 따라서 바다가 사막처럼 버려져 있었다는 표현이 가능해진 것이다.

상생(相生)의 터전은 그렇게 유폐되어 있었고, 어쩌면 이 시인 또한 어부가 되길 꿈꾸었던것인지 '도둑고양이'처럼 고향을 다녀온다. '파도의 눈물자국'을 뒤로 하고, 고속버스 의자에 앉았는데, '고향도 바다도 방금 스쳐 지나온/간이정거장처럼' 여겨진다. 시간과 공간을 훌쩍 뛰어넘는 생의 통찰이다. 이 시는 '고향상실'을 모티프로 하고 있지만 '바다를 잃어버린 친구들'이나 '버림받은 바다'를 그려내는 데 그치지 않고 마지막 행의 '간이정거장'이란 표현을 통해 우리 삶의 유한성을 일깨워 준다. 그 많은 서경적 풍경들이 한순간의 빛처럼 압축되어 우리의 이마를 스쳐가는 순간, 우리는 문득 이런 게 생인가 하는 생각에 진저리를 치게 된다.

시인들이 모래밭에서 자꾸 중얼거린다. 이 글의 서두에 인용한 장석원의 '동방의 서점에는'은 장시이다. 그 중 '목련이 필 때 양서류들은 떼죽음을 당한다'는 소제목을 단 부분은 시의 화자가 할아버지를 통해 '모래인간'을 등장시킨다. 詩想이 '할아버지'에서 '모래인간'으로, 다시 '잠'과 '꿈'으로 이어져 '꿈꾸지 않는 것이 죽지 않는 유일한 방법'이란 진술을 낳는다. 시의 앞부분에선 현실로부터의 '혁명'과 '배반'을 노래해 놓고 '꿈꾸지 않는 것이 죽지 않는 유일한 방법'이라니! 앞서 행한 자신의 진술을 한순간에 뒤짚어버리는, 다분히 실험적이고도 의욕적인 글쓰기로 보인다. 다소 산만하고 거칠긴 하지만, 대담한 진술력과 거침없는 상상력을 보여주고 잇다.

'여기는 모래의 왕국/태어날 때부터 떠도는 게 숙명인/모래들을 끌어모아/기나긴 모래의 문장을 만든다'으로 시작되는 '점자도서관'의 손택수는 '모래로 된 책'을 끈질기에 뒤쫓고 있다. 그는 이 현실을 모래책들이 쌓인 도서관으로 보고 있는 듯 하다. '꺼칠한 관을 미는 사포 소리' '미라의 건조한 음성'이 주는 죽음의 이미지가 섬뜩하고, 모래들의 '끝도 없는 먼 여행'에 이르러선 영겁회귀의 비극성이 느껴진다.

이 시들은 눈앞의 현실을 말하면서, '일상적 현실'을 뛰어넘기 위한 방법론의 하나로 '모래'의 이미지를 차용해온 것인데, 대도시의 소도구를 통해 우리 일상의 감옥을 보다 직접적으로 말해 주는 시들도 발견됐다.

3. 일상의 감옥

숲 사이로 난 작은 길을 걸어
대나무로 들어갔다
아홉량의 바람이 정차했다가
다음 역으로 출발한다
덜컹대는 숲

전철 타고 퇴근 하는 길
이젠 시집을 읽다가도 잠이 든다
우체국을 나선 행낭처럼 흔들리다가
차창에 머리를 덜컹거리며
흔들리다가

마당을 쓰는 스님
사람들이 발을 들어주면 자리 밑까지
외손녀의 머리를 빗기듯 알뜰한 비질
내 앞에 한참이나 서 있더니
발 치워라

대나무로 무릎을 쾅쾅친다

눈 뜨면 덜컹대는 숲속

무릎이 꽝꽝 저리고

잠퉁아 이 잠퉁아 눈 떠라

대나무 천둥이 운다

　　　　— 윤성학, 「오지지널 대나무 사운드 트랙」 전문(『현대시학』 2월호)

　대도시의 일상을 대변하는 소도구 중 대표적인 것이 바로 전철이다. 윤성학은 '전철 객차'를 일단 '대나무'로 바꿔놓는다. 수평의 '전철 객차'와 수직의 '대나무'는 길죽하다는 것 이외엔 공통점이 별로 없다. 그러나 윤성학은 '아홉량의 바람이 정차했다가/다음 역으로 출발한다/덜컹대는 숲'이란 구절로 전철역을 대나무숲으로 바꿔놓는 것이다. 비유가 신선하다.

　시의 화자인 '잠든 승객'을 '이리 저리 흔들리는 우체국의 행랑'으로 표현한 대목도 인상적이다. 제3연에 이르러선 '내'가 '스님이 마당을 쓰는 꿈'을 꾸는데, 눈을 뜨니 무릎이 저리다.그 이유는 꿈 속에서 스님에게 대나무로 맞았기 때문이다.

　시의 화자가 이미 눈을 떴지만 '이 잠퉁아 눈 떠라'는 소리가 들린다는 대목도 흥미롭다. '몸의 눈'을 떴지만 '마음의 눈'을 뜨지 못했다는 뜻일 수 있겠다. '이 잠퉁아 눈 떠라'는 또 스님의 음성이기도 하고, 전철의 소음이기도 하다. '나'의 잠을 깨우기 위해 '대나무 천둥'이 우는데, 그 대나무에 두 개의 이미지가 겹쳐진 셈이다. '꿈에서 본 대나무'와 '눈 앞의 전철'이 그것이다. 시를 읽는 즐거움을 주는 '겹의 언어'들이다. 시가 활달하고 함축적이지만 그 굴곡이 깊지 않아 다소 아쉽다.

　대도시의 일상을 드러내는 또 하나의 공간이 바로 아파트이다. 김중일의 방패연(『현대시학』 2월호)은 아파트 현관문이 방패연이 되어 하늘로 떠오르는 환상적 조형력을 보여주고 있다. '늦게 귀가해, 우두커니/아파트 열쇠구멍을 맞출 때의/적막'으로 시작되는 '방패연'은 '그 검은 손목을 덥석 잡아 비틀다/돌려 당기면' '지워지는 문설주/들썩거리는,/떠오르는 철제문'이라는 구절과 함께 방패연이 솟아오르는 풍경을 보여준다. 아파트 현관문은 입주자의 안전을 지켜주는 '방패'다. 따라서 '방패연'이 연상되고, '방패연'이 하늘로 날아올라 장관을 이루는데, 그 상상력이 좀더 많은 의미들을 거느릴 수 있었으면 싶었다.

이들 시인의 '대나무숲'과 '푸른 하늘'은 '대안적 공간'이다. 인공도시에 대비되는 자연공간이다. 김종태의 '모래울음 들리는 루트 사막'과 권현형의 '사막처럼 버려진 고향바다'도 인공감옥에 대비되는 자연공간이다. 이처럼, 이들 시인들은 공간이동을 통해 인공감옥에 갇혀사는 우리 삶의 현주소를 드러내고 있다.

그런데 왜 '사막'과 '바다'와 '대나무숲'과 '하늘'인 것일까. 이들 자연이 곧 이 도시의 '대안적 공간'인 것인가. 이들 시인들이 보여준 공간이동의 상상력은 역동적이고, 그 풍경은 환상적 색채를 머금고 있다. 그렇다면, 환상이 과연 이 현실의 강력한 항생제가 될 수 있을까. 그 환상 또한 이 현실을 비춰주는 거울에 불과한 게 아닐까? 새삼 이런 의문을 던져준 작품들이었다.

(『현대시』 2002년 3월호)

제2부 **김춘수 시의 인물 연구**

金春洙 詩의 人物 研究

I. 서론

1. 연구의 필요성

시인 김춘수(金春洙, 1922~)는 시 창작의 방법론적 탐색을 거듭해 온 시인이다. 1948년 첫 시집 『구름과 薔薇』를 펴낸 이후 최근 15번째 시집 『의자와 계단』(문학세계사, 1999)을 출간하기까지 그는 시라는 언어예술에 대한 방법론적 탐색과 더불어 개성적 시세계를 구축해왔다.

그는 초기의 '존재탐구의 시'를 거쳐 중기의 '無意味의 시', 그리고 최근의 '萬有寫生帖'[1]에 이르기까지 5백여 편의 시를 발표했다. 뿐만 아니라 3편의 소설[2]을 발표했고 10권의 평론집[3]과 9권의 산문집[4]을 출간했다.

그의 이 같은 저작물 중엔 특히 자신이 특정 작품을 쓰게 된 배경을 밝힘으로서 자신의 작품세계를 해명한 경우도 적지 않다. 이를테면, 詩論集 『意味와 無意味』(문학과지성사, 1976)에 실린 '無意味의 詩'에 대한 詩論과 「處容」 시편들에 대한 진술이 그것이다. 또 그는 소설 형식을 띤 산문집 『꽃과 여우』(민음사, 1997)를 통해 유년의 기억을 바탕으로 한 그의 시편들을 해설하기도 한다. 심지어 그는 「장편 연작시 '처용단장' 시말서 — 1960년대 후반에서 1991년까지의 나의 詩作주변」[5]을 쓰기도 했다.

그는 자신의 시가 문단에서 '낯선 존재'로 여겨지거나 '오해'를 받을 때쯤이면 자신의 詩論이나 산문을 통해 자신의 작품을 해명하고 변론해왔다고도 볼 수 있다. 특히 여기서 주목되는 점은 이 같은 글들이 시의 내용보다도 시 창작의 방법론에 관한 모색을 주로 담고 있다는 것이다.

이처럼 그는 한국 현대시인 중 그 누구보다도 詩論的인 시인이다. 게다가 시의 언어와 표현기교에 대한 방법론적 자각을 끊임없이 보여온 匠人的 시인이기도 하다. 그러나 시인 김춘수에게는 또 다른 면모가 있다.

---

1) 시집 『들림, 토스토예프스키』를 낸 이후 좀 편안한 자세를 가누기로 했다. 그동안 몸에 밴 것들이 자연스레 드러나도록 그때 그때 쓰고 싶은 대로 쓰기로 했다. 이름하여 '萬有寫生帖'이라고 했다. 이런 題下에 50여 편의 시를 써서 경향의 여러 잡지에 싣게 했다. — 시집 『의자와 계단』 머리말, 문학세계사, 1999.
2) 「유다의 遺書」, 『현대공론』, 1955년 2월호. 「處容」, 『현대문학』, 1963년 6월호. 「第三의 類推」, 『현대문학』, 1979년 7월호.
3) 『韓國現代詩形態論』, 산해당, 1958. 『詩論』, 문호당, 1961. 『詩論 — 詩의 理解』, 송원출판사, 1972. 『意味와 無意味』, 문학과지성사, 1976. 『詩의 表情』, 문학과지성사, 1976. 『金春洙全集 — 詩論』, 문장사, 1982. 『詩論』, 송원문화사, 1982. 『現代詩論叢』(공저), 형설출판사, 1982. 『詩의 理解와 作法』, 고려원, 1989. 『詩의 位相』, 둥지, 1991.
4) 『빛 속의 그늘』, 예문관, 1976. 『오지 않는 저녁』, 근역서재, 1979. 『詩人이 되어 나귀를 타고』, 문장사, 1980. 『하느님의 아들, 사람의 아들』, 현대문학사, 1985. 『여자라고 하는 이름의 바다』, 제일미디어, 1993. 『예술가의 삶』, 혜화당, 1993. 『풋보리 향기로 고향 냄새를 맡는다』, 우석, 1993. 『사마천을 기다리며』, 월간 에세이, 1995. 『꽃과 여우』, 민음사, 1997.
5) 김춘수, 『김춘수 문학앨범』, 웅진출판, 1995.

나는 왜 여기서 이러고 있는가.[6]

김춘수가 유년시절, 그리고 중학생 시절 품었던 이 의문은 평생의 화두가 된다. 이 물음은 그 자신은 물론 세계의 존재성에 대한 인식론적 명제가 됐다.

김춘수는 匠人的 시인인 동시에 存在論的 시인이다. 그러나 그의 시 세계를 살핀 기존의 논의들은 그의 시적 방법론을 밝히는데 집중되어 있으며, '無意味의 詩'의 논리를 해명하는데 그친 경우가 적지 않다.

기존의 논의들은 대체로 그의 첫 시집에서 1959년 발간된 시집 『부다페스트에서의 소녀의 죽음』(春潮社)까지를 초기시로 분류해 존재의 본질을 추구하던 시기라고 정리하고 있다. 또 1969년에 펴낸 『打令調 其他』(문화출판사)에서부터 1991년 『處容斷章』(미학사)을 발간할 때까지를 중기시로 분류해 대부분 '無意味의 詩'라는 관점으로 그의 시 세계를 논의하고 있다. 그리고 1993년 『서서 잠드는 숲』(민음사)에서부터 현재까지의 후기시에 이르러선 그의 시 세계의 변모 양상을 살피는데 주력하고 있다. 게다가 이들 논의는 『處容斷章』 연구에 편중되어 있고, 김춘수 시의 변모양상을 통시적으로 살핀 논문은 거의 발견되지 않고 있다.

따라서 본고는 김춘수의 시적 오브제를 통해 그의 시의 변모 양상을 통시적으로 고찰하고자 한다. 시인에게 있어서 시적 오브제는 일

---

6) 어느 날 방과후에 나는 학교 운동장 한쪽에 놓인 장의자께로 가고 있었다. 거기 잠깐 앉았다 갈 생각이었다. (중략) 그때 나에게는 그 장의자가 난생 처음 보는 그 무엇으로 아주 낯설기만 했다. 그와 함께 왜 나는 여기서 이렇고 있는가 하는 야릇한 정서라 할까 감정이 솟구쳤다. — 김춘수, 『꽃과 여우』 서문, 민음사 1977.
그 집은 가회동 꼭대기에 있었다. (중략) 저녁을 먹고 나면 담장가에 붙어서서 나는 하염없이 꽃밭 같은 경성시가의 불빛을 멀리 바라보곤 했다. 그럴 때는 나는 왜 여기서 이러고 있는가 하는 생각이 문득 뇌리를 스치곤 했다. — 김춘수, 『꽃과 여우』, 민음사, 1977, p.65.

상적 사물이나 자연, 인물 등 그야말로 광범위하다. 김춘수 또한 '꽃' '바다' '나무' '구름' '하늘' '새' '풀' 등 다양한 자연물을 시적 오브제로 채택했지만, 초기 이후 특정인물을 줄곧 시에 등장시켜 왔다. '처용'과 '이중섭', 그리고 '예수'가 여기에 해당된다. 게다가 1997년 발간된 시집 『들림, 토스토예프스키』는 토스토예프스키의 소설의 등장 인물로 가득 채워져 있다.

김춘수의 시는 사실상 '처용'과 '이중섭', '예수'와 '토스토예프스키'를 징검다리처럼 건너서 오늘에 이르렀다고도 볼 수 있는데, 그가 1999년까지 발표한 5백여 편의 작품 중 그의 가족이나 이웃, 생활주변의 인물을 등장시킨 경우는 희귀하다.

시는 시어의 유기적 결합이다. 김춘수는 왜 이들 인물을 시에 등장시켰을까. 이들 인물의 이름은 김춘수 시의 특징적인 詩語群이기도 한데, '처용'과 '이중섭', 그리고 '예수'는 그의 자의식을 드러내는 단순한 소도구에 불과한 것일까.

본고는 이들 인물이 김춘수 시의 오브제일 뿐만 아니라 그의 시세계를 변모시키는데 중요한 기능을 하고 있다는 데서 출발한다. 이들 인물은 초기 이후 김춘수 시 창작의 중요한 모티프이자 인식론적 명제가 되었다.

이들 인물은 모두 선행텍스트(pretext)를 갖고 있다. 선행텍스트란 텍스트 이전에 존재하는 문학 텍스트(literary text)로서 텍스트에 의해 그 모형(matrx)이 부정되거나 재구술되거나 변형된다.

일반적으로 모든 시는 '텍스트 이전에 존재하면서 텍스트 형성의 기반이 되는 언어군'을 갖는다. 소쉬르는 이를 '선언어군(hypogram)'이라고 불렀다. 선언어군은 텍스트의 하부텍스트(Sub text 또는 infra text)가 된다.[7] 모든 시는 선언어군의 핵심인 모형의 확장(expansion)과 전환(expansion)을 통해서 생성된다.

김춘수는 선행텍스트를 비롯 선언어군의 모형을 어떻게 받아들인 것일까. 본고는 선행텍스트의 인물들이 텍스트 안에서의 어떤 기능을 하며, 나아가 이들 인물들 사이의 유기적 관련성도 함께 고찰하고자 한다.

이 같은 탐색을 통해 본고는 초기 이후 김춘수의 시세계의 변모양상을 통시적으로 살펴볼 수 있을 것이다. 본고가 이 같은 관점을 지니려는 또 하나의 이유는 존재론적 시인으로서의 김춘수의 작품세계를 짚어내기 위해서다. 이들 인물은 김춘수가 '나는 왜 여기서 이러고 있는가'란 화두를 풀어나가는데 중요한 기능을 한다.

그 인물들이란 「처용」 시편의 처용, 「이중섭」 연작의 이중섭, 그리고 예수다. 그리고 토스예프스키의 소설에 등장하는 인물들도 여기에 포함시키고자 한다.

김춘수는 이밖에도 그의 시에 신채호, 크로포트킨, 푸르동, 박영, 金子文子, 베라 피그넬 등 아나키스트들의 이름을 빈번하게 등장시킨다. 뿐만 아니라 라이너 마리아 릴케, 샤갈, 쟝 폴 샤르트르, 프로이드, 피카소, 반 고흐, 솔제니친, 루오, 보들레르, 李箱, 靑馬(유치환), 金宗三, 천상병 등 예술가의 이름도 곧잘 거론한다. 이들 인물이 김춘수의 사상적 편향을 드러내긴 하지만, 인식론적 바탕을 드러내는 핵심적인 역할을 하진 않는다고 판단해 본고에선 논외로 한다.

2. 선행 연구 검토

김춘수의 시세계에 대한 연구는 크게 세 가지로 구분된다. 시기별

---

7) C. Sander, 김현권 譯, 『소쉬르의 일반언어학 강의』, 어문학사 1996, pp102~107.

연구와 내용별 연구, 그리고 연구 방법론에 따른 각종 논문이 그것이다. 시기별 연구는 초기와 중기의 시에 집중되어 있다. 초기의 '존재의 탐구로서의 시'[8]와 60년대 이후의 '무의미 시'[9]를 다룬 논저들이 압도적이며, 최근에 이르러 '무의미 이후의 시'[10]에 대한 연구도 이뤄지고 있다. 그러나 이들 연구는 김춘수 시의 어느 한 시기를 살핀 부분적 연구일 뿐, 통시적이고도 전반적인 고찰[11]은 미흡한 실정이다.

김춘수 시의 내용에 관한 연구는 먼저, 시대적 배경과 연관해 50~60년대의 시문학사상 그의 시세계를 어떻게 자리매김해야 하느냐는 관점에서 출발했다. 전후에 소개된 실존주의와 관련 지워 존재론적 불안과 허무 등을 추출해내고 이를 동시대 문학의 특징으로 규정하면서 김춘수의 시적 개성을 드러낸 연구는 김춘수의 초기시를 이해하는 데 많은 성과를 거두었다는 견해도 나왔다.[12]

김춘수의 시세계를 실존주의와 관련시켜 고찰한 경우는 그의 「꽃」 연작을 중심으로 이루어져 왔으며 특히 하이데거나 릴케와 연관해 그의 시를 '존재론적 탐구'라고 규정했다.

'무의미시'의 경우엔 자유연상에 의해 쓰여진 시작태도가 초현실주의의 방법과 유사하며 무의미시를 오히려 의미의 확대로 보는 견

---

8) 김윤식, 「한국 시에 미친 릴케의 영향」, 『한국문학의 논리』, 일지사, 1974.
　　이승훈, 「시의 존재론적 해석 시고—김춘수의 초기시를 중심으로」, 『김춘수 연구』, 학문 사, 1982.
　　조남현, 「1960년대 시와 의식의 내면화 문제」, 『건국어문학』 11 · 12 합집, 1987.
9) 현승춘, 「김춘수의 시세계와 은유구조」, 제주대 석사논문, 1993.
　　원형갑, 「김춘수와 무의미의 기본구조」, 『현대시총론』, 형설출판사, 1982.
　　고경희, 「김춘수시의 언어기호학적 해석」, 건국대 석사논문, 1993.
10) 장윤익, 「비현실의 현실과 무한의 변증법」, 월간 『시문학』, 1977. 4.
　　윤재웅, 「머리 속의 여우, 그리고 꿈꾸는 숲」, 월간 『현대시』, 1993. 2.
　　이숭원, 「생명의 속살, 죽음의 그늘」, 월간 『현대시』, 1993. 12.
11) 김두한, 「김춘수 시연구」, 효성여대 박사논문, 1991.
12) 서진영, 「김춘수시에 나타난 나르시시즘 연구」, 서울대 석사논문, 1998.
13) 이기철, 「무의미의 시, 그 의미의 확대」, 『김춘수 연구』, 학문사, 1982.

해[13]에서부터 무의미시의 기법이 두 사건을 동시에 묘사하기 때문에 영화의 몽타쥬 기법을 연상시킨다는 지적도 있었다.[14]

초기시의 내용 연구는 비교적 다양하게 이뤄졌으나 '무의미시'에 대한 논의들은 김춘수 시론과의 연관성을 밝히거나 무의미시의 '무의미'가 의도하는 바를 밝히는데 그치고 있다. 즉, 텍스트 분석보다 '무의미 시'의 전반적 특성을 규명하는데 역점을 둔 셈이다.

이같은 '무의미 시' 연구는 김춘수 시의 방법론적 특성을 밝힌 경우에 해당되겠는데, 90년대 들어서자 김춘수 시를 개성적 연구 방법론으로 분석하고 종합한 논문들이 잇달아 발표됐다. 조영복은 '체험적인 것과 이상화 된 것, 생리적인 것과 관념적인 것 사이의 긴장이 김춘수 시의 방법론적 추동력'이라고 보았으며 김춘수의 시세계를 '산문적 세계와 시적 세계, 리얼리즘과 반리얼리즘의 세계, 현실과 꿈 사이의 긴장의 세계'[15]라고 정리했다. 이 밖에도 그의 시의 구조를 기호학적으로 분석하거나 현상학적으로 살펴본 경우, 그리고 정신분석적인 관점으로 그의 시에 나타난 나르시시즘을 짚어낸 학위논문이 있다.

김춘수 시의 이미지 분석은 학위논문을 중심으로 다양하게 전개됐다. 유년 이미지의 시적 변용 과정을 살핀다거나 성서적 이미지, 또는 식물 이미지를 통해 시세계를 고찰한 살핀 사례들이 그것이다. 또 '처용'을 등장시킨 김춘수 시의 설화적 요소를 한국 현대시의 전통 문제와 접목시킨 연구[16]도 나왔다.

이처럼 다양한 시도가 이뤄졌음에도 불구하고 김춘수 시의 특징적인 시어이자 시적 오브제로 시 창작의 모티브가 되었던 김춘수 시에

---

14) 엄국현, 「무의미시의 방법적 이해」, 『김춘수 연구』, 학문사, 1982.
15) 조영복, 「여우, 장미를 찾아가다」, 『작가세계』 1997년 여름호, 세계사, p.27.
16) 임문혁, 「韓國 現代詩의 傳統 硏究:說話의 受容을 중심으로」, 한국교원대 박사논문, 1993.

나타난 인물들에 관한 통시적인 연구는 이뤄지지 않았다. 그 인물이란 「처용」 시편의 처용을 비롯, 「이중섭」 연작의 이중섭, 「예수」 시편의 예수가 대표적이다. 여기에 토스토예프스키의 소설에 등장하는 인물들도 여기에 포함시킬 수 있겠다.

이들 인물을 부분적으로 고찰한 경우는 발견된다. 문혜원은 '처용' '이중섭' '예수' 시편들을 매개자 문제와 연관지워 시에 알레고리화된 인물을 끌어들여 매개항으로 설정하고 이를 통해 대상과 만나고 있다고 파악했다.[17]

또 서진영은 김춘수가 처용과 이중섭, 그리고 예수를 자신과 상황적 동질성을 간직한 '자아이상(ego-ideal)'으로 삼았다고 지적했다.[18] 이들 인물을 향한 자아의 나르시시즘적 전이가 이뤄짐에 따라 주체는 결여되고 시에서 허무의식을 드러내게 됐다는 것이다. 알레고리화된 인물이냐, '자아이상'이냐는 문제는 시연구의 방법론에 따른 것으로 특징적인 시어인 인물들의 역할을 간과했다고 볼 수 있다. 또 각 인물들 간의 유기적 관련성을 짚어내지도 못했다.

본고는 김춘수가 이들 인물을 시에 끌어들인 이유와 인물간의 유기적 관련성을 밝힘으로서 그의 시 창작의 인식론적 밑바탕을 통시적으로 고찰하고자 한다.

3. 연구방법 및 범위

본고는 현상학적 비평의 틀로서 김춘수의 시적 변모 양상을 살펴

---

17) 문혜원, 「김춘수론—절대 순수의 세계와 인간적 울림의 조화」, 『문학사상』, 1990년 8월호. p.140.
18) 서진영, 위의 논문.

고자 한다. 사실, 현상학적 비평만큼 다른 많은 이름을 가진 비평도 드물다. 현상학적 비평이란 하나의 포괄적 명칭에 불과하다. 이 비평은 '의식 비평'이란 공통분모를 매개로 다양한 관점을 지니고 있다. 이 비평은 또 실존적 비평을 비롯 정신분석적 비평, 형식주의 비평, 구조주의 등 다른 비평과 부분적인 동질성을 공유하고 있다.[19]

따라서 현상학적 비평은 아직 정리되지 않는 비평의 한 갈래이다. 그럼에도 불구하고 본고가 이 같은 비평의 틀을 빌어오는 것은 현상학적 비평이 문학을 '미적 대상'으로 보지 않고 '체험'으로 보고 있기 때문이다.[20]

여기서의 '체험'이란 언어로 표현된 작자의 체험, 즉 텍스트 '속'의 체험일 뿐 아니라 독자의 체험까지 말한다. 다시 말해, 작품세계를 나의 현실로 '다시 산다'는 의미의 체험이다. 그만큼 현상학적 비평은 '실존적'이다.[21] 독자, 또는 비평가가 텍스트의 체험을 '실존적'으로 다시 살아야 한다는 뜻이다.

이 '실존적'이란 의미는 현상학적 비평의 성격을 규정짓는 하나의 요소이기도 하다. 현상학적 비평은 실존주의 철학으로부터 많은 관점을 차용했으며 특히 하이데거의 존재론과 훗설의 현상학을 그 규범으로 하고 있다.

문학에서의 현상학, 즉 '문학현상학'이란 명칭을 처음 사용한 독일의 철학자 그리제바하는 현상학적 비평을 해석학으로 보았다. 작가의 언어란 '무엇인가 의도된 것'이고 '무엇인가에 대한 의미'이기 때

---

19) 김준오, 「현상학적 비평의 수용과 문제점」, 『한국 현대 장르 비평론』, 문학과지성사, 1990, p.346.
20) 현상학적 비평은 작품 내재적 접근이면서도 문학을 '미적 대상'으로 보지 않고 '체험'으로 본다.—Sara Lawall, *Critics of Consciousness*, Harvard University Press, 1968. pp.1~2.
21) 김준오, 위의 책, p.345.

문에 현상학적 비평은 언어로 표현된 작가의 의식의 지향성을 밝히고 해석하는 작업이라는 것이다.

이 같은 관점은 라웰에 의해 '의식 비평'이란 말로 정리된다. 그는 현상학적 비평의 중심그룹인 제네바학파의 비평을 '의식 비평'이라고 명명하고 '의식비평'은 텍스트를 통해 전달되는 작자의 '체험'을 특히 중시하는 비평이라고 말했다. 여기서 그는 '비평가가 텍스트를 다시 살아야 한다'는 견해를 제시했다. 라웰은 문학을 모든 인간성의 집중된 표현이며 의식현상으로 보았다. 그리고 비평가는 더 이상 텍스트를 '거리를 둔 대상'으로 보지 말고 텍스트 '속'으로 들어가서 육화된 작가의 인성에 자신의 주관을 투사하여 작가의 체험을 다시 살아야 한다고 말했다.

로만 잉가르덴도 '현상학적 글읽기는 독자가 작품 속의 삶을 다시 사는 것'이라고 했다.[22] 이는 작품 속에서 작가의 의식이 완전히 발현되었다가보다 잠재적인 형태로 은폐되어 있다는 견해다. 다시 말해, 독자가 미완의 이미지 지점을 채워 텍스트의 완전한 발현에 기여한다는 말이다.

이 같은 견해들을 정리하면, 현상학적 비평이란 언어로 쓰여진 작가의 체험에 비평가의 체험을 투사시켜 하나의 주제, 즉 '의식의 총체적인 지향성'을 밝혀내고 해석하는 작업인 셈이다. 그 방법론으로 제네바학파는 작가의 '경험적 자아' 대신 '현상학적 자아'를 다루었다. '현상학적 자아'란 텍스트에 나타나는 자아를 뜻한다.[23]

본고는 앞으로 '현상학적 자아'를 살피는데 주력하겠지만, 경우에 따라서 '경험적 자아'에 관련된 자료도 제시하고자 한다. 현상학적 비평이 초기 제네바학파의 영향권에서 점차 벗어나고 있는 데다 '언

---

22) 로만 잉가르덴, 이동승譯, 『문학예술작품』, 민음사, 1985, pp.368~369.
23) Robert R Magliola, 최상규譯, 『현상학과 문학』, 대방출판사, 1986 , p.134.

어로 표현된 작가의 체험'을 좀더 유기적으로 살펴보기 위해서다.

　본고는 김춘수의 시편 중 1969년에 출간된 시집『打令調 其他』이후의 작품들을 텍스트로 한다. 그 이유는 이때부터 김춘수가 특정 인물을 시적 오브제로 채택한 시를 발표했기 때문이다. 그의 시 세계 또한 이 무렵부터 변모를 거듭한다. 본고는『金春洙 詩全集』(민음사, 1994)을 비롯 시집『壺』(한밭, 1996), 시집『들림, 토스토예프스키』(민음사, 1997), 시집『의자와 계단』(문학세계사, 1999)에서 작품을 인용하며, 표기법도 여기에 따른다.

Ⅱ. 본론

1. 세속의 슬픈 초상 : 「處容」 시편

1) 處容의 수용과정

김춘수의 「처용」 시편은 문헌설화(written tale)를 선행텍스트 (pretext)로 삼고 있다. 선행텍스트란 텍스트 이전에 존재하는 문학 텍스트(literary text)로서 텍스트에 의해 그 모형(matrx)이 부정되거나 재구술되거나 변형된다.

「처용」 시편의 선행텍스트는 '처용' 설화다. 그 모형은 신라 鄕歌 인 「處容歌」와 『三國遺事』에 기록된 「처용랑과 망해사」편이다. 김춘수는 그의 「처용」 시편을 시작하며 처용이란 인물이 지닌 서사성, 즉 선행텍스트의 모형을 일단 그대로 받아들인다. 재구술하거나 변형을 가하지 않는다.

설화를 수용하는 시는 공통적으로 선행텍스트를 요약하거나 압축한 함축적 서사(implied narrative)를 보여주기 마련이다. 산문인 설화가 운문형식인 시로 변용될 때 율격화는 필수적이다. 김춘수 또한 이 같은 경로를 그대로 따라간다

김춘수가 제목 또는 본문에 '처용'을 등장시킨 시는 모두 94편이다.[24] 그는 「打令調 2」에 '처용'이란 이름을 처음으로 등장시킨다. 이후 「處容」 「처용 三章」 「잠자는 처용」을 발표하고 1969년 장시 「處容

---

24) 시집 『處容斷章』(미학사, 1991)과 『金春洙 詩全集』(민음사, 1994)에는 문예지에 발표한 작품 중 「處容斷章 제3부」의 '28' '42' '45' 와 「處容斷章 제4부」의 '3' '7' '11' '14' 가 빠져 있다. 이 작품들을 뺀 채 일련번호를 순서대로 다시 매겼다.

斷章 ─ 제1부」를 시작해 1991년 제4부를 완성한다.[25] '처용'은 맨 처음 '동해 용왕의 아들'로 김춘수에게 다가왔다.

저 머나먼 紅毛人의 도시

비엔나로 갈까나,

프로이드 박사를 찾아갈까나,

뱀이 눈뜨는

꽃피는 내 땅의 삼월 초순에

내 사랑은

서해로 갈까나 동해로 갈까나,

용의 아들

羅睺羅

처용아빌 찾아갈까나,

엘리엘리나마사박다니

나마사박다니, 내 사랑은

먼지가 되었는가 티끌이 되었는가

굴러가는 역사의

차바퀴를 더럽히는 지린내가 되었는가

구린내가 되었는가,

썩어서 果木들의 거름이나 된다면

---

25) 「處容斷章」은 1969년 『현대시학』 4월호에 발표한 「處容斷章 1」로 시작되었고 1974년 시선집 『처용』(민음사)에 「處容斷章 제1부」를 실었다. 「處容斷章 제2부」는 1973년 『현대시학』 5월호부터 같은 해 9월호까지 발표됐으며 1976년 『金春洙詩選』(정음사)에 「處容斷章 2부」란 이름으로 게재됐다. 「處容斷章 제3부」는 그로부터 14년 후인 1990년 『현대문학』 4월호부터 1991년 1월호까지 총 50편으로 발표됐고, 곧 이어 「處容斷章 제4부」가 같은 책 1991년 2월호부터 6월호까지 총 21편으로 발표됐다. 무려 22년에 걸쳐 「處容斷章」이 쓰여진 셈이다. 한 시인이 이처럼 오랜 기간동안 특정설화를 수용한 사례는 희귀한데, '처용'의 모습 또한 적지 않는 변모 과정을 겪는다.

　　내 사랑은

　　뱀이 눈뜨는

　　꽃피는 내 땅의 삼월 초순에

―「打令調 2」

　　이 시의 화자는 시인 자신이다. 주어는 '내 사랑은', 술어는 '갈까나'와 '되었는가'로 되어 있다. '내 사랑'의 구체적 내용은 진술되지 않는다. 단지, '내 사랑'은 어디론가 가고자 한다. 누군가를 만나고자 한다. 시의 화자가 '동해로 갈까나'라고 말하는 순간, '용의 아들 처용아비'가 흘러나온다. 그러나 '처용 아비'란 이름은 스치는데 불과하다. 연이어 예수가 숨을 거두기 직전에 토해냈던 '엘리엘리나마사박다니'란 말이 주술처럼 흘러나온다.[26]

　　'처용아비'의 의미는 더 이상 확산되지 못하고 리듬의 일부처럼 사라져버린다. 따라서 이 작품은 '처용설화'의 주인공 이름을 단순하게 인용한 데 불과하다. 이 작품은 1959년 월간 『思想界』 12월호에 발표됐다. 이때부터 계산하면, 김춘수는 무려 32년간 '처용'을 읊게 된다.

　　이처럼 「打令調 2」에 '처용'을 처음 등장시킨 김춘수는 1963년 월간 『현대문학』 6월호에 소설 「處容」을 발표한 뒤, 1966년 계간 『한국문학』 봄호에 다시 「處容」이란 시를 발표한다.

---

26) 이때 이미 김춘수의 의식엔 '예수'까지 자리잡고 있음을 알 수 있다. 뿐만 아니라 '굴러가는 역사의 차바퀴를 더럽히는 지린내'라는 구절 또한 그의 역사관을 은연중 드러낸 것이다. 게다가 「打令調 2」는 '이국취향'과 '토속성'이 뒤섞인 당시 김춘수의 시 세계를 함축적으로 보여주는데, '비엔나' '프로이드' '엘리엘리나마사박다니'라는 詩語群과 '서해' '동해' '처용아비'라는 詩語群이 이를 반증한다. 이 작품을 시의 리듬을 실험한 '무의미의 시'라고 보는 견해가 많은데, 이 작품을 '무의미의 시'라고 보기는 어렵다. 그 이유는 의식의 지향점이 너무나 뚜렷하기 때문이다.

人間들 속에서

人間들에 밟히며

잠을 깬다.

숲 속에서 바다가 잠을 깨듯이

젊고 튼튼한 상수리나무가

서 있는 것을 본다.

남의 속도 모르는 새들이

금빛 깃을 치고 있다.

—「處容」

이 작품엔 주어가 생략되어 있다. '생략된 주체'가 '잠을 깬' 뒤 겪게 되는 상황을 두 개의 문장으로 나타내고 있다. 사건의 앞뒤 상황이 생략되어 있어 의미구조를 쉽게 밝혀낼 수 없다. 그러나 제목으로 미뤄볼 때, 시의 화자는 '처용'이 되겠고 '처용'이 잠을 깬 뒤 겪게 되는 상황으로 보여진다.

시의 화자는 작품 이면에 숨은 '함축적 화자'와 표면에 나타나는 '현상적 화자'로 구분되는데,[27] 이 작품의 '함축적 화자'는 '처용'이다. 우리는 시의 화자를 통해 시인 자신이 어떤 존재이며, 어떤 존재가 되고자 하며, 그럴 수밖에 없는가라는 문제에 대한 시인의 생각을 엿볼 수 있는데,[28] '人間들 속에서/人間들에 밟히며 잠을 깨는 처용'은 부당한 폭력 아래 놓인 김춘수 자신을 의미하고 있다고 보여진다. 「打令調 2」의 '굴러가는 역사의 차바퀴'를 떠올려보면 더욱 그러하다. 이는 김춘수가 역사를 바라보는 시각, 즉 '역사=이데올로기=

---

27) 김준오, 『詩論』, 이우출판사, 1988. p.164.
28) G. T 라이트, 김준오 譯, 「시인의 얼굴들」, 『가면의 해석학』, 이우출판사, 1987, p.295.

暴力'[29]이란 등식에 기인된 것으로, 시인은 '상수리나무'와 '새'를 대비시켜 현존의 아이러니컬한 현실을 드러낸다.

이 시의 화자는 '처용', '처용'은 지금 뭍으로 올라온 상태다. 따라서 '숲 속에서 바다가 잠을 깨듯이'는 '바다에서 잠을 깨던 처용이 숲 속에서 잠을 깬다'는 은유가 되겠다. 잠을 깬 시의 화자가 바라보는 풍경은 두 가지다. '젊고 튼튼한 상수리나무'와 '금빛 깃을 치고 노는 새들'이다. 주위의 나무는 싱싱하고 튼튼하다. 그만큼 완강하고, 새들은 금빛 햇빛을 받으며 상승한다. 새들은 '남의 속도 모르고', 그러니까 인간의 폭력에 짓밟히며 잠을 깬 시의 화자엔 아랑곳하지 않고 깃을 치며 논다. 그런 풍경이 시인에겐 아이러니로 비친 것이다. 그 아이러니는 곧 시인이 현실 속에서 겪는 아이러니이기도 하다. 이런 아이러니는 선행 텍스트인 '처용 설화'의 「處容歌」에 잘 나타나 있다.

동경(東京) 밝은 달에
밤들이 노니다가
들어 자리를 보니
다리가 넷이러라.
둘은 내해였고
둘은 누구핸고

---

29) 『三國遺事』의 처용설화는 하나의 알레고리지만, 나에게는 특히 현대적인 의의를 띠고 있다. 나는 현대의 특색을 暴力과 性行爲의 애너키즘이라는 측면에서 보고 있었다. 내가 暴力을 특히 염두에 두게 된 것은 2차대전이 나에게 미친 압력 때문이라 생각된다. 나는 20세가 조금 넘자 일제 군국주의의 압력을 직접으로 경험하게 된, 나로서는 우연이라고 밖에 할 수 없는 어떤 사건에 휘말리게 되었다. (중략) 20대의 말에 6·25가 왔지만, 끝없이 쫓겨다닌 나는 왜 내가 그래야만 했는지 그 명문을 찾아낼 수가 없었다. 폭력은 나에게 그런 모양으로 왔다. (중략) 나는 이때 역사의 相對性과 역사가 쓰고 있는 탈이 이데올로기라는 것을 똑똑히 본 듯 했다. (중략) 그렇다 한동안 나에게 있어 역사는 그대로 폭력이었다. ― 김춘수, 『金春洙全集 2 ― 詩論』, 문장사, 1986, pp.573~574.

본디 내해다마는

빼앗은 것을 어찌하리오.[30]

「處容歌」는 '처용'과 '아내', '처용'과 '疫神'이라는 대립되는 인물 군을 갖고 있다. '처용'의 행위는 '노니다'와 '들다'로 구분되고, '처용'의 갈등은 '다리 넷'을 보고 나서 시작된다. 그 갈등은 상반되는 두 항목, 즉 '내해'와 '누구해', '본디 내것'과 '빼앗긴 것'에 의해 강화된다. '처용'이 이 같은 갈등을 담은 노래를 부르고 춤을 춤으로서 역신과의 화해가 이루어진다는 것이 '처용 설화'의 결말이다.

'처용'이 '다리 넷' 앞에서 겪은 상황은 하나의 아이러니다. 이런 아이러니는 또 하나의 아이러니를 낳는다. 바로 '疫神을 어떻게 처리할 것이냐'는 문제다. 김춘수는 「處容」을 통해 설화적 인물인 '처용', 나아가 역사로부터 폭력을 당한 김춘수 자신이 현실 속에서 겪는 아이러니한 상황을 보여주고 있다.

이때부터 '처용'은 김춘수의 심상 풍경을 담아내는 시적 오브제가 된다. 따라서 「處容」은 선행텍스트의 모형을 전환시킨 케이스다. '처용'은 「打令調 2」에서 '용의 아들/羅眼羅/처용아비'로 단순하게 인용됐지만, 「處容」에 이르자 그 단계를 뛰어넘어 시인의 심리적 투영을 담아내는 존재로 변용된 것이다.

김춘수의 「處容 三章」은 향가 「處容歌」의 '다리가 넷이러라(脚烏伊四是良羅)'를 핵심 모형으로 삼고 있다. 여기에 『三國遺事』의 「處容郎과 望海寺」편을 서사적 배경으로 취하고 있다.

1
그대는 발을 좀 삐었지만

---

30) 일연, 리가원 · 허경진 譯, 『三國遺事』, 한양출판, 1996, p.133.

하이힐의 뒷굽이 비칠하는 순간
그대 純潔은
쓸이 좀 틀어지긴 하였지만
그러나 그래도
그대는 나의 노래 나의 춤이다.

2
六月에 실종한 그대
七月에 山茶花가 피고 눈이 내리고,
煖爐 위에서
酒煎子의 물이 끓고 있다.
西村마을의 바람받이 西北쪽 늙은 홰나무,
맨발로 달려간 그 날로부터 그대는
내 발가락의 티눈이다.

3
바람이 인다. 나뭇잎이 흔들린다.
바람은 바다에서 온다.
생선 가게의 납새미 도다리도
시원한 눈을 뜬다.
그대는 나의 지느러미 나의 바다다.
바다에 물구나무 선 아침하늘,
아직은 나의 純潔이다.

—「處容 三章」

김춘수는 이 작품을 통해 윤리와 악의 문제를 거론한다. 이 작품의 화자는 '처용'이다. 이 시는 '처용'의 독백을 통해 선행 텍스트로부터 추출된 '함축적 서사'를 보여준다. 선행 텍스트의 서사는 '처용 아내의 不貞'과 '처용의 態度'에 집약되어 있다. 「處容 三章」 또한 '그대'와 '나'로 구분된 대립구조를 통해 '純潔을 잃은 아내'와 '나의 태도'를 드러내고 있다. 「處容 三章」의 "하이힐의 뒷굽이 비칠하는 순간/그대 純潔은/型이 좀 틀어지긴 하였지만"은 疫神에 의해 아내가 순결을 잃었음을 상징하고 있다. 또 '나의 노래 나의 춤'은 곧 '아내의 不貞'을 목격한 이후 '처용'의 태도를 의미한다. 따라서 「處容 三章」의 '1'은 선행 텍스트의 줄거리를 압축한 '함축적 서사'를 보여주고 있다.

'그대'와 '나'의 대립구조는 '그대의 순결/나의 춤과 노래'로 세분화된다. 대립되는 이미지를 살펴보면, '눈이 내리고'(하강)와 '물이 끓고'(상승), '바람이 인다'(원인)와 '나뭇잎이 흔들린다'(결과)로 구분되는데, 대립되는 詩語群의 핵심어는 '그대의 순결'과 '나의 노래 나의 춤'이다.

'그대의 순결'과 '나의 노래 나의 춤'은 'A는 B다'라는 식의 은유구조를 지니고 있다. 이를테면, '그대는 나의 노래 나의 춤이다' '그대는/내 발가락의 티눈이다' '그대는 나의 지느러미 나의 바다다' '(그대는) 아직 나의 純潔이다'는 구절이 바로 그것이다. 여기서 '그대'를 수식하는 구절은 (1) '발을 좀 삐었다'와 (2) '하이힐의 뒷굽이 비칠했다'와 (3) '純潔의 型이 좀 틀어지긴 하였다'이다. (1)(2)(3)은 '그대'를 수식하고 있지만 원인과 결과로 연결되어 있다. (1)로 인해 (2)가 발생했고 그 결과 (3)이 된 것이다. 결국 (1)(2)의 수식은 (3)의 '純潔'에 이르기 위한 과정이었던 셈이다. 이를 정리하면, '純潔'이 이 시의 핵심어가 되겠는데, 그 '純潔의 型이 틀어졌다'는 건 '그대의 不貞'을 암시한다. 선행 텍스트의 '다리 넷'의 상황을 연상케 한

다. 결국, '疫神'에 의해 '純潔'을 잃은 상황을 은유적으로 보여준 셈
인데, '그래도 그대는 나의 노래이며 춤'이라는 것이 이 시의 傳言이
다.

이런 태도는 '처용'의 '인고주의적 해학'과 일맥상통한다. 그런데
시의 화자는 '그대'의 '不貞'을 완전히 잊지 못한다. 2章의 '그대는/
내 발가락의 티눈'이란 진술이 시적 화자의 심경을 뒷받침하고 있는
데, 발가락의 티눈 때문에 걸음걸이가 불편하듯 '그대의 不貞'이 잊
혀지지 않는다는 것이다.

2) 극적 구조의 수용 양상

앞에서 살펴본 대로 『처용 三章』의 '처용'은 김춘수의 '인고주의적
해학'을 드러내는 시적 자아이다. 여기엔 '극적 상황'이 개입되어 있
다. 다시 말해, 두 개의 상반되는 현실이 극적으로 압축되어 있다는
것이다. 이것이 바로 김춘수가 「處容 三章」을 거쳐 「處容斷章」을 쓰
게 된 動因으로 보인다. 「處容歌」에 나타난 '처용'의 현실은 '가랭이
넷을 보기 전'과 '가랭이 넷을 보고 난 후'로 극명하게 대비된다. 아
내와 疫神의 간통을 목격하기 전의 세계는 '서라벌 밝은 달에 밤늦
도록 노니는' 평화로운 세계이며, 이 세계는 '처용이 뭍으로 올라오
기 전 근심걱정 없던 바다 밑 세계'와 통한다. 그러나 '처용'은 '가랭
이 넷'을 보게 된다. 이런 상황을 어떻게 대처할 것인가. 여기엔 疫神
에 대한 응징, 즉 '자아를 발산하려는 욕구'와 한 걸음 뒤로 물러서서
'자신의 내부로 침잠하려는 인고의 쓰라림'이 동시에 걸려 있다.

이것이 바로 김춘수가 '처용'을 시적 오브제로 삼은 이유로 판단된
다. 그는 특히 '처용'의 극적 상황을 연작시 「處容斷章」 창작의 動因
으로 삼게 되는데, 그 상황이란 이미 살펴본 대로 '다리 넷'의 정황에

집약되어 있다. 결국 김춘수는 그 상황을 통해 윤리와 악의 문제를
거론했던 것이다.[31]

　　바다가 왼종일
　　새앙쥐 같은 눈을 뜨고 있었다.
　　이따금
　　바람은 閑麗水道에서 불어오고
　　느릅나무 어린 잎들이
　　가늘게 몸을 흔들곤 하였다

　　날이 저물자
　　내 늑골과 늑골 사이
　　홈을 파고
　　거머리가 우는 소리를 나는 들었다.
　　베고니아의
　　붉고 붉은 꽃잎이 지고 있었다

　　그런가 하면 또 아침이 오고
　　바다가 또 한번

---

31) 내가 이 材料에 관심을 갖게 된 動機는 倫理的인 데 있다. 즉, 惡의 문제 ─ 惡을 어떻게 대
　　하고 처리해야 할 것인가에 있었다. ─ 김춘수, 「處容 三章에 대하여」, 『意味와 無意味』, 문
　　학과지성사, 1978, p.193.
　　그렇다 한동안 나에게 있어 역사는 그대로 폭력이었다. (중략) 폭력을 심리적으로 극복할
　　수 있는 길이 있을까? 그것은 忍苦主義的 諧謔이 아닐까? 극한에 다다른 고통을 견디며 끝
　　내는 춤과 노래로 달래보자. 고통을 歌舞로 달래는 해학은 그러나 윤리의 쓰디쓴 패배주의
　　가 되기도 하는 어떤 실감을 나는 되씹곤 하였다. 處容的 心理나 倫理는 일종의 구제되지 못
　　할 자기기만 및 현실도피가 아니었던가? 이러한 딜레머를 나는 안고 있었다. (중략) 내 눈에
　　歷史 = 이데오로기 = 暴力의 3각관계가 비치게 되면서 나는 도피주의자가 되어가고 있었
　　다. ─ 김춘수, 「處容 三章에 대하여」, 『意味와 無意味』, 문학과지성사, 1978, pp.574~575.

생쥐같은 눈을 뜨고 있었다.
뚝 뚝 뚝, 천의 사과알이
하늘로 깊숙이 떨어지고 있었다.

가을이 가고 또 밤이 와서
잠자는 내 어깨 위
그해의 새눈이 내리고 있었다.
어둠이 한쪽이 조금 열리고
개동백의 붉은 열매가 익고 있었다
잠을 자면서도 나는
내리는 그
희디흰 눈발을 보고 있었다

—「處容斷章 제1부 — 1」

이 작품은 「處容 三章」으로부터 10년 뒤인 1969년에 발표된 연작시 「處容斷章」의 첫 부분이다. 텍스트의 종결어미는 ‘〜있었다’ ‘〜하였다’ ‘〜들었다’ 등으로 구성되어 변주적 반복을 행한다. ‘바다’ ‘한려수도’ ‘느릅나무’ ‘베고니아’ ‘사과알’ ‘개동백’ 등의 시어가 병렬식을 펼쳐진다. 주로 식물성 이미지로 구성되어 있는데, 시의 화자는 이런 이미지를 통해 한없이 평화로운 정경을 담아낸다. 이는 곧 시인의 유년시절이다. ‘현실적 자아’가 이 세계와 분화되기 전의 유년시절, 즉 신화적 세계로의 회귀이다.

시인의 유년시절은 곧 처용의 ‘바다 밑 시절’과 동일시된다. 선행 텍스트는 ‘처용’을 동해 용왕의 아들로 기술하고 있다. ‘처용’은 ‘바다 밑의 세계’에서 뭍으로 올라와 ‘다리 넷’의 상황, 즉 뭍의 폭력과 惡을 경험하게 되었다. 시인은 자신과 ‘처용’을 동일시함으로서 ‘처용'이 인간세상으로 올라오기 전 '바다 밑 시절'과 시인의 '유년시절'을 동일선상에 올려놓고 이 시를 써나가기 시작했던 것이다. 그 세계는 시인에게 '윤리도 논리도 심리적 음영조차도 없는' '다만 환한 빛'[32]의 세계였다. 그 세계는 곧 신화의 세계다. 신화의 세계는 '자아'와 '타자'의 경계를 뛰어넘는데, 현실적 삶에 대한 대안의 기능을 한다. 시인에겐 '윤리도 논리도 심리적 음영조차도 없는' '다만 환한 빛'의 세계가 곧 현실적 삶에 대한 대안의 기능적 공간이었던 것이다.

텍스트의 "늑골 사이에 홈을 파고 거머리가 운다", "잠을 자면서도 내리는 흰 눈발을 본다"는 것은 현실적으로 불가능하다. 실제 일어난 에피소드를 기술하는 것이 아니라 몽상의 어떤 상태를 그리고 있기 때문이다. 박이문은 이를 '대상과 의식이, 인간과 자연이, 주체와 객체가, 즉자와 대자가 모든 대립을 초월하여 용해, 융해된 세계'[33]라고 말했다.

바슐라르에 따르면 '몽상은 이미지가 탄생할 때의 심리적 상태이며 이미지가 그려내고 있는 세계는 거기에 결합되어 있는 대상들과는 다른 제3의 세계에 가깝다'는 것이다. 따라서 이같은 이미지 중심의「處容斷章 제1부」에 나타나 있는 정경들은 현실적 세계의 묘사가 아닌, 非存의 어떤 내면풍경[34]이라는 것이다.

「處容斷章 제1부」는 13편의 작품 중 '10'을 제외한 12편에 바다

---

32) 10년전에 處容은 어떻게 나에게로 왔을까? 그는 東海龍의 아들이다. 그렇다. 나는 바다가 되어버린 것이다. 동해가 아니라, 한려수도로 트이는 남쪽 바다. 다도해. 봄에 유자가 익고, 가을에 죽도화가 피는 그러한 바다. 바다는 자라고 있었고 자라는 동안 죽기도 하고 깨어나기도 했다. (중략) 處容은 어느새 나와 화해하고 있었다. 그런 처용에게는 윤리도 논리도 심리의 음영조차도 없었다. 그는 다만 흰한 빛이었다. ― 김춘수, 『김춘수전집 2 ― 詩論』, 문장사, 1986. p.574.
33) 박이문, 『시와 과학』, 일조각, 1990. p.84.
34) 김준오, 「처용시학」, 『김춘수 시연구』, 흐름사, 1989. p.284.

이미지가 나타난다. 그 바다는 '곁에서 잠을 자는 바다' (제1부의 '3')
이자 '내가 품에 안고 자는 바다' (같은 시)이다. 또 '내 손바닥에 고인
바다' (같은 연작 '8')이며 '어리디 어린 바다' (같은 시)이다. 그리고
'바다'는 자란다. 시적 화자도 성장해간다.

1)
봄이 가고 여름이 오는 동안
바다는 많이 자라서
허리까지 가슴까지 내 살을 적시고
내 살에 테 굵은 얼룩을 지우곤 하였다.

—「處容斷章 제1부 — 8」일부

2)
산토끼의 바보,
무르팍에 피를 조금 흘리고 그 때
너는 거짓말처럼 죽어 있었다.
봄이 와서
바람은 또 한 번 한려수도에서 불어오고
겨울에 죽은 네 무르팍의 피를
바다가 씻어주고 있었다.

—「處容斷章 제1부 — 12」일부

「處容斷章 제1부」는 이처럼 시종 '~하였다' '~있었다'는 식의 종
결어미를 지니면서 바다의 이미지를 변주한다. 1)처럼 계절이 바뀜
에 따라 바다가 자라서 시적 화자의 가슴까지 적시게 되고, 2)에서처
럼 바다는 산토끼의 죽음을 껴안으면서 아직은 의식의 미분화상태인

시적 화자에게 '죽음'이란 존재를 알려준다.

이처럼 「處容斷章 제1부」는 시적 화자의 유년시절을 소재로 한 '몽상적 공간'으로 인간과 자연, 주체와 객체의 구분이 없는 신화적 세계이다. 이 세계는 '처용'이 인간세상으로 올라와 아내의 간통을 목격한 고통을 겪기 전의 '바다 밑 시절'이다. 동시에 김춘수가 '역사'란 이름으로부터 폭력을 당하기 이전의 세계다.

돌려다오.
불이 앗아간 것, 하늘이 앗아간 것, 개미와 말똥이 앗아간 것,
여자가 앗아가고 남자가 앗아간 것,
앗아간 것을 돌려다오.
불을 돌려다오. 하늘을 돌려다오. 개미와 말똥을 돌려다오.
여자를 돌려주고 남자를 돌려다오.
쟁반 위에 별들을 돌려다오.
돌려다오.

—「處容斷章 제2부 들리는 소리 — 1」

텍스트는 종결어미가 '돌려다오' '보여다오' '살려다오' '울어다오' '불러다오' '앉아다오' '울어다오' '잊어다오' 등으로 되어 있다. 구체적인 대상은 보이지 않고 반복적인 呪文만 계속된다. 이 呪文은 주술적인 리듬을 낳는다.

서시를 포함 모두 9편인 「處容斷章 제2부」는 종결어미가 거의 이같은 '돌려다오' '보여다오' '살려다오' '울어다오' '불러다오' '앉아다오' '울어다오' '잊어다오' 등으로 채워져 시적 자아의 '상실한 것들을 회복시켜 달라'는 반복적인 呪文으로 읽히는데, 끝내 의미론적인 연결고리가 발견되지 않는다.

여기엔 '의미를 극단적으로 배제하고 리듬만 남게 되는 呪文으로
서의 시'[35]를 실험한 김춘수의 시적 방법론이 강하게 나타나 있다.
그 리듬을 통해 잃어버리고 빼앗긴 꿈과 욕망, 그리고 유년의 순결성
을 되찾고자 하는 시인의 '심리적 파동'을 느낄 수 있다.

여기서도 시의 함축적 화자는 시인이지만 '처용'을 등에 업고 있
다. 그 '처용'의 모습은 크게 달라져 있다. 즉, 신화적 공간인 바다를
상실하고 인간 세상에 올라온 '처용'이 '역사'라는 이름의 '악'을 체
험한 시인 자신의 절망적 현실을 넋두리처럼 읊는 주술적 존재로 변
용된 것이다. 여기서 '처용의 얼굴이 邪鬼를 물리치는 부적이 되었
다'는 처용의 주술적 기능을 연상시켜 볼 수도 있겠다.

> 호야 옛날에 죽은 내 친구야,
> 내가 부르면 새다리처럼 가는 다리
> 날개는 접고, 낮인데도
> 밤에 보는 듯
> 그는 어느새 다 늙은
> 땅두릅나무였다.

—「處容斷章 제3부 메아리 — 2」 일부

「處容斷章 제3부」는 시적 화자가 어려서 죽은 가난했던 친구 '호'
의 혼을 불러놓고 독백을 하는 형태로 전개된다. 시적 화자는 50년
전의 릴케 이야기부터 시작해 '어느새 다 늙은 땅두릅나무'가 된 친
구를 회상한다. 그리고 일본 유학시절의 체험을 비롯해 아나키즘에
대한 이상과 좌절, 6 · 25 때의 경험 등을 드러낸다. 어린 시절의 상

---

35) 김춘수, 「장편 연작시 처용단장 시말서」, 『김춘수 문학앨범』, 웅진출판, 1995, p.211.

처도 파편처럼 끼어 있다. 특히 연작의 '3' '6' '8' '10' '14' '29' 등을 통해 일본 세타가야 경찰서 감방생활이 안겨준 현실에 대한 절망과 소외감이 강박관념처럼 나타나는데, 그것은 '하늘을 다 덮는' '크나큰 나의 日幕'이었다는 것이다.

> 남의 집을
> 누가
> 울타리를 걷어차고 구둣발로
> 짓밟는다.
> 남의 넋은
> 내 발의 고린내나는 말이
> 있다고는 하지만
> 걷어차이고 짓밟히는 것은
> 남의 뼈 남의 살인데
> 누가 어디서
> 소리 죽이고 이 갈며
> 울고 있다.

—「處容斷章 제3부 메아리 — 17」 일부

　시적 화자는 '걷어차고 짓밟는 존재'(역사)와 '걷어차이고 짓밟히는 존재'(개인)라는 이분법적 인식을 바탕으로「處容斷章 제3부」와 「處容斷章 제4부」를 이끌어가는데, 이를 통해 자신의 歷史觀을 투영시킨다. 시적 화자는 또 니콜라이 베르다에프의 말 '역사를 심판해야 한다'(제3부의 '39')를 시 속에 직접 끼워 넣어 역사와 맞서려 한다. "아침에는 죽고/저녁에는 눈을 뜨는 별들처럼/동강난 길은 언제쯤/다시 살아날까"(같은 연작 '4')란 말로 '찢겨진 자아'의 조각들을 모아 자아를 재발견하려는 모습을 보이기도 한다.

그러나 시적 화자는 역사를 심판해야 한다고 말한 '니콜라이 베르자에프는 이데올로기의 솜사탕'이란 말로 열패감을 드러내는데 그친다. 뿐만 아니라 "이 바보야 우찌살꼬"라는 탄식을 흘러낸다. 그 이유는 "歷史는 나를 비켜가라"고 말하지만 역사는 "맷돌처럼 단숨에/나를 으깨고"(같은 연작 '17) 가는 존재라는 인식 때문이다.

이 연작엔 또 신채호, 크로포르킨, 푸르동, 박열, 박열의 아내 金子文子, 베라 피그넬 등의 인명이 등장한다. 이들은 모두 실패한 아나키스트들이다. 김춘수는 "나는 무정부주의자도 되지 못하고/모난 괄호"란 진술로 「處容斷章」 22년의 여정을 끝내는데, 「處容斷章 제3부」와 「處容斷章 제4부」는 김춘수의 '정신적 편력의 보고서'이자 '회색빛 회의론자의 자서전'으로 볼 수 있다.

이처럼 '처용'을 '주술적 화두'로 삼은 김춘수는 「處容斷章 제3부 메아리」와 「處容斷章 제4부 뱀의 발」을 통해 일본 유학시절에서 현재까지의 체험을 직접 토로했다. 처용이 인간 세상에서 疫神과 부딪혀 '악'을 경험했다는 것과 시인 자신이 이 사회에서 직접 겪은 사건들을 동일선상에 올려놓고 자신의 체험을 보다 구체적으로 진술했던 것이다.

이상 살펴본 바와 같이, 「處容斷章」은 '처용 설화'를 자신의 현실적 삶의 문제로 변용해 선행텍스트의 모형을 전환시킨 경우가 되겠는데, 무수한 설화 중 특정설화가 시인에 의해 선택된다는 것은 그 설화가 시인의 정서나 현실적 상황과 어떤 식으로든지 밀접한 관계가 있기 때문이다.

김춘수는 '처용'의 '상반되는 두 개의 극적 상황'을 자신의 현실과 동일시했다. 그 상황이란 '아내와 역신의 간통/나의 춤과 노래', '바다 밑 유년의 세계/세속화된 뭍의 세계', '타자를 향한 감정의 발산/

내부로 침잠하는 인고의 태도' 등으로 요약된다.

김춘수는 이처럼 대비되는 항목에 '역사로부터의 폭력/인고주의적 도피', '상처받은 성년/상처 없는 유년', '객체로 분리된 세계/주체·객체의 구분이 없는 세계', '신화적 세계/현실적 세계'라는 '개인 서사'를 투입시킨 것이다. 이를 정리하면 다음의 도표와 같다.

'처용' 시편의 서사구조

인물구분 대립항목	처용(집단서사)	김춘수(개인서사)
중심사건	아내와 역신의 간통/ 춤과 노래	역사의 폭력/ 인고주의적 도피
공간	바다 밑의 세계/뭍의 세상	유년의 세계/세속의 성년
인물의 태도	감정의 발산/ 인고주의적 승화	객체의 폭력/ 신화적 세계로의 회귀

이상 살펴본 바와 같이, '처용 설화'는 초기 이후 김춘수의 독창적시 세계를 열어준 오브제이자 인식론적 화두가 되었다. 특히 그의「處容斷章」(1969~1991)은 그의 詩作 활동의 중심부를 이룬다. 그 이유는 무의미의 시 쓰기의 한 정점을 보여주는 것일 뿐만 아니라(제1, 2부) 이 무의미시 쓰기에 대한 해체와 이를 통한 새로운 시 쓰기를 모색하는 과정(제2, 3부)을 보여주고 있기 때문이다.[36]

김춘수의 「處容斷章」의 詩行엔 '처용'이란 이름이 한번도 나타나지 않지만 장편 연작시 전체를 이루는 수많은 단장들에 통일된 형식과 의미를 부여하는 기호가 되었다.[37] 결국 시인은 '처용'의 '탈'을쓰고 '악'으로서의 '역사'와 그 역사 속에서의 피해자로서의 자신의

---

36) 서준섭, 「순수시의 向方」, 『작가세계』, 1997년 여름호, p.80.
37) 서준섭, 「전통의 수용과 시적 재창조」, 『시안』, 2000년 겨울호, p.38.

모습을 비롯해, 자신의 역사관을 다양한 기법으로 보여준 셈이다. 그러나 여기엔 나르시시즘적인 요소가 강하게 배어 있고, 세계를 이분법으로 구분한 인식론적 태도로 인해 다양한 기법이나 긴 호흡만큼 시적 감동을 불러일으키지는 못했다고 보여진다.

2. 불우한 예술가의 현실 : 「이중섭」 시편

1) 화가 이중섭이 지닌 서사성

김춘수가 화가 이중섭(李仲燮, 1916~1956)을 모티브로 해서 쓴 「이중섭」 시편 역시 선행텍스트를 갖고 있다. 「이중섭」 시편의 선행텍스트는 高銀의 인물평전 『이중섭』이다. 여기에 이중섭의 그림, 김춘수의 서귀포 여행 등이 복합적으로 작용해 「이중섭」 시편은 탄생된다.

김춘수의 「이중섭」 시편은 모두 9편이다. 「이중섭」 연작 8편과 「내가 만난 이중섭」이 그것이다. 김춘수는 「處容斷章 제1부」 「處容斷章 제2부」와 「예수」 시편을 몇 편 쓰고 난 뒤 「이중섭」 시편을 집중적으로 발표한다. 김춘수가 '이중섭'을 화두로 해서 시를 쓴 기간은 「처용」·「예수」 시편처럼 길지 않다.

김춘수는 1975년 『한국문학』 3월호에 시 「이중섭」을 발표하면서 「이중섭」 연작을 시작한다. 1977년 시집 『南天』(근역서재)에 묶음으로서 연작을 종결한다. 불과 2년 정도 「이중섭」 시편을 쓴 셈인데, 기간은 짧지만 김춘수의 현실인식의 단층을 보여주는 주요한 텍스트로 여겨진다.

이 무렵의 현실 인식은 「예수」·「토스토예프스키」 시편에 이르러 더욱 뚜렷이 나타나게 된다. 따라서 「이중섭」 시편은 「예수」·「토스토예프스키」 시편으로 가는 징검다리 역할을 한다.

특정인물을 시적 오브제로 채택한다는 것은 그 대상이 시인의 현실적 상황과 어떤 관련을 맺고 있거나 그 대상이 던진 서정적 충동 때문일 것이다. 김춘수가 '이중섭'에 관심을 갖게 된 이유는 무엇일까. 김춘수의 시론집 『의미와 무의미』에 실린 시작노트 「덧없음에의 感覺」이 그 단서를 제공한다.

그의 순수와 그의 슬픔은 역사적으로는 효용가치가 없는 것이지만, 지질학적인 어떤 패턴을 가지고 있다. 따라서 누구의 그것보다도 훨씬 더 견고하고 본질적이다. 地層에 선명하게 나타난 어떤 化石을 보는 듯 하다. 그런 덧없음과 덧없음의 슬픔이 순수하게 다가온다. 원천적으로 나는 그를 예술가라고 믿고 있다. 그의 생애 자체가 그것의 좋은 자료이기도 하다.[38]

이처럼 김춘수는 이중섭의 '생애'에 깊은 관심을 보였다. '덧없는 생애'가 이중섭을 예술가라고 믿는 '좋은 자료'가 된다고 말한다. 이중섭의 생애는 어떠했던가.

미술비평가 李慶成은 '사실 인간 仲燮의 生涯는 비극의 역사'[39]라며 '1·4후퇴 때 이중섭이 가족을 데리고 南下하여 거제도, 부산, 통영, 제주도를 전전하며 온갖 고생을 거듭했다'고 증언했다. 이때 이중섭은 생활고에 시달리다 못해 1951년 가족을 일본으로 보내고 자신도 뒤따라 일본으로 건너가기로 했다. 1953년 이중섭은 시인 具常의 도움으로 漁船의 선원증을 얻어 일본으로 건너가 가족을 만났으

---

38) 김춘수, 「덧없음에의 感覺」, 『意味와 無意味』, 문학과지성사, 1978, p.204.
39) 이경성, 「이중섭의 예술」, 『大鄕 李仲燮』, 한국문학사, 1979, pp.144~146.

나 2주일 만에 되돌아온다. 이후 이중섭은 가족과 떨어져 통영 진주 서울 대구 왜관 등지를 떠돌다가 1956년 서울 적십자병원에서 간장염으로 숨을 거둔다.

김춘수의 「이중섭」 시편은 이중섭의 생애 중 이처럼 불행했던 말년의 삶을 그 배경으로 삼고 있다. 특히 제주도의 서귀포를 배경으로 한 경우가 많다. 당시 경북대 교수였던 김춘수가 학생들을 데리고 그곳으로 수학여행을 가서 이중섭의 생애와 삶의 덧없음을 생각해 보았던 곳이다.[40]

시인의 이같은 개인적 체험이 결합된 '이중섭' 시편은 '서귀포'로부터 시작된다. 서귀포는 이중섭이 가장 활발하게 창작활동을 했던 곳이다. 그러나 그의 '이상적 예술혼'과 '비루한 현실'이 가장 극명하게 대립되어 나타난 곳이기도 하다. 서귀포는 또 이중섭의 활동무대였던 일본 동경이나 평양이 아닌 제3의 장소다. 그 어느 곳으로도 가지 못한 피난시절 이중섭의 생활고가 짙게 배어 있는 곳이다.

「이중섭」 시편에선 '가족'과 '나'가 두 개의 고립된 항목으로 나타나 있다. 이중섭은 사실상 제주도 피난시절을 가족과 함께 보냈다.[41] 그러나 김춘수는 「이중섭」 시편엔 이중섭이 가족과 떨어져 있는 것으로 나타나 있다. 이로 인해 이중섭이 지닌 '비극적 서사성'이 더욱 부각된다.

　　아내는 두 번이나
　　마굿간에서 아이를 낳고

---

40) 김춘수, 앞의 글, pp.202~203.
41) 이중섭 기념사업회가 펴낸 『大鄕 李仲燮』(1979, 한국문학사)의 '이중섭 연보'에 따르면, 이중섭은 1951년 1월, 아내와 두 아이를 데리고 부산에서 제주도로 건너갔다가 그해 12월 부산으로 돌아온다. 이듬해 가족들은 일본으로 건너가고 이때부터 이중섭은 가족과 떨어져 혼자 살게 된다.

지금 아내의 모발은 구름 위에 있다.

봄은 가고

바람은 평양에서도 동경에서도

불어오지 않는다.

바람은 울면서 지금

서귀포의 남쪽을 불고 있다.

서귀포의 남쪽

아내가 두고 간 바다,

게 한 마리 눈물 흘리며, 마굿간에서 난

두 아이를 달래고 있다.

—「이중섭 2」

　이 시의 화자는 시인 김춘수이다.[42] 이 시의 '아이'는 이중섭의 아이를 뜻하는데, 시적 화자가 왜 난데없이 '마굿간'을 끌어온 것일까? '마굿간에서 아이를 낳고'는 예수의 탄생을 연상케 한다. 아내가 '비천한 장소'에서 아이를 낳았다는 진술이 되겠지만, 은연중에 이 땅에서의 현실적 삶의 비루함을 드러내는 구절이라 하겠다.

　김춘수는 '현실적 삶의 비루함'을 주목했다. 이 같은 시각은 차츰 '현실적 삶이란 원래 비루한 것'이란 명제로 발전하는데, 「예수」·「토스토예프스키」 시편에 이르러 더욱 깊어지고 넓어진다.

　이 시의 4~6행은 이중섭의 외로움을 보여주고 있다. 「이중섭」 시편 중 서귀포를 무대로 한 작품엔 어김없이 바람이 등장하는데,[43] 바

---

42) 「이중섭」 시편의 화자는 이중섭이 아닌 시인 김춘수이다. 「이중섭 2」의 '아내가 두고 간 바다'와 「이중섭 3」의 '아내가 두고 간'은 아내의 不在를 뜻하는데, 이미 앞에서 살펴본 것처럼 이중섭은 서귀포 피난시절을 가족과 함께 보냈다. 따라서 「이중섭」 시편의 서귀포와 대구, 충무 등의 공간은 김춘수가 재창조한 공간이며 따라서 시적 화자는 김춘수가 된다.

金春洙 詩의 人物 研究　137

람의 이미지는 되풀이된다. 그 바람은 '분다'와 '불지 않는다'로 변주된다. 장윤익은 이 '바람'을 이중섭의 예술혼으로 보았다.[44]

그러나 이미 살펴본 것처럼, 김춘수는 이중섭의 예술보다 생애를 시적 모티프로 삼았다. 따라서 이 작품의 4~6행은 '봄이 다 지나가도록 아무런 소식조차 없는 상태', 즉 이중섭의 '고립된 외로움'을 드러내고 있다고 판단된다.

이 시의 11, 12행은 이중섭의 그림 '물고기—게와 아이들'을 연상시킨다. 그 그림은 아이들이 물고기와 게와 서로 어울려 노는 목가적인 풍경을 보여준다. 김춘수는 그와 같은 '게'가 '눈물을 흘리며,/마굿간에서 난/두 아이를 달래고 있다'고 표현함으로서 이중섭의 쓰라린 현실을 드러내고 있다. 이같은 이중섭의 현실은 '네잎토끼풀은 없고'(「이중섭 1」)란 구절로도 표현되고, 서귀포에는 바다가 없다'(「이중섭 3」)란 詩行에도 나타난다.

「이중섭」시편의 중심어는 '바람'과 '아내'이다. '아내'는 「이중섭 2」를 비롯 「3」「4」「5」「7」「8」, 그리고 「내가 민난 이중섭」에서노 나타난다.

　　아내가 두고 간 바다
　　부러진 두 팔과 멍튼 발톱과
　　바람아 네가 있을 뿐

—「이중섭 3」일부

---

43) 서귀포를 배경으로 한 「이중섭」 시편의 바람이 나타나는 구절은 다음과 같다. '바람아 불어라, 서귀포의 바람아'(「이중섭 1」일부) '바람은 울면서 지금/서귀포의 남쪽을 가고 있다'(「이중섭 2」) '바람아 불어라,/서귀포에는 바다가 없다'(「이중섭 3」) '서귀포의 남쪽,/바람은 가고 오지 않는다'(「이중섭 8」)

44) 장윤익, 「非現實의 현실과 無限의 변증법」, 『시문학』, 1977년 4월호, p.77.

동짓달 서리 묻은 하늘을
아내의 신발 신고
저승으로 가는 까마귀
(중략)
돌 하나 멀리 멀리
아내의 머리 위로 떨어지거라.

—「이중섭 4」 일부

옛날에 옛날에 하는 아내는 마냥
입술이 젖는다.
(중략)
키작은 아내의 넋은
키작은 사철나무 어깨 위에 내린다.
(중략)
소리내어 아침마다 아내는 가고

—「이중섭 5」 일부

아내의 손바닥에 아득한 하늘
새가 한 마리 가고 있다.

—「이중섭 7」 일부

아내는 모발을 바다에 담그고
눈물은 아내의 가장 더운 곳을 적신다.

—「이중섭 8」 일부

광복동에서 만나 이중섭은
머리에 바다를 이고 있었다.
동경에서 아내가 온다고
바다보다도 진한 빛깔 속으로
사라지고 있었다.
(중략)
한참 뒤에 나는 또
남포동 어느 찻집에서
이중섭을 보았다.
바다가 잘 보이는 창가에 앉아
진한 어둠이 깔린 바다를
그는 한 뼘 한 뼘 지우고 있었다.
동경에서 아내는 오지 않는다고,

— 「내가 만난 이중섭」 일부

이들 작품에서의 '아내'는 이중섭이 지닌 유일한 '외부를 향한 출구'로 보인다. '아내'와 관련된 묘사는 거의 '가다' '오지 않는다'로 되어 있는데, 그것은 아내에 대한 그리움과 함께 시적 화자의 '고립된 심경'을 증폭시킨다.

2) 서사성의 공간이동

김춘수는 이중섭의 그림, 즉 夫婦를 상징하는 '닭'과 '소' 연작들을 비롯 '童子像', '물고기—게와 아이들' '家族' 등에서 시의 모티프를 얻어 연작을 이어간다. 그 그림들의 목가적 풍경은 「이중섭」 시편에 등장하는 이중섭의 고립된 심경을 극대화시키는 장치로 사용된다.

아내의 손바닥의 아득한 하늘

새가 한 마리 가고 있다.

하염없이 가고 있다.

겨울이 가도

대구는 눈이 내리고

팔공산이 아마 빛으로 가라앉는다.

동성로를 가면 꽃가게도 문을 닫고

아이들 사타구니 사이

두 개의 남근.

마주보며 저희끼리 오들오들 떨고 있다.

—「이중섭 7」

이 작품은 「이중섭」 시편의 무대를 대구 동성로 거리로 옮겨온 케이스다. 김춘수는 시의 무대를 '서귀포'에서 차츰 딴 곳으로 확산시키는데, 이중섭이 6·25 피난시절 대구 부산 충무 등지로 옮겨다니며 창작활동을 도모했기 때문이다.

이 작품은 앞서 논의한 「이중섭」 시편들의 내적독백으로부터 벗어난 객관적 거리를 보여주고 있다. 여기서는 '간다'에 이어 '가라앉는다'는 이미지가 나타나고, 마지막에 이르러선 '사타구니 사이 남근이 오들오들 떨고 있다'는 정경이 그려진다. 아이들의 남근에 대한 묘사에는 이중섭의 그림과 김춘수의 '개인 서사'가 중첩되어 있다.

이중섭의 그림 중, 아이들이 등장하는 그림으로는 '물고기—게와 아이들' '아이들과 끈' '두 어린이와 복숭아' '네 어린이와 비둘기' '물고기와 노는 아이들' 등이 있다. 여기서의 아이들은 한결같이 벌거벗은 몸으로 천진무구하게 놀고 있다. 계절은 여름이다. 그러나 「이중섭 7」은 초봄의 정경을 담고 있는데, 아직도 눈이 내리고 아이들이 사타구니를 내놓은 채 추위에 떨고 있다. .

　여기엔 「이중섭 2」의 '마굿간에서 난 아이'의 이미지와 「눈물」[45]의
'오갈피 나무'의 이미지가 중첩되어 있다.

　　남자와 여자의

　　아랫도리가 젖어 있다.

　　밤에 보는 오갈피나무,

　　오갈피나무의 아랫도리가 젖어 있다.

ㅡ「눈물」 일부

　게다가 이 시의 '오갈피나무의 아랫도리'엔 김춘수의 유년의 기억
이 개입되어 있다. '오갈피나무'는 김춘수가 보통학교 5학년 때 만난
급우를 떠올리며 쓴 詩語로 그 아이는 가을에도 배잠방이를 입고 다
녔고, 무릎 밑은 오갈피나무의 껍질처럼 거칠거칠하고 바위처럼 꺼
멓게 때에 절어 있었다. 그 모습에서 김춘수는 인간에 대한 슬픔을
느꼈다고 말한 바 있다.[46]

　김춘수는 이 같은 '오갈피나무껍질 같은 피부를 가진 아이'와 '마
굿간에서 난 아이'의 이미지를 통해 인간의 비천한 현실을 드러내고
있다. 이와 관련, 서준섭은 「이중섭」 연작은 삶의 덧없음을 암시하고
있으며 당시 시인의 문학적 실존의 내면풍경이기 때문에 여전히 무
의미시이면서도 무의미시가 아니라는 견해를 보였다.[47] 또 박철석은
「이중섭」 연작을 「處容斷章 제1부」의 변주라고 보았는데, 이 시편들
이 특정 퍼소나를 매개로 사용한 점과 그 성격이 신화적이라는 점에

---

45) 이 시는 「예수」 시편의 문을 연 작품이지만 「이중섭」 시편 보다 먼저 쓰여졌다.

46) 김춘수, 『김춘수 문학앨범』, 웅진출판, 1995, pp.131~134.

47) 서준섭, 「순수시의 向方」, 『작가세계』, 1997년 여름호, p.78.

서 서로 연관되기 때문이라고 지적했다.[48]

이는 모두 김춘수 시의 방법론적 측면에 치우친 견해로 '화가 이중섭을 통해 무엇을 말하려고 했던가'를 간과했다. 시의 내용을 분석한 경우, 장윤익은 '김춘수는 이중섭을 바로 자신으로 幻想하며, 이중섭의 충동적인 예술 생명과 경험의 표정을 바로 자신의 예술 표정으로 착각하고 있는 것 같기도 하다'며 「이중섭」 시편을 김춘수의 '성적 콤플렉스'와 깊은 관련이 있다고 말했다.[49]

그러나 장윤익이 분석의 대상으로 짚어낸 詩語인 '닭' '소' '게' '쇠불알' 등은 거의 이중섭의 그림에서 따온 것이었다. 김춘수의 시 세계를 이중섭의 그림에 국한시켜 논의한 셈인데, 시어를 시의 유기적인 흐름으로 파악하지 못한 경우다. 김춘수가 이중섭에게서 '환상적 자아'를 보았다는 견해는 부분적으로 타당해 보인다. 그러나 김춘수가 자신과 이중섭을 同一視[50]하지는 않았다고 판단된다. 김춘수는 이중섭을 통해 예술가의 비천한 현실을 보고자 했던 것이다.

그렇다면, 왜 이중섭이어야 했던 것일까? 앞서 기술했듯이, 특정 인물을 시적 오브제로 채택한다는 것은 시인의 현실적 상황과 어떤 관련을 맺고 있거나 그 인물에게서 서정적 충동을 느꼈기 때문일 것이다.

「이중섭」 시편을 쓸 당시, 김춘수는 '무의미의 시'라고 칭했던 「處容斷章 제1부」와 「處容斷章 제2부」를 끝내고 시적 방법론에 대한 새로운 탐색을 해나가고 있었다. 그는 '비현실적이면서도 현실성을 갖는 詩作의 辨證法'을 생각하고 있었던 것이다.[51]

---

48) 박철석, 「김춘수론」, 『현대시학』, 1981년 4월호, pp.160~161.
49) 장윤익, 앞의 논문, p.77~79.
50) 同一視란 타자가 지닌 측면을 자신의 모델로 취하는 과정을 가리키는 말로서 이 용어의 일차적 용법은 '무엇인가와 동일시하기'이지만 '인식하기'라는 보다 통상적인 의미를 포함하기도 한다. — 죠섭 칠더즈 · 게리 헨치 編, 황종연 譯 『현대문학 · 문화비평용어사전』, 문학동네, 1999, p.232.

시 창작의 새로운 방법론을 찾고 있던 김춘수는 예술의 존재양식에 대한 질문을 시작했고, 이 무렵 그가 원천적으로 예술가라고 믿었던 이중섭이 다가온 것이었다. 이중섭이란 인물뿐 아니라 '바다'라는 공간도 김춘수로 하여금 서정적 충동을 느끼게 했을 것으로 판단된다.[52]

이 같은 「이중섭」 시편은 화가 이중섭이 지닌 서사성을 다양하게 펼쳐보였는데, 그 기본축은 '이상적 예술혼'과 '비루한 현실'이다. 이 항목은 맨 처음 '육지'(동경, 평양)과 '섬'(서귀포)이란 공간으로 나타나고, 나중엔 '정신적 안식처(평양, 동경)'와 '떠돌이 공간(충무, 대구, 부산)으로 변주된다. 인물군은 '가족(아내, 아이들)'과 '나'로 분리되고, 시행들도 대비되어 변주된다. '바람이 분다'와 '바람이 불어오지 않는다', '바다를 이고 있었다'와 '바다가 없다', '아내는 가고'와 '아내가 온다' 등이 그것이다. 이를 도표로 정리하면 다음과 같다.

「이중섭」 시편의 대립적 서사구조

대립구분＼대립의미	이상적 예술혼	비루한 현실
공간	육지(동경,평양)	섬(서귀포)
인물	가족(아내, 아이들)	나(이중섭)
詩行	바람이 분다 바다를 이고 있었다 아내가 가고	바람이 불어오지 않는다 바다가 없다 아내가 온다

---

51) 김춘수, 「5분탐방」, 『문학사상』, 1976년 7월호, p.45.
52) 앞에서 살펴본 바와 같이, 김춘수는 항구도시인 통영에서 유년시절을 보냈고 그 기억을 토대로 「處容斷章 제1부」를 썼다. '바다'는 「이중섭」 시편에 이르러 김춘수와 이중섭이 공유하는 공간이 된다. 「이중섭」 시편의 '게' 또한 김춘수와 이중섭이 공유하는 오브제가 되는데, 김춘수는 '게'에 자신의 유년의 기억을 투영시켰다.

「처용」 시편에서 처용의 ‘탈’을 쓰고 ‘역사’와 ‘악’에 희생된 자신의 모습을 나르시시즘적으로 보여준 김춘수는 「이중섭」 시편을 통해 보다 객관적인 거리를 지닌 채 ‘이상적 예술’에 대비되는 존재로서의 현실, 그 현실의 비루함을 살펴본 셈이다. 이 같은 현실은 「예수」 시편에 이르러 인간의 보편적인 ‘현실’에 대한 질문으로 확대된다.

3. 초월과 번민의 십자가 : 「예수」 시편

1) 예수가 지닌 극적 서사성

김춘수의 「예수」 시편 또한 ‘선언어군’을 갖고 있다. 그 선언어군은 『신약 성서』, 특히 예수가 숨을 거두는 장면이 나타나 있는 ‘마테오복음 27장’ ‘마르코 복음 15장’ ‘루가 복음 23장’ ‘요한 복음 19장’이 선행텍스트 역할을 한다.

김춘수의 ‘예수’ 시편은 모두 16편이다.[53] 이들 시편은 ‘이중섭’ 시편이나 『處容斷章』처럼 어느 한 시기 동안 집중적으로 쓰여지지 않았다. 그러나 70년대 중반부터 올해 출간된 시집 『의자에 계단』에 이르기까지 30여 년 동안 계속됐다.

김춘수가 ‘예수’를 시에 처음 등장시킨 건 「打令調 2」[54]에서였다.

---

53) 본고는 김춘수의 「예수」시편을 예수의 말이나 행동, 이미지가 직접적으로 나타나는 시로 한정했다. 그 제목은 다음과 같다. 눈물, 못, 痲藥, 셋째번 마리아, 가나에서의 혼인, 겟세마니에서, 서쪽 포도밭 길을, 분꽃을 보며, 루오 할아버지가 그린 유화 두 점, 處容斷章 제3부 메아리-12, 바꿈 노래-메시아, 異說 두 마당 2, 鋸刀를 보며, 눈이 하나, 의자를 위한 바리에떼, 계단을 위한 바리에떼.

54) 「打令調 2」를 김춘수의 「예수」시편이라고 보긴 어렵다. 그 이유는 ‘엘리엘리사박나미 나마사박나미’란 말이 슬쩍 지나가 버릴 뿐, 그 의미가 더 이상 확대되지 않기 때문이다.

내 사랑은
서해로 갈까나 동해로 갈까나,
용의 아들
羅睺羅
처용아빌 찾아갈까나,
엘리엘리사박나미
나마사박나미, 내 사랑은
먼지가 되었는가 티끌이 되었는가

— 「打令調 2」 일부

본론 제1절에서 살펴본 것처럼, 이 작품엔 '예수'와 '처용'이 한꺼번에 나타난다. 이미 그때부터 '예수'가 시인의 의식 밑바닥에 깔려 있었던 것이다. 이처럼 '엘리엘리사박나미 나마사박나미'란 말을 남기고 슬쩍 지나간 '예수'는 시 '눈물'을 통해 '맨발로 바다를 밟고 간 사람'으로 좀더 구체화된다.

남자와 여자의
아랫도리가 젖어 있다.
밤에 보는 오갈피나무,
오갈피나무의 아랫도리가 젖어 있다.
맨발로 바다를 밟고 간 사람은
새가 되었다고 한다.
발바닥만 젖어 있었다고 한다.

— 「눈물」

이 작품은 '함축적인 화자'가 1~4행에 걸쳐 객관적인 풍경을 묘사한다. 이어서 간접화법으로 '맨발로 바다를 밟고 간 사람' [55]은 새가 되었다고 전한다. '맨발로 바다를 밟고 간 사람'은 다름 아닌 예수, 그는 초월적 존재다. 예수가 '새가 되었다'는 말은 초월자가 또 한번 초월했다는 뜻이 되겠는데, 문제는 '그랬다고 한다'는 간접화법이다. 시적 화자가 직접 본 상황이 아니라는 것이다. 시적 화자가 직접 본 것은 '남자와 여자의 젖은 아랫도리', 그리고 '오갈피나무의 아랫도리'이다. 여기엔 김춘수의 유년의 기억이 개입되어 있다.

'오갈피나무'는 김춘수가 보통학교 5학년 때 만난 급우를 상징하고 있다. 그 아이는 가을에도 배잠방이를 입고 다녔고, 무릎 밑은 오갈피나무의 껍질처럼 거칠거칠하고 바위처럼 꺼멓게 때에 절어 있었다. 그 아이는 운동회 날에도 배잠방이를 입고 나왔다. 거기서 김춘수는 인간에 대한 슬픔을 느꼈고 인간은 왜 늙고 죽어가는 한계를 벗어날 수 없는가를 생각하게 되었다는 것이다. [56]

---

55) '맨발로 바다를 밟고 간 사람'이란 표현은 예수를 '초월적인 존재'로 그리는 김춘수의 중심 이미지가 된다. 『處容斷章 제3부』의 '12'에서도 나타나고, 시집 『들림, 토스토예프스키』의 「大審問官」에서도 나온다. 하나의 이미지를 계속 변주해나가는 방식 또한 김춘수 시의 특징 중의 하나로 볼 수 있다. 두 작품은 다음과 같다.
   '어릴 때는 귀로 듣고/커서는 책으로 읽은 천사,/그네는 끝내 제 살을/보여주지 않았다./맨발로 바다를 밟고 간 사람은/새가 되었다지만/그의 젖은 발바닥을 나는 아직 한 번도/본 일이 없다.' ―「處容斷章 제3부-12」 일부
   '당신이 갈릴리 호수를 맨발로 걸어간 그 일이 생각나네요./새처럼 발바닥만 젖어 있었지요.' ―「大審問官」 일부
56) 그 아이는 이미 아이라고 할 수 없는 코밑에 엷게 수염이 곰실거리고 있고, 키가 우리 또래보다 머리 하나 만큼 더 컸다. (중략) 가을에도 그는 무릎 밑이 드러난 짧은 배잠방이를 입고 있었다. (중략) 무릎 밑은 오갈피나무의 껍질처럼 거칠거칠하고 바위처럼 꺼멓게 때에 절어 있었다. (중략) 왠지 나는 슬프기만 했다. (중략) 운동회 날은 대개는 새것이거나 말끔하게 세탁을 한 팬티나 러닝셔츠를 입게 마련이다.
   그러나 그 아이(?)는 그렇지 않다. 배잠방이도 그대로고 아랫도리의 바위빛이 된 살갗도 물론 그대로다. (중략) 그래서 나는 오갈피나무와 같은 껍질을 보면 그가 곧 연상되고 사람의 아랫도리를 보면 그의 바위빛이 된 살갗을 눈앞에 떠올리게 된다. 그럴 때는 두 발을 가진 직립(直立)동물이 왠지 자꾸 슬퍼지기만 한다. 사람은 구제될 수 없는 것일까? 사람의 능력의 한계는 어쩔 수 없는 것일까? 왜 사람은 죽어야 하고 늙어가야 하고, 하늘을 날 수도 없고 바다를 맨발로 갈 수도 없는가? (중략) 이럴 때 우리 앞에 예수가 나타나고 그의 기적이 나타난다.
   ― 김춘수, 『김춘수문학앨범』, 웅진출판, 1995, pp.131~134.

　　결국 이 작품은 '베잠방이 아이'와 '예수'를 대비시켜 '인간으로 한계 지워진 존재'와 '인간의 한계를 초월한 존재'를 동시에 보여주는 셈이다. '인간의 한계는 어쩔 수 없는 것일까?'란 시인의 물음은 예수가 직접 등장하는 '예수' 시편들로 이어지는데, 예수의 모습은 두 가지로 대별된다.

　　乘轎에서 내린 신부의 이름은 마리아,

　　열다섯 살,

　　예수는 그 날 가나 마을을 위하여

　　땀 흘리며

　　한 섬 여덟 말의 물을

　　잘 삭은 포도주로 바꿔 주고 있었다.

―「가나에서의 혼인」 일부

　　꿀과 메뚜기만 먹던 스승,

　　허리에만 짐승가죽을 두르고

　　요단 강을 건너간 스승,

　　랍비여,

　　이제는 나의 때가 옵니다.

　　내일이면 사람들이 나를 침 뱉고

　　발로 차고 돌을 던집니다.

　　사람들은 내 손바닥에 못을 박고

　　내 옆구리를 창으로 찌릅니다.

　　랍비여,

　　내일이면 나의 때가 옵니다.

베드로가 닭 울기 전 세 번이나

나를 모른다고 합니다.

—「겟세마네에서」 일부

「가나에서의 혼인」이 '초월자로서의 예수'를 보여준다면, 「겟세마
네에서」는 죽음을 앞둔 예수의 불안과 번민을 담아내고 있다. 「겟세
마네에서」의 화자는 예수, 자신의 스승인 요한 세자에게 말하는 형
식으로 되어 있다. 예수는 자신이 구원의 대상으로 삼았던 인간들이
자신에게 침을 뱉고 발로 차고 돌을 던지리라는 사실을 잘 알고 있는
것으로 나타나 있다. 게다가 예수는 자신의 첫 번째 제자인 베드로가
새벽닭이 울기 전 세 번이나 자신의 이름을 부정하리라는 것도 잘 알
고 있다. 그런 점에서 예수는 초월적 존재다. 그러나 이런 사실을 자
꾸 들먹이는 건 죽음을 앞둔 자의 불안과 번민을 드러내는 행위다.

'초월'과 '번민', 이 두 개의 항목은 김춘수의 「예수」 시편의 인식
론적 밑바탕을 이루게 되는데, 김춘수의 「예수」 시편은 특이하게도
예수의 시선이 항상 땅을 향해 열려 있다. 여기에 김춘수가 예수를
바라보는 시각이 있다.

술에 마약을 풀어

어둠으로 흘리지 마라.

아픔을 눈감기지 말고

피를 잠재우지 마라.

살을 찢고 뼈를 부수어

너희가 낸 길을 너희가 가라.

맨발로 가라.

숨 끊이는 내 숨소리

金春洙 詩의 人物 研究 149

너희가 들었으니
엘리엘리나마사박다니
나마사박다니
시편의 남은 구절은 너희가 잇고,
술에 마약을 풀어
아픔을 어둠으로 흘리지 마라.
살을 찢고 뼈를 부수어
너희가 낸 길을 너희가 가라.
맨발로 가라. 찔리며 가라.

—「못」

예수가 십자가에 못 박힐 때, 그의 아픔을 덜어주기 위하여 百率長
인 로마 군인은 술에 痲藥을 풀어 그의 입에다 대어 주었다.

예수는 눈으로 조용히 물리쳤다.
— 하나님 나의 하나님,
유월절 속죄양의 죽음을 나에게 주소서.
낙타 발에 밟힌
땅벌레의 죽음을 나에게 주소서
살을 찢고
뼈를 부수게 하소서.
애꾸눈이와 절름발이의 눈물을
눈과 코가 문드러진 여자의 눈물을
나에게 주소서.
하나님 나의 하나님,
내 피를 눈감기지 마시고 잠재우지 마소서.

내 피를 그들 곁에 있게 하소서.

언제까지나 그렇게 하소서.

— 「痲藥」

이들 작품은 하나의 작품으로 봐도 무방할 정도다. 시간적 배경은 예수가 십자가에 못 박혀 숨을 거두기 직전의 순간들. '마약을 푼 술을 예수의 입에다 대어 주었다'는 성서의 기록이 두 작품의 모티프가 되고 있는데,[57] 「못」은 예수가 제자들에게 전하는 遺言의 형식을 띠고 있다. 반면 「痲藥」은 예수가 하느님에게 올리는 이 땅에서의 마지막 기도문 형식으로 짜여져 있다.

두 작품 모두 이 땅의 아픔에 대해 눈을 감지 않겠다는 예수의 의지를 주술처럼 담아내고 있다. 이 땅에서 살이 찢기고 뼈가 부서져도 애꾸눈이와 절름발이와 나환자의 눈물을 잊지 않도록 해달라는 다짐이자 懇求이다.

이것이 바로 김춘수가 예수를 바라보는 시각이다. 김춘수는 예수를 초월적인 존재로 그리되, 인간적인 모습을 드러내는데 무게중심을 두고 있다. 예수는 전지전능한 신의 아들이지만 제자들은 물론 하느님의 섭리에 대해 회의적인 모습을 드러낸다. 제자들에게 '이 땅의 현실에 대해 눈감지 말라'는 유언을 주술처럼 반복하고 하느님께 '언제까지나 이 땅의 아픔 곁에 있게 해달라'는 마지막 기도까지 올린다.

이처럼 '예수' 시편을 이끌어가는 두 개의 동력은 바로 '초월'과

---

57) 여기엔 異說이 많다. 군인이 예수를 조롱하며 신 포도주를 권한 경우(「루가 복음」 23:36~37, 『공동번역 성서(가톨릭용)』, 대한성서공회, 1999, p.165)와 구경꾼 가운데 누군가가 예수를 조롱하며 신 포도주를 권한 경우(「마테오복음」, 27:48~49, 위의 책, p.60, 「마르코 복음」 15:36, 위의 책, p.99), 그리고 예수를 위로하기 위해 신 포도주를 권한 경우(「요한복음」, 19:29~30, 위의 책, p.214)로 나뉜다.

'번민'이 되겠는데, 두 요소가 집약된 하나의 문장이 있다. '엘리엘리사박나미 나마사박나미'가 그것이다.

2) 대립되는 서사성의 두 항목

'엘리엘리사박나미 나마사박나미'
「打㴑調 2」에 처음 등장한 이 말은 사실상 김춘수의 '예수' 시편을 열어 젖힌 핵심어이다. 이 시행은 「못」에도 등장하고, 시집 『들림, 토스토예프스키』의 「大審問官」에도 나타나며, 시집 『의자와 계단』의 「눈이 하나」에도 나온다.

골고다 언덕에는 해가 막 지려고 하고 있었다. 예수는 등에 지는 해를 따갑게 느끼고 있었다. 그때다. 또 한 번 옆구리와 손바닥에 통증이 왔다. 눈알이 튀어나올 법한 아픔이다. 그의 한쪽 무릎은 조금 치켜올려지고(마음 속으로)손이 그리로 내려가고 있었다. 아픈 곳은 무릎이 아닌데……그의 고개는 점점점 땅 쪽으로 떨어지고 있었다. 얼굴을 가까스로 받치고 있던 어깨로부터 갑자기 힘이 빠져갔다 .심한 갈증이 오고 온몸이 가렵다. 누가 이 가려움을 긁어줄까?/엘리엘리라마사박다니!/입언저리에 한 순간 가벼운 경련이 스쳐갔다. 해는 막 지고 어둠이 밀려오고 있었다. 땅에서 열기가 식어가고 있었다. 그때다. 예수는 자기의 눈앞이 자기를 가만히 바라보는 하나의 눈으로 온통 채워지고 있는 것을 보았다.

—「눈이 하나」

이 작품은 「處容斷章 제3부—13」과 전문이 거의 같다. 이미 발표한 시를 몇 구절만 바꿔서 재수록한 인상을 준다.

골고다 언덕에는 해가 막 지려고 하고 있었다. 예수는 등뒤에 지는 해를 따갑게 느끼고 있었다. 그때, 예수는 또 한 번 옆구리와 손바닥에 통증이 왔다. 눈알이 튀어나올 법한 아픔이다. 그의 한쪽 무릎은 조금 치켜올려지고, 마음 속으로는 손이 그리로 내려가고 있었다. 아픈 곳은 무릎이 아니지만, 그의 고개는 땅 쪽으로 떨어지고 있었다. 얼굴을 가까스로 받치고 있던 어깨로부터 갑자기 힘이 빠져 갔다 .심한 갈증이 오고 온몸이 가렵다. 누가 이 가려움을 긁어줄까?

이윽고 해가 지고, 등뒤로부터 어둠이 밀려오고 있었다. 땅에서 열기가 조금씩 가시어지고 있었다. 그때다. 예수는 자기의 눈앞이 자기를 가만히 바라보는 하나의 눈으로 왼통 채워져 가는 것을 보았다./〈내가 다 보고 있다.〉/그 커단 눈이 그렇게 말하고 있었다.

—「處容斷章 제3부-13」 일부

두 작품[58] 또한 예수가 죽어가는 순간들을 모티브로 하고 있다. 앞서 인용한 「못」이나 「痲藥」과 비교해보면, 서사적 풍경을 담고 있다는 차이점을 발견할 수 있다.' 예수를 바라보는 하나의 눈'[59]에 이르기 위하여 이런 풍경들을 담담하게 그려낸 것임을 알 수 있는데, 이 작품에서도 '엘리엘리라마사박다니'란 말이 나온다. 이 말이 왜 김춘수의 입에서 이토록 사라지지 않는 것일까.

이 말은 예수가 십자가에 매달려 숨을 거두기 직전 토해낸 것으로

---

58) 김춘수는 이미지를 변주할 뿐만 아니라 동일한 시행을 반복해서 사용하는 특징도 지닌다. 위의 두 편에 나타나는 '눈'의 이미지 또한 그렇다. '눈'의 이미지는 천사의 이미지로 시집 『들림, 토스토예프스키』에 집중적으로 나타난다.
59) 이 눈은 천사의 눈이다. 김춘수의 「異說 두 마당 2」에도 천사가 예수의 죽음을 쳐다보는 상황이 그려져 있다. 그 詩行은 다음과 같다. '갑자기 횐해지더니/무엇으로/마치 투명한 렌즈로 사방이 뒤덮이는 듯했다./세상은 그것 뿐이다./누구의 눈인지도 모르는 눈이다./나는 널 알고 있다./그러나 어쩔 수가 없었다./그 눈은 그렇게 말하고 있었다./예수는 그 때 분명히/또 한 번 확인하게 되었다./그렇다./누군가 보고 있었다.'

'주여 어찌 이 몸을 버리셨나이까' 란 뜻이다. 종교적으로 볼 때, 예수는 神이다. 그러나 인간의 몸으로 이 세상에 태어났기에 육체의 죽음을 벗어날 수 없다. 그러나 육체의 죽음을 통과해야만 하느님의 섭리를 전할 수 있는 존재다. 이는 하나의 아이러니이자 종교적 비의에 해당된다. 그러나 예수는 숨을 거두기 전 하느님을 향해 "주여 어찌 이 몸을 버리셨나이까"라고 말했다. 그리고 마지막으로 "아버지, 제 영혼을 아버지 손에 맡깁니다"하고는 숨을 거두었다.[60]

김춘수는 위의 두 가지 말 가운데 "어찌 이 몸을 버리나이까"를 선택했다. 여기에 예수의 '극적 서사성'이 집약된 것으로 보았기 때문이다. 김춘수는 예수의 이 말을 시적 화두로 삼아 '예수' 시편을 이끌어갔으며, 예수가 지닌 두 개의 상반되는 '극적 서사성'을 정리해보면 다음과 같다.

초월자인 예수	번민하는 예수
한계를 뛰어넘는 절대적 존재	한계를 지닌 인간적 존재
하느님의 섭리	인간적 번뇌
영원한 삶 하늘	육체의 죽음 땅
믿음	불신 불안

이처럼 김춘수의 '예수'는 '새가 된 초월적 존재'이자 '새처럼 가는 다리를 저는 존재'[61]이다. 따라서 김춘수의 '예수' 시편은 신의 권능을 예찬하는 종교적인 색채와는 거리가 멀 뿐 아니라 '신'보다도

---

60) 「루가복음」 23:47, 『공동번역 성서(가톨릭용)』, 대한성서공회, 1999, p.165.
61) 김춘수는 시 「서쪽 포도밭 길을」에서 '새처럼 가는 다리를 절며 예수가/서쪽 포도밭 길을 가고 있다'며 예수를 다시 '새'에 비유한다.

'인간'의 문제를 고민해온 인식론적 사유의 결과물이다. 결국 김춘수는 '인간의 현실이란 무엇인가'란 문제 때문에 처용과 이중섭, 그리고 예수를 시적 오브제로 끌어들인 셈인데, 기존의 관념적 상투성을 버리고 새로운 이미지와 연상으로 이들 인물을 하나의 인격체로 재창조했다는 점은 한국시단의 커다란 성과라 할 만하다. 그러나 논리와 지성에 의해 구축된 작품들이기에 쉽게 읽고 이해할 수 있는 문학적 감동의 문제는 여전히 의문으로 남는다.

4. 인간의 한계에 대한 물음들 : 「토스토예프스키」 시편

1) 육체를 지닌 인간의 비루함

김춘수가 '토스토예프스키'란 이름을 시에 직접 등장시킨 건 단 한 번에 불과하다. 그럼에도 「토스토예프스키」 시편이라고 명명하는 것은 김춘수가 러시아의 소설가 표드로 미하엘로비치 토스토예프스키(1821~1881)가 그의 소설을 통해 드러낸 인간에 대한 독특한 해석을 시적 화두로 삼았기 때문이다.

김춘수의 「토스토예프스키」 시편은 토스토예프스키의 소설을 선행텍스트로 삼고 있다. 그 소설은 『죄와 벌』 『카라마조프가의 형제들』 『악령』 등이다. 토스토예프스키의 소설들은 김춘수에게 하나의 계시처럼 다가왔다.

나는 토스토예프스키의 모든 작품을 낱낱이 다 읽었다. 그 중에도 『죄와 벌』 『악령』 『카라마조프가의 형제들』 등은 몇 번이고 되풀이 읽고 또 읽었다. 너무도 벅찬 감동이었다. 그 감동은 되풀이 읽고 또 읽어도 줄어

들지 않았다. 그것은 소설이라기보다는 나에게 하나의 계시였다. 토스토 예프스키를 읽으면 우리가 얼마나 왜소한 삶을 살았는가를 절감하게 된 다. 왜소하다함은 천박하다는 말과도 통한다. 가령 김동인의 소설 「감자」 에 나오는 복녀와 『죄와 벌』에 나오는 소냐를 비교해보라. 복녀는 육체가 무너지자 영혼도 함께 무너진다. 구원될 길이 없다. 그러나 소냐는 육체 가 무너졌는데도 영혼은 말짱하다. 소냐는 우리에게 수수께끼와도 같은 인물이다. 납득이 안된다. 그러나 슬라브 민족의 피 속에는 그런 괴물스 런 패러독스가 숨어 있다.[62]

김춘수는 토스토예프스키의 사상에 접근하는 방법의 하나로 토스 토예프스키의 소설에 등장하는 인물들을 사유의 텍스트로 삼는다. 그 인물들을 시적 언어로 육화시켜 1997년 시집 『들림, 토스토예프 스키』를 출간한다. 이 시집은 토스토예프스키의 소설의 인물들로 가 득 채워져 있다. 뿐만 아니라 소설의 등장인물들이 작품을 뛰어넘어 서로 서로 주고받는 편짓글 형식의 시를 보여준다. 여기에다 각 인물 들에 대한 김춘수의 感想, 인물들을 등장시킨 극시 등 다양한 기법을 드러낸다.

조영복은 이 시집이 '여전히 선과 악의 문제, 삶의 아이러니 문제 등을 다루고 있다'고 보았다. 게다가 「處容斷章」에서 보여준 이미지 와 문장들을 그대로 다시 가져다 쓰는 실험도 잊지 않고 있다고 말했 다.[63]

서준섭은 이 시집이 죄—죄의식—구원 등에 대한 성찰을 주제로 하고 있다는 점에서 「處容斷章」의 피해의식과는 뚜렷이 구별되는 시집'이라고 평했다.[64]

---

62) 김춘수, 『꽃과 여우』, 민음사, 1997, pp.104~105.
63) 조영복, 「여우, 장미를 찾아가다」, 『작가세계』, 1997년 여름호, p.30.

이들의 견해는 이 시집을 「處容斷章」과 비교하면서 그 주제의식을 짚어낸 것들이다. 이에 앞서 김춘수가 왜 토스토예프스키의 작중인물들을 화두로 삼게 되었는지를 살펴보고자 한다. 김춘수가 '토스토예프스키'의 작중 인물을 시에 처음 등장시킨 건 1993년에 쓴 「아비시니아 아비시니아」에서였다. 이 작품은 시집 『들림, 토스토예프스키』 이전에 쓰여진 유일한 작품이다.

> 호박잎은 여름을 꿈꾸고
> 호박꽃은 호박을 꿈꾸고
> 여름은
> 여름을 꿈꾼다.
> 저녁은 저녁을 꿈꾸고
> 노을은 저녁에 노을 꿈꾼다고
> 오늘은 하느님이 없으니
> 하고 이반 카라마조프는 또한 말한다.
>
> — 「아비시니아 아비시니아」

이렇게 슬쩍 등장한 이반 카라마조프는 소설 「카라마조프가의 형제들」의 등장인물로 김춘수의 「토스토예프스키」 시편을 열어젖히는 기능을 맡는다. 이반은 "하느님이 없으니 뭘해도 괜찮다"[65]며 즈메르자코프에게 아버지 표드로 카라마조프를 죽이라고 사사한 인물이다.

---

64) 서준섭, 「순수시의 향방」, 『작가세계』, 1997년 여름호, p.88.
65) 이지적인 무신론자인 이반은 아버지가 추악하고 타락한 인간이기에 그가 살해되기를 바라며 즈메르자코프는 물론 주위 사람들에게 언제나 "모든 것은 허용된다"고 말한다. 그리고 이 말로 배다른 형제인 즈메르자코프가 아버지를 살해하도록 교사한다. — 니콜라이 베르자예프, 이종진 譯, 「토스토예프스키의 世界觀」, 『토스토예프스키—神과 人間의 비극』, 문학세계사, 1982, p.256.

왜 김춘수가 도스토예프스키의 무수한 작중 인물 중 이반을 가장 먼저 시적 모티프로 삼았던 것일까. 바로 "하느님이 없으니 뭘해도 괜찮다"는 말 때문이다.

김춘수는 시집 『들림, 토스토예프스키』에서 다시 이반을 등장시킨다.

(1)즈메르자코프가 목을 매단 그날도
사타구니에 그처럼 큰 불알을 차고
머리에 금술 단 예쁜 벙거지를 쓰고
아들 손에 목 배틀린
바람든 푸석한 무 같은
아버지 죽음이 생각났다.
우습기만 했다.
하느님이 없는 나에게 나를 보는
네 눈이 너무 커 보인다.
하늘이 가득 담겼다.

— 「아료샤에게」 일부

(2)아버지 고환의 심줄,
농익은 蘋果 냄새가 난다.
뭉크러뜨려야 한다고
하느님이 없으면 뭘 해도 된다고
작은 형 이반이 꼬투리를 찾고 있다

— 「즈메르자코프에게」 일부

시 (1)은 카라마조프가의 형제 중 둘째아들인 이반이 동생인 아료샤에게 쓴 편짓글 형식으로 되어 있다. 이반은 이지적인 무신론자이며, 아료샤는 神聖의 세계를 대표하는 인물이다.[66] 시 (1)에선 시적 화자인 이반이 '나에겐 하느님이 없다'는 직접적인 진술이 그대로 나타나 있으며 그래서 어떤 죄를 저질러도 괜찮다는 식이다. 그러나 이것은 하나의 구실에 불과하다. 시 (2)의 '작은 형 이반이 고투리를 찾고 있다'는 구절이 이를 반증한다. 시 (2)는 아료샤가 이반의 사주로 아버지를 살해한 배다른 형제 즈메르쟈코프에게 보낸 편짓글 형식의 작품이다.

여기서 '꼬투리'란 무엇인가. 물욕과 음욕의 화신인 아버지를 죽이기로 작정한 이반이 즈메르자코프를 사주하여 아버지를 죽이되, 그 죄의식을 피해가는 방법을 찾는다는 뜻이다. 하느님이 없으면 죄의식을 느끼지 않게 될 것이란 생각 때문에 이반은 "하느님이 없다"라고 말한다. 시 (2)의 '농익은 蘋果 냄새가 나는 아버지 고환의 심줄'은 음욕과 탐욕을 상징하는 말이며 '뭉크러뜨려야 한다'는 건 '죽여야 한다'는 뜻이다.

김춘수는 결국 "하느님이 없으면 어떤 죄를 저질러도 된다"는 이반의 말을 통해 인간이 저지르는 惡과 죄의식에 관한 문제를 탐색하기 시작한 것이다.

인간이 지닌 죄의식의 통로는 결국 구원의 문제로 이어지기 마련이다. 인간은 구원될 수 있는 존재인가. 김춘수는 특히 '소녀'와 '구르센카'를 대비시켜 이에 대한 질문을 거듭한다.

천사는 온몸이 눈인데
온몸으로 나를 보는
네가 바로 천사라고,

---

66) 박형규, 「인간 내면의 선악의 투쟁과 행동양식」, 『카라마조프가의 형제들』, 학원사, 1984, p.401.

(중략)
시방 어디서 온몸으로 나를 보는
내 눈인 너,
달이 진다.
그럼,
(중략)
1871년 2월
아직도 간간히 눈보라치는 옴스크에서
라스코리니코프

— 「소냐에게」 일부

소냐와 같은 천사를 누가 낳았나,
구르센카, 그 화냥년은 또 누가 낳았나
(중략)
변두리 작은 승원에서
조시마 장로.

— 「드미트리에게」 일부

몸을 팔고도 왜 소냐는
천사가 됐는가,
(중략)
이승에서는 아무것도 한 일이 없는 건달
와르코프스키 공작.

— 「나타샤에게」 일부

불가 강에 발 담그고

립스틱 짙게 칠하고
가랑이 어디가 까무라지는 소리로
그러나
아무에게도 들리지 않게
백오십년 전에도 벌써
구르센카, 그 화냥년이 깔깔거리고 있었다.
고 한다.

—「어둠에게 들려준 이야기」

구르센카,
백번을 불러봐도
너, 희대의 화냥년

—「우박」 일부

구르센카는 몸을 팔고 창녀가 됐지만
소냐는 몸을 팔고 천사가 됐소.

—「大審問官」 일부

　이처럼 '소냐'는 천사로, '구르센카'는 화냥년으로 그려져 있다. '소냐'는 몸을 팔았지만 온몸이 눈인 천사가 되었고, 구르센카는 창녀의 몸을 벗어나지 못했다는 것이다. 육체를 벗어나지 못하는 존재, 이것은 곧 인간의 보편적 속성이다. 여기에 인간의 비천함이 있다. 김춘수는 이 점을 주목했다.

　이 시집에선 토스토예프스키의 작중인물들이 다른 소설의 등장인물에게 편지를 쓰거나 서로 자유롭게 만나기도 하는데, 인간의 비천함을 드러내는 대표적 인물이 표트로 카라마조프이다. 표트로 카라마조프가 등장하는 시를 살펴보면 다음과 같다.

구르센카 그 계집은 너무도 잘 알고 있소.
제 넋을 달래고 어르고
나른하게 하고 잠들게 하는
나는 늙은 궁노루
내 배꼽 밑에는 향낭이 있소.
그렇소.
냄새를 맡고
가끔 내 꿈 속까지 나를 찾아온다오.
(중략)
어찌하면 좋겠는지 알려주세오.
표트르 카라마조프.

—「조시마 장로 보시오」 일부

어르신,
어르신은 돈에 인색하고 나이도 많지만
어르신은 살진 궁노루,
어르신 배꼽 밑엔 향낭이 있잖아요. 넋을 잠재우는
말하자면 어르신껜 남자만 있고
그리움은 없지만
저에겐 그게 더 좋아요.
(중략)
겉 못 잡고 넋이 떠도는
(거리의 여자)구르센카 드림.

—「표트로 어르신께」 일부

아버지 고환의 심줄,
농익은 蘋果 냄새가 난다.
뭉크러뜨려야 한다고
하느님이 없으면 뭘 해도 된다고
작은 형 이반이 꼬투리를 찾고 있다
(중략)
입동의 날 아료샤.

— 「즈메르자코프에게」 일부

아버지 샅에 아버지도 모르게
아버지 뜻도 아닌데
호로 모양의 눈도 없는 희멀건
불알이란 것이 와 달리듯
왜 하느님이 있어야 하나,
(중략)
입동 다음다음날 즈메르자코프.

— 「답신, 아료사에게」 일부

이 작품들은 한결같이 표트로 카라마조프의 고환을 문제삼고 있다. 표트로 카라마조프와 구르센카는 이를 '배꼽 밑의 향낭'이라고 부른다. 그러나 아료샤는 '농익은 蘋果 냄새가 나는 고환'이라며 작은 형인 이반이 아버지를 죽일 궁리를 하고 있다고 말한다. 인간의 탐욕과 비루함이 바로 '고환'에서 나온다는 것일까?

표트로 카라마조프의 고환은 인간이 지닌 탐욕의 수령, 그 상징물이다. 김춘수는 시 '존경하는 스타브로긴 스승님께'에 소설 '악령'의 등장인물 키리로프를 등장시킨다. 그리고 키리로프의 입을 빌어

'7할의 물로 된 형이하의 이 몸뚱아리/이 창피를 어이 하오리까'라고 진술한다. 뿐만 아니라,' 직설적으로 간략하게'란 부제까지 붙인 시 '蛇足'을 통해 '의식도 영혼도 다 비우고/나는 돼지가 될 수 있다./밥달라고 꿀꿀거리며/간들간들 나는 꼬리를 칠 수도 있다'라며 말한다. 모두 육체를 지닌 인간의 비천함을 드러내는 구절이다.

2) 초극의 공간과 시간들

김춘수는 이처럼 육체를 지닌 인간의 비천함을 드러내면서 동시에 초극의 문제를 짚어보게 된다. 시 '허리가 긴'에서는 토스토예프스키 소설의 인물들이 뒤섞여 나타나는데, '시베리아'라는 공간이 지닌 상징성이 주목된다.

> 등이 휘도록 죄를 짊어지고
> 라스코리니코프는 시베리아로 가고,
> 죄를 씻는다고 드미트리도
> 짧은 허리를 추스리며 시베리아로 갔다.
> 가고 싶은 시베리아, 그러나
> 나 누루무치와 내 동생 우루무치는
> 허리가 긴 족속, 죄를 짓고도
> 아무르 강을 건너지 못한다.
> 다리가 짧아,
>
> —「허리가 긴」

'죄와 벌'의 주인공 라스코리니코프가 '살인죄'를 짊어지고 유배를 가는 땅, 시베리아는 이 작품에서 '보속의 땅'으로 상정되어 있다. 다시 말해, 죄를 씻고 새로운 인간으로 거듭나는 '구원의 땅'이자 인간의 비천한 육체를 뛰어넘는 '초극의 공간'이다. 토스토예프스키는 '악은 불가피한 그 내적 결과에 의해서 속죄되는 것이지 외적 징벌에 의해서 되는 것은 아닌 것'[67]으로 보고 있다. 뿐만 아니라 토스토예프스키는 고뇌의 贖罪的―再生的 힘을 믿는다.[68] 따라서 시베리아는 라스코리니코프의 고뇌가 불꽃처럼 찬란하게 타오르는 공간이며, 그런 고뇌로 인해 새로운 인간으로 재생되는 장소이다.

토스토예프스키는 '인간은 죽지만, 고뇌에 찬 인간의 영혼은 죽지 않는다'[69]며 영원히 죽지 않는 인간의 영혼을 옹호했다.[70] 토스토예프스키는 가장 미천한 인간 존재도 영혼을 가졌기에 절대적 의미가 있다고 보았다.[71] 그리고 神의 높은 의지에 머리를 숙이지 않는 者는 이웃을 파괴하고 자기 자신을 파괴한다고 보았다.[72] 뿐만 아니라 인간의 '악'과 '죄'로부터 거듭나지 못한다는 것이다.

토스토예프스키는 인간 내부엔 바로 이 같은 요소들이 항상 격렬한 갈등을 빚고 있다고 보았고, 그의 작중인물들은 그의 인간관을 대변해주는 존재들이다. 김춘수의 '도스토예프스키' 시편은 이 같은 인물들이 던져주는 서사성을 거의 그대로 옮겨온다. 그리고 그 서사성을 극적으로 재구성한다.' 소냐'는 천사로, '구르센카'는 화냥년으로.' 구르센카'의 맞은 편에 선 존재로서의 '소냐'는 지상에 묶인 모든 인간의 비루한 육체와 그 한계를 뛰어넘는 '천상적 존재'로 그려져 있다.

반면 '구르센카'는 '표트로 카라마조프'와 동류항으로 분류된다.

---

67) 니콜라이 베르자예프, 이종진 譯, 「토스토예프스키의 世界觀」, 『토스토예프스키-神과 人間의 비극』, 문학세계사, 1982, p.248.
68) 위의 책, p.249.
69) 위의 책, p.257.
70) 위의 책, p.258.
71) 위의 책, 같은 쪽.
72) 위의 책, p.254.

위에 인용한 '표트로 어르신께'의 '어르신껜 남자만 있고/그리움은
없지만/저에겐 그게 더 좋아요'는 무엇을 뜻하는가? 김춘수는 흥미
롭게도 '소냐'가 '구르센카'에게 쓰는 편짓글 형식의 시를 텍스트로
던져놓았다. 이 작품 역시 인간의 육체, 특히 사타구니에 초점이 맞
춰져 있다.

> 뼈대 굵은 아저씨가 와서
> 풀잎처럼 왠지
> 제물에 시들어갔어요.
> 내 샅은 너무 벙벙해서
> 뭐가 뭔지 나는 몰랐어요.
> 내 몸에 왜 그런 것이 있어야 하나, 하고
> 나는 내 슬픔을 보고 나서
> 내가 알고 있는 나는 내가 아니지 않을까
> 하는 생각을 나는 또 했어요.
> 간밤에는 꿈에 언니를 봤어요.
> 술 달린 하얀 털모자를 쓰고 썰매 타고
> 길을 떠나고 있었어요.
> 어딜 가느냐고 물었더니
> 그리움만 있고 남자는 없는 거기라고
> 입술을 살짝 깨물며
> 언니는 말했어요.
>
> 개꽃 하나 벙그는 날
> 소냐.

─「구르센카 언니에게」

이 작품의 '그리움만 있고 남자는 없는 거기'는 어떤 곳일까? 꿈에 만난 구르센카는 소녀에게 '그리움만 있고 남자는 없는 거기'로 간다고 말했지만, 구르센카는 끝끝내 '그리움이 없어도 남자가 있는 곳'에서 살고 싶어한다. 시 '표트르 어르신께'를 다시 인용해 보자.

소녀가 꿈에 절 봤대요.
어딘가 멀리 길을 떠나고 있었대요.
어딜 가느냐고 물었더니
그리움만 있고 남자는 없는 거기라고
입술 살짝 깨물더래요.
어르신,
어르신은 돈에 인색하고 나이도 많지만
어르신은 살진 궁노루,
어르신 배꼽 밑엔 향낭이 있잖아요. 넋을 잠재우는
말하자면 어르신껜 남자만 있고
그리움은 없지만
저에겐 그게 더 좋아요.
소냐에게 한 소린 괜한 소리예요.
그건 꿈이니까요.

겉 못 잡고 넋이 떠도는
(거리의 여자)구르센카 드림.

—「표트로 어르신께」

여기서 '남자가 있는 거기'란 바로 '샅'과 '고환'의 동류항이며, 인간의 욕망이 가장 직접적으로 맺히고 표현되는 곳이다. 소녀도 '샅'

을 이야기한다. 그녀 역시 ‘구르센카’와 마찬가지로 ‘거리의 여자’이
다. 그러나 그녀는 ‘뼈대 굵은 아저씨가 와서 제 풀에 시드는 모습’을
보고 ‘내 몸에 왜 이런 것이 있어야 하나’ 하고 슬픔에 잠긴다. 그리
고 ‘내가 알고 있는 나는 내가 아니지 않을까’라는 고뇌에 휩싸인다.

이 고뇌는 ‘초극’에 관련되는 문제이다. 김춘수는 ‘소녀’를 인간 한
계의 비루함을 뛰어넘은 ‘천사’로 보았다. 김춘수는 앞서 인용한 시
에서처럼 ‘라스코리니코프’와 ‘조시마’, ‘와르코프스키’, 그리고 ‘대
신문관’의 입을 빌어 ‘소녀’를 ‘천사’로 지칭했다. 소녀는 ‘온몸이 눈
으로 된 천사’[73]인데, ‘천사’는 ‘예수’ 시편에서 살펴본 것처럼 ‘예수’
가 죽을 때도 거기 있었다. 뿐만 아니라 ‘교회의 종소리’에도 깃들어
있고, ‘아낙들 물동이’에도 담겨 있으며, ‘식탁보를 젖히면 거기에도
천사가 있다’고 표현된다.[74]

이 같은 ‘천사’는 ‘온몸으로 인간을 바라보는 무형의 존재’로 인간
의 육체적 시간과 공간을 뛰어넘는 ‘초월자’이다. 여기에 김춘수가
토스토예프스키의 작중인물을 시적 화두로 삼은 이유가 있다.

그는 토스토예프스키의 작중 인물들이 지닌 ‘극적이고 역동적인
서사성’을 시에 끌어들여 ‘인간의 한계’와 ‘초극’에 대한 문제를 탐색
했던 것이다.

특이하게도 소녀의 경우엔 한 인물이 두 가지 속성을 지닌 것으로
묘사되고 있는데, ‘살으로 돈을 버는 윤락녀’와 ‘온몸이 눈인 천사’
가 그것이다. 이들 인물을 유형별로 나눠보면, ‘소녀/구르센카’를 비

---

73) 이 말은 김춘수의 독서체험에서 나온 것이다. ‘내 나이 스물이 되었을 때, 나는 어느날 이국
   의 하숙방에서 셰스토프를 읽고 있었다. (중략) 셰스토프의 책에는 ‘천사는 온몸이 눈으로
   되어 있다’는 구절이 있었다. 천사는 너무나 투명해서 이쪽에서는 그 쪽을 볼 수 없으나 그
   쪽에서는 이 쪽이 잘 보인다.’ — 김춘수, 『꽃과 여우』, 민음사, 1997, p.81.
74) 이런 정황이 나타나 있는 시 ‘치혼 僧正님께’를 인용하면 다음과 같다. ‘아시겠지만 이 땅에
   는/교회의 종소리에도 아낙네들 물동이에도/식탁보를 젖히면 거기에도/천사가 있습니다.
   서열에 기지 않는 천사가 있습니다’

롯 '표트르 카라마조프/그의 아들들', '아료사/이반', '아료샤/드미
트리' '즈메르자코프/아료샤' '라스코리니코프/이반' 등으로 대비
된다.

　이들 인물은 인간의 육체가 저지른 죄악 때문에 몸부림을 친다. 토
스토예프스키는 그의 소설을 통해 인간의 선과 악, 애욕과 갈등, 죄
악과 구원의 문제를 장대한 스케일로 펼쳐보였지만 인간의 유형을
'神性'과 '惡魔性'으로 분류하진 않았다. 이 두 개의 요소가 인간 내
부에 깃들어 어떤 소용돌이를 일으키는가를 전율적으로 묘사하고 있
다. 따라서 토스토옙스키의 '惡'은 인간의 속성을 탐구하기 위한 대
상으로서의 惡이다. 김춘수는 이 같은 선행 텍스트의 모형을 그대로
받아들인다.

　　말해줄까,

　　날개에 산홋빛 발톱을 단

　　archaeopteryx라고 하는

　　나는 쥐라기의 새, 유라시안들은 나를 악령이라고도 한다

　　내가 누군지 알고 싶어

　　거웃 한 올 채 나지 않은

　　나는

　　내 누이를 범했다.그

　　산홋빛 발톱으로,

　　흑해 바닷가 별장에서

　　스타브로긴 백작.

—「小癡 베르호벤스키에게」 일부

金春洙 詩의 人物 硏究　169

Bery,
유라시안들은 나를 그렇게 부른다.
얼마나 사랑스러운가,
물오리 이름같다.
그날
거웃 한올 채 나지 않은
새벽 이슬 같은
나는 내 누이를 범했다.
나는 내가 누군지 알고 싶었다.

—「악령」 일부

소설 '악령'의 스타브로긴 백작의 입을 통해 진술되는 '내가 누군지 알고 싶어 누이를 범했다'는 말은 누이를 범한 '惡'보다 내가 누구인지 알고 싶어하는 '인간' 쪽에 무게중심을 두고 있다. '역사=이데올로기=폭력'이란 등식 아래 자기연민의 나르시시즘적인 요소가 강했던 '處容斷章'과 비교해 볼 때, 인간에 대한 해석의 시야가 한층 넓고 깊어졌음을 알 수 있나.

김춘수는 또 토스토예프스키 소설의 등장 인물들이 작품을 뛰어넘어 왕래하는 편짓글 형식의 시를 선보였는데, 이는 각 인물들이 갖는 극적 서사성을 충돌시키기 위한 장치로 쓰였다.

Ⅲ. 결론

지금까지 본 논문은 초기 이후 김춘수 시의 변모 양상을 그의 시에 나타난 특정인물을 중심으로 살펴보았다. 언어로 쓰여진 작가의 체험에 비평가의 체험을 투사시켜 텍스트가 지닌 '의식의 총체적인 지향성'을 밝혀낸다는 관점으로 현상학적 비평을 연구방법론으로 택했다.

김춘수는 초기 이후 '처용'을 비롯 '이중섭', '예수', 그리고 토스예프스키의 소설에 등장하는 인물들을 시적 오브제로 채택해 시 세계를 꾸준히 변모시켜 왔다. 김춘수가 이들 인물을 시적 모티브이자 화두로 삼은 것은 이들 인물이 갖는 '고유의 서사성' 때문이었다. 이들 인물들은 모두 선행 텍스트(pretext)를 갖고 있는데, 김춘수는 선언어군의 모형을 변용하여 시적 인식의 바탕으로 삼았다.

김춘수는 「처용」 시편을 통해 윤리와 악의 문제를 거론했는데, 그 이면엔 자신의 '현실' 문제가 개입되어 있다. 김춘수는 '처용'을 '인고주의적 해학'을 드러내는 시적 자아로 삼았는데, '처용'이 지닌 두 개의 상반되는 상황을 주목했다. 그 상황은 '처용'이 '가랭이 넷을 보기 전'과 '보고 난 후'로 대비되어 나타난다. 아내와 疫神의 간통을 목격하기 전의 세계는 '서라벌 밝은 달에 밤늦도록 노니는' 평화로운 세계이며, 이 세계는 처용이 뭍으로 올라오기 전 근심걱정 없던 바다 밑 세계와도 통한다. 김춘수는 '바다 밑의 세계'를 자신이 이 사회에 나와 '역사'란 이름으로부터 폭력을 당하기 이전의 '유년세계'와 동일선상에 올려놓고 「處容斷章」 연작을 쓰기 시작했다. 선언어군의 '집단 서사'를 '개인 서사'로 변용시킨 것이다.

「處容斷章 제1부」가 시적 화자의 유년시절을 소재로 인간과 자연,

주체와 객체의 구분이 없는 신화적 세계를 그렸다면, 「處容斷章 제2부」에선 신화적 공간인 바다를 상실하고 인간 세상에 올라온 처용이 등장한다. 이때의 처용은 '역사'라는 이름의 '악'을 체험한 시인 자신의 절망적 현실을 넋두리처럼 읊는 주술적 존재로 변용된다.

결국 김춘수의 「처용」 시편은 '처용'이 지닌 두 개의 상반되는 극적 상황을 통해 시인 김춘수가 걸어야 했던 세속의 슬픔과 그 피해의식을 담아낸 셈이다. 처용이 지닌 극적 상황은 '아내와 역신의 간통/나의 춤과 노래', '바다 밑 유년의 세계/세속화된 뭍의 세계', '타자를 향한 감정의 발산/내부로 침잠하는 인고의 태도' 등으로 구분되어 나타난다. 김춘수는 이처럼 대비되는 항목에 '역사로부터의 폭력/인고주의적 도피', '상처받은 성년/상처 없는 유년' '객체로 분리된 세계/주제―객체의 구분이 없던 세계', '신화적 세계/현실적 세계'라는 '개인 서사'를 투사시킨 것이다. 여기엔 나르시시즘적인 요소가 강하게 배어 있고, 세계를 이분법으로 구분한 인식론적 태도로 인해 다양한 기법이나 긴 호흡만큼 시적 감동을 불러일으키지는 못했다고 보여진다.

김춘수는 「처용」 시편을 몇 편 선보인 뒤, 「이중섭」 연작을 쓰기 시작했다. 화가 이중섭의 예술보다도 불우한 생애가 지닌 서사성에 서정적 충동을 느꼈기 때문이다. 「이중섭」 시편이 지닌 서사성의 기본축은 '이상적 예술혼'과 '비루한 현실'이다. 이 두 항목은 맨처럼 '뭍'(육지)과 '섬(서귀포)'란 공간으로 대비되어 나타나고, 나중엔 '정신적 안식처(평양, 동경)'와 '떠돌이 공간(충무, 대구, 부산)으로 변주된다. 인물군은 '가족(아내, 아이들)'과 '나'로 분리되고, 시행들도 대비되어 나타난다. '바람이 분다'와 '바람이 불어오지 않는다', '바다를 이고 있었다'와 '바다가 없다', '아내는 가고'와 '아내가 온다' 등이 그것이다.

「처용」시편에서 처용의 '탈'을 쓰고 '역사'와 '악'에 희생된 자신의 모습을 나르시시즘적으로 보여준 김춘수는 「이중섭」시편에선 보다 객관적인 거리를 지닌 채 '이상적 예술'에 대비되는 존재로서의 '현실', 그 현실의 비루함과 살펴보았다.

이 같은 현실 인식은 「예수」시편에 이르러 인간의 보편적인 현실에 대한 질문으로 확대된다. 김춘수의 「예수」시편은 '맨발로 바다를 밟고 간 사람'이란 시행에서 시작된다. '맨발로 바다를 밟고 간 사람'은 다름 아닌 예수, 즉 초월적 존재다. 김춘수는 초월적 존재를 시적 오브제로 삼았지만, 예수의 인간적인 모습을 드러내는데 치중한다. 김춘수는 예수가 십자가에 매달려 숨을 거두기 직전 토해낸 '엘리엘리사박나미 나마사박나미'(주여 어찌 이 몸을 버리셨나이까)란 말에 예수의 극적 서사성이 집약되어 있다고 보았다. 여기에 바로 '번민하는 예수'의 모습이 클로즈업되어 있기 때문이다.

김춘수의 「예수」시편의 인식론적 밑바탕을 이루는 요소가 바로 '초월'과 '번민'이다. 이 두 항목은 '인간의 한계를 뛰어넘는 절대적 존재'와 '인간의 한계를 그대로 지닌 존재', '하느님의 섭리'와 '인간적 번뇌', '영원한 삶'과 '육체의 죽음', '하늘'과 '땅', '믿음'과 '불신' 등으로 변주되어 나타난다. 예수의 십자가를 위에 열거한 항목들 사이에 놓여 있는 하나의 상징물로 볼 수도 있겠다.

이처럼 김춘수의 '예수'는 '새가 된 초월적 존재'이자 '새처럼 가는 다리를 저는 존재'이다. 따라서 김춘수의 「예수」시편은 신의 권능을 예찬하는 종교적인 색채와는 거리가 멀 뿐 아니라 '신'보다도 '인간의 현실'을 고민해온 인식론적 사유의 결과물이다.

김춘수는 「토스토예프스키」시편에 이르러 '인간의 현실' 문제를 좀더 깊게 탐구하게 되는데, 인간의 악과 죄의식을 통해 이를 탐색한다. 「토스토예프스키」시편은 "하느님이 없으면 어떤 죄를 저질러도 된다"는 이반 카라마조프의 말과 함께 시작된다. 이 시편에선 등장 인물들이 크게 두 부류로 나뉘어진다. 천사로 그려진 '소냐'와 화냥 년으로 표현된 '구르센카'가 대표적이다.

'구르센카'의 맞은 편에 선 존재로서의 '소냐'는 지상에 묶인 모든 인간의 비루한 육체를 지녔지만 그 한계를 뛰어넘는 '천상적 존재'로 그려져 있다. 반면 '구르센카'는 '표트로 카라마조프'와 동류항으로 분류된다. 표트르 카라마조프는 카라마조프가의 아버지로서 물욕과 음욕의 화신으로 그려지는데, 그의 고환이 줄곧 언급된다는 게 특이하다. 구르센카는 표드로 카라마조프의 고환을 '배꼽 밑의 향낭'이라고 부르고 표드로 카라마조프의 셋째아들인 아료샤는 '농익은 眼果'라고 말한다. 이 고환이란 바로 '인간의 육체가 지닌 탐욕의 수렁'을 상징하는 말이 되겠다.

반면 '소냐'를 인간 한계의 비루함을 뛰어넘은 '천사'로 그려져 있다. 소냐는 '온몸이 눈으로 된 천사'이며, '천사'는 '예수'가 죽을 때도 거기 있었고, '교회의 종소리에도 아낙들 물동이에도/식탁보를 젖히면 거기에도 천사가 있는 것'으로 나타나 있다.

이 같은 '천사'는 '온봄으로 인간을 바라보는 무형의 존재'로 인간이 지닌 비천한 육체의 시간과 공간을 뛰어넘는 '초월자'이다. 김춘수는 이처럼 토스토예프스키의 작중 인물들이 지닌 '극적이고 역동적인 서사성'을 시에 끌어들여 '인간의 한계'와 '초극'에 대한 문제를 탐색했던 것이다.

김춘수는 이 같은 이행과정을 통해 '나는 왜 여기서 이러고 있는 가'란 인식론적 명제를 역동적으로 풀어나갔으며, 이들 인물은 시인 김춘수의 '인식론적 타자'이자 새로운 시세계를 열어가는 '화두'가 되었다.

그렇다면, 이 같은 인물을 시적 오브제로 채택해 김춘수가 얻어낸 시적 성취는 어떠한가. 그의 시세계가 '개인적 현실' 문제에서 '인간의 보편적 현실' 문제로 점차 확대되었을 뿐만 아니라 그의 관념론적 명제가 보다 육화된 정서로 생명력을 지닐 수 있게 되었다. 게다가 관념적 상투성이 배제된 새로운 이미지와 연상으로 이들 인물을 하나의 인격체로 재창조했다는 점도 한국시단의 커다란 성과라 할만하다. 그러나 논리와 지성에 의해 구축된 작품들이기 때문에 누구나 쉽게 읽고 이해할 수 있는 문학적 감동의 문제는 여전히 의문으로 남는다.

참고문헌

1. 기본자료(텍스트)

김춘수, 『金春洙全集』1, 2, 3권, 문장사, 1982.
김춘수, 『金春洙詩全集』, 민음사, 1994.
김춘수, 『金春洙詩選』, 정음사, 1976
김춘수, 시집 『壺』, 한밭미디어, 1996.
김춘수, 시집 『들림,도스토예프스키』, 민음사, 1997.
김춘수, 시집 『의자와 계단』, 문학세계사, 1999.

2. 참고자료

고   은, 『평전 이중섭』, 백민사, 1985.
『공동번역 성서(가톨릭용)』, 대한성서공회, 1999.
김춘수, 산문집 『꽃과 여우』, 민음사, 1997.
김춘수, 『김춘수 문학앨범』, 웅진출판, 1995.
김춘수, 소설 「處容」, 『현대문학』, 1963. 6.
김춘수, 시론집 『意味와 無意味』, 문학과지성사, 1976.
김춘수, 「5분탐방」, 월간 『문학사상』, 1976. 7.
김춘수 · 이승하, 「시인의 근황」, 『시와 시학』, 1999년 봄호.
김희보 編, 『한국의 옛詩』, 종로서적, 1989.
이중섭기념사업회, 화첩 『大鄕 李仲燮』, 한국문학사, 1979.
일연, 리기원 · 허경진 譯, 『삼국유사』, 한양출판, 1996.
일연, 이민수 譯, 『삼국유사』, 을유문화사, 1994.
표드로 토스토예프스키, 장실 譯, 『죄와 벌』, 학원사, 1988.
표드로 토스토예프스키, 박형규 譯, 『카라마조프가의 형제들』, 학원사, 1988.
홍기삼, 『향가설화문학』, 민음사, 1997.
허욱 編, 『세계철학사전』, 성균서관, 1979.

이상섭, 『문학비평용어사전』, 민음사, 1996.

조셉 칠더즈 · 게리 헨치 編, 황종연 譯, 『현대문학―문화비평용어사전』, 문학동
　　　네, 1999.

『미술사전』, 숭례문, 1991.

3. 논문 및 평론

김두한, 「김춘수 시연구」, 효성여대 박사논문, 1991.

김준오, 「무의미와 서정양식-김춘수의 2분법 체계」, 『한국현대쟝르비평론』, 문
　　　학과 지성사,1990.

김준오, 「현상학적 비평의 수용과 문제점」, 『한국현대장르비평론』, 문학과지성
　　　사,1990.

김준오, 「처용시학」, 『김춘수연구』, 흐름사, 1982.

김윤식, 「한국 시에 미친 릴케의 영향」, 『한국문학의 논리』, 일지사, 1974.

김　현, 「김춘수의 시적 변용」, 『김춘수연구』, 흐름사, 1982.

문혜원, 「김춘수론-절대순수의 세계와 인간적 울림의 조화」, 『문학사상』, 1990
　　　년 8월호.

박철석, 「김춘수론」, 『현대시학』, 1981년 4월호.

서준섭, 「순수시의 방향」, 『작가세계』, 1997년 여름호.

신범순, 「무화과 나무의 언어」, 『작가세계』, 1997년 여름호.

엄국현, 「무의미시의 방법적 이해」, 『김춘수 연구』, 학문사, 1982.

오세영, 「시와 언어」, 『시와 시학』, 1995년 봄여름호.

원형갑, 「김춘수와 무의미의 기본구조」, 『현대시총론』, 형설출판사, 1982.

윤재웅, 「머리 속의 여우, 그리고 꿈꾸는 숲」, 『현대시』, 1993.

이경성, 「이중섭의 예술」, 『大鄕 李仲燮』, 한국문학사, 1979.

이기철, 「무의미의 시,그 의미의 확대」, 『김춘수 연구』, 학문사, 1982.

이기철, 「김춘수 시의 독법」, 『현대시』, 1991. 3.

이숭원, 「생명의 속살,죽음의 그늘」, 『현대시』, 1993. 12.

이승훈, 「시의 존재론적 해석 시고―김춘수의 초기시를 중심으로」, 『김춘수 연
　　　구』, 학문사, 1982.

이승훈, 「김춘수,시선의 응시와 매혹」, 『작가세계』, 1997년 여름호.

이태수, 「의미에서 무의미로-김춘수와의 대담」, 『김춘수 연구』, 흐름사, 1982.

임문혁, 「韓國 現代詩의 傳統 硏究:說話의 受容을 중심으로」, 한국교원대 박사
　　　논문, 1993.

장윤익, 「非現實의 현실과 無限의 변증법」, 『시문학』, 1977. 4.

전미정, 「인간의 왜소함과 줄기차게 싸우는 야곱」, 『작가세계』, 1997년 여름호.

조남현, 「1960년대 시와 의식의 내면화 문제」, 『건국어문학』, 11-12합집, 1987.

조영복, 「여우, 장미를 찾아가다」, 『작가세계』, 1997년 여름호.

G.T.라이트, 김준오 譯, 「시인의 얼굴들」, 『가면의 해석학』, 이우출판사, 1987.

4. 저서

가스통 바슐라르, 김현 譯, 『몽상의 시학』, 기린원, 1989.

가스통 바슐라르, 곽광수 譯, 『공간의 시학』, 민음사, 1990.

김준오, 『도시시와 해체시』, 문학과 비평사, 1992.

김준오, 『詩論』, 삼지원, 1991.

김현자, 『한국시의 감각과 미적 거리』, 문학과지성사, 1997.

로만 잉가르덴, 이동승 譯, 『문학예술작품』, 민음사, 1985.

르네 웰렉 編, 고려대 노어노문학회 譯, 『토스토예프스키 연구』, 열린책들,
　　　1987.

마렌 그리제바하, 상영태 譯, 『문학연구의 방법론』, 기린원, 1987.

마그리올라, 최상규 譯, 『현상학과 문학』, 대방출판사, 1986.

마르틴 하이데거, 소광희 譯, 『시와 철학』, 박영사, 1977.

M.엘레아데, 이동하 譯, 『聖과 俗』, 학민사, 1997.

C.샌더, 김현권 譯, 『소쉬르의 일반언어학 강의』, 어문학사, 1996.

이승훈, 『詩論』, 고려원, 1983.

이승훈 編, 『문학상징사전』, 고려원. 1995.

박덕근, 『현대문학 비평의 이론과 응용』, 새문사, 1994.

박이문, 『시와 과학』, 일조각, 1990.

표드로 토스토예프스키-니콜라이 베르자예프, 이종진 譯, 『토스토예프스키-신
　　　과 인간의 비극』, 문학세계사, 1982.

Sara Lawall, *Critics of Consciousness*, Harvard University Press, 1968.

제3부 시의 꿈, 소설의 욕망

상처의 몸으로 더듬어가는 녹색의 길
— 시집 『녹(綠)』을 통해 본 이하석의 시적 변모

1. 풍경의 시

이하석(李河石, 1948~)은 '풍경의 시인'이다. 이 명제는 그의 새 시집 『녹(綠)』(2001, 세계사)의 작품세계를 살피는데 여전히 유효하다. 이하석은 그의 첫 시집 『투명한 속』(1980)에서부터 『金氏의 옆얼굴』(1984) 『우리 낯선 사람들』(1989) 『측백나무 울타리』(1992) 『금요일은 먼데를 본다』(1996)를 거쳐 최근의 『녹(綠)』에 이르기까지 일관된 시적 방법론은 지녀왔다. 그것은 '객관적 풍경'을 통해 '내면적 자아'를 간접적으로 드러내는 방식이다. 이 같은 진술 태도는 시작(詩作)의 방법론적 자각에서 비롯된 것으로 보이는데, 주로 구체적인 사물을 통해 '서정적 주체'의 감정이나 메시지를 드러내왔다.

70년대 후반부터 80년대 초반까지 그의 시는 '폐차장'이나 '활주로' 등 도시 외곽의 '죽은 풍경'[1]을 주로 담아 왔다. 그 풍경 속에 뒹구는 '깡통' '병 조각' '나사' 등의 물질들을 무비카메라처럼 냉혹하

게 담아내, 문학평론가 김현으로부터 '광물질의 상상력'으로 불리기
도 했다. 첫 시집 『투명한 속』을 통해 그는 카메라 렌즈처럼[2] 인간의
온기가 배제된 시선으로 70년대 이후 무반성적으로 진행된 근대화
와 산업화의 이면을 보여주었다.

　문제는 이런 풍경 속에 등장하는 '풀'과 '쥐'와 '새'와 '물고기'이
다. 인간이 쓰다버린 '폐기물'과 연약한 '생명체', 이 두 항목은 이하
석의 초기 시세계를 지탱시킨 중요한 요소다. 여기에 '물'과 '이슬'
'흙' '바람' 등의 자연물이 끼어들어 두 개의 항목을 연결시켜 주는
구실을 한다. 다음의 시편은 그 대표적인 사례들이다.

　　활주로는 군데군데 금이 가, 풀들

　　솟아오르고, 나무도 없는 넓은 아스팔트에는

　　흰 페인트로 횡단로 그어져 있다. 구겨진 표지판 밑

　　그인 화살표 이지러진 채, 무한한 곳

　　가리키게 놓아 두고

—「부서진 활주로」 일부

　　껌종이와 신문지와 비닐의 골짜기,

　　연탄재 헤치고 봄은 솟아 더욱 확실하게 피어나

　　제비꽃은 유리 속이든 하늘 속이든 바위 속이든

　　비쳐 들어간다. 비로소 쇳조각들까지

---

1) 이하석 시의 모든 풍경은 '죽어 있는 풍경'이다. 삶의 활력이 거세된 채 붕괴되고 마멸돼가
　는, 폐허를 향해 나아가는 풍경들이다. — 남진우, 「도시의 순례자」, 『신성한 숲』, 민음사.
　1995, p.195.
2) 70년대 후반은 60년대에 비롯된 산업화의 부산물로 우리의 뒤안이 더렵혀지기 시작한 때이
　지요. (중략) 그 현장들을 하나 하나 사진으로 찍었고, 그 사진들을 책상 앞에 붙여놓고 말들
　을 꿰맞추어 나갔습니다. — 이하석, 「대담 — '푸른시'와 이하석 시인과의 만남」, 계간『푸른
　시99』 창간호, 시와사람사, 1999, p.161.

　　스스로의 속을 더욱 깊숙이 흙속으로 열며.

―「투명한 속·1」 일부

　　이처럼 '활주로'와 '풀', '연탄재'와 '제비꽃'을 대비시킨 이 시들은 '겉 풍경'을 보여주지만 사실은 '속의 말'을 담고 있다. '속의 말'은 그의 시적 변모를 살피는 중요한 단서가 되는데, 80년대 중반에 이르자, 이하석의 시에도 인간이 등장하기 시작한다. 도시 안팎에 방치된 폐허의 풍경을 통해 인간부재의 도시문명에 대한 임상보고서처럼 시를 써온 시인으로서 일대 변신이 아닐 수 없었다. 바로 『金氏의 옆얼굴』을 거쳐 『우리 낯선 사람들』에 이르면 '50대의 청소부 김씨' '저녁 9시 TV뉴스를 보는 주부' '분홍빛 스타킹을 벗어놓고 어디론가 가버린 여자' '건물 청소부 김씨' 등이 나타난다. 다시 말해, 80년대 중반부터 90년대 초까지 '도시 속의 인간'의 모습을 담아내는데, 그 풍경은 여전히 차갑고 딱딱하다. 차가워지고 딱딱해지고 규격화되는 것, 이것이 바로 '산업화'의 특징이 아닌가. '도시 산업화'에 의해 자행된 '인간 산업화'. 시인 이하석은 시적 진술의 방법론에 있어서도 산업화의 특성을 그대로 원용하는 독특한 개성을 보여주었다.

　　시집 『우리 낯선 사람들』엔 정물화된 인간들이 차가운 광물성과 뒤섞여 있다. 이 '광물성 이미지'도 시집 '측백나무 울타리'에 이르러 '식물성 이미지'로 넘어간다. 마침내 이하석은 시집 『금요일엔 먼데를 본다』를 통해 '도시속의 삶'과 '자연' 사이의 통로를 찾는다.[3] 그 통로는 '삶의 밑은 알 수 없는 정적의 터널이 휑하니 뚫여 있다'(「집」 일부)에서 진술된 '알 수 없는 정적의 터널'이며, 그 통로의 끝엔 '은빛 개울물' (「대보름」)이 흐르고 '희고 차갑고 따스한 길' (「모래

---

3) 양진오, 「치욕의 삶에서 지켜야 할 생명들로」, 『금요일엔 먼데를 본다』 해설, 문학과지성사, 1996, p.102.

1)이 있다. 그는 그 통로를 비밀스럽고도 고통스럽게 탐색하며 주말 등산을 신청하는데, 이에 앞서 '구름을 불러 마음이 그 위에 타는' (「금요일엔 먼데를 본다」) 행위를 반복한다. 그는 마침내 고통스런 비밀로 간직해오던 '통로'의 끝을 찾아낸다. 그 하나가 '동강(東江)'이다.

2. 도시의 상처들

이하석의 『녹』은 '동강' 연작시로부터 시작된다. '궁벽한 삶의 비탈에/추수 끝난 옥수수대처럼 서서/마른 마음 펄럭'(「동강」)이다가 '상처 없이 밝은 이 고요'(「동강 아리랑」)에 이른 것이다. '깊고 어두우며 환한 속'(「동강 3」)을 가진 '동강의 침묵'(「동강 3」)에 이르기까지 그가 '상처'의 몸으로 걸어온 길은 도시의 길이다. 상처난 몸으로 더듬어온 '녹색의 길', 그 길의 행로를 더듬어보기 위해선 먼저 『녹』에 남아 있는 그의 도시부터 살펴보아야 한다.

동대구로에 쓰러져 출근길 교통대란을 빚은 히말라야시더의 당당한 잔해가
그 속에서 빛난다

그것이 떠받쳤던 하늘이 그 위에 무너져내리지만
치워질 수 없는 추억처럼 햇빛에 바랜 채
그것은 가장 낮은 세상의 땅의
그 몰인정한 넓이와 깊이에 전신을 뉘어
가까스로 제 푸른 꿈을 떠받친다

— 「야적」 일부

동대구로에 쓰러진 가로수, 태풍에 쓰러진 그 나무가 누워 있는 곳은 '몰인정한 넓이와 깊이'를 지닌 '세상의 땅'이다. 그렇다면, 이런 '몰인정한 세상'에서 어떤 일이 벌어지는가?

> 아직 딸들은 돌아오지 않았다
> 원조교제 가서 하늘 없는 방을 파고들며
> 거친 숨 넘어가는 세월들을 만들고 있을까
>
> (중략)
> 희망에 대해 말한다면
> 딸이 돌아와 식은 밥을 데워 퍼서 울지 않고 상을 차려놓는 것을
> 아비가 천천히 드는 것
> 새롭게 건너뛰어 쥐는 꽃이 아니라
> 서로의 상처를 기워내어
> 실밥 무수한 밥꽃을 피워내는 게 희망이라며
> 아비들은 또 술집으로 나가 돈벌러 나서는 딸들을 나무라지 못한다
>
> —「희망에 대하여」일부

이처럼, 원조교제를 하거나 술집에 나가는 딸들을 둔 아비들의 '희망'은 우선 딸이 돌아오는 것이다. 그리고 '식은 밥을 데워 퍼서 울지 않고 상을 차려놓는 것'이며, 나아가 아비와 딸이 '서로의 상처를 기워내는 것'이다. 이들은 이밖의 희망을, 보다 크고 높은 이상 따윈 바라지 않는다. '원조교제'로 얻어오는 '밥 한술'로 전락한 도시인의 희망은 2000년대 이 도시의 비극적 풍경이다. 지폐로 육체를 사고 파는 사회는 실용적이지만 그만큼 또 비정하다. 여기엔 들끓는 욕망만 차갑게 존재한다. 그러나 시인은 결코 '희망'의 아비들처럼, 이 같

은 행동을 나무라지 않는다. 이 같은 태도는 시인이 초기시부터 일관
되게 견지해온 '판단정지'(epoche)로 인위적인 온기가 배제된 상태
다. 이런 도시에 가끔씩 이런 사고가 발생한다.

갑자기 무너져 그녀를 덮은
건물은 청소되었다
황혼의 저쪽 공원의 나무에 붉은 칠 할 때
누가 도시계획도를 보며
죽음을 생각하지 않는다
(중략)

쉰 살의 아줌마가 또 도둑처럼 그 터의 한쪽 켠을 트고
번개 포장마차를 차린다
그녀의 어머니일까
그렇다면 황혼은 때로 늦게까지
이 빈터를 왁자지껄하게 할 것이고
그 힘으로 그 가족의 삶이 또, 오래, 있을 것이다

—「황혼」일부

　　이 도시의 건물이 갑자기 무너져 포장마차 여자가 시멘트에 깔려
죽었다. 그것뿐, 무너진 건물더미 한 켠에 또 포장마차가 선다. 노을
은 황혼 속에 오래 머무르지 않고, 생존의 욕망만 존속될 뿐이다. 이
런 도시에서의 인간은 '生이 잘린 채 쌓여/예저기 높고 낮은 산을 이
루는 나무들'(「야적」)과 같은 존재가 된다. 그리하여 마침내 '서로의
무게를 이기지 못해/바닥에 흘러내리'(「야적」)고 만다. 야적물처럼
버려진 한 여자의 풍경은 또 어떤가? '안개 걷히자 살인현장 드러나

고' '여자는 쓰레기처럼 뒤적여지다간 도시의 뒤켠으로 실려가버리'
(「바람과 풀」)고 만다. 이제 우리에겐 이런 사건들이 시시하고 시시껄
렁하다. 지극히 당연한 도시의 일상으로 여긴다. 이처럼 인간마저 사
물화(事物化)되어 있다.

시인 이하석은 여기서 '삶의 상처'를 본다. '제 욕망의 벌들만 불
러내 잉잉대는'(「운흥사 벚꽃」) 삶은 결국 '상처'를 입게 되고, 시인은
그 상처를 껴안고 녹색의 길을 뼈아프게 더듬어간다.

3. 자연과의 녹색연대

시인 이하석은 '숲' 아래의 '도시'엔 여전히 '이해할 수 없는 많은
욕망들이 숨어 있다'(「실종」)고 한다. 그렇다면, 숲 속엔 어떤 풍경이
숨쉬고 있는가. 숲과 물과 흙으로 이뤄진 '자연'엔 무엇이 안겨져 있
으며, 시인 이하석은 왜 그 '자연'을 담아내게 된 것일까.

가시연의 거대한 바퀴를 돌리며

어부 김씨는 잠깐 뱃길을 낸다

그 길 따라 그만이 아는 깊이까지

늪은 제 속을 툭툭 열어제켰다가

어부의 꿈이 걸어내려간 우렁이의 길까지

여전히 제 힘으로 꼭꼭, 다시 여민다

—「늪」일부

이 시에서처럼, 인간이 자연에게 다가갈 때 자연은 인간이 알고 있
는 깊이까지만 제 속을 열어보인다. 그리고 이내 그 길을 닫아 버린

다. 인간은 '숲의 어둠이/대책 없이 젖는'(「뇌우」) 것을 '손을 댈 수가
없다.'(「뇌우」) 그럼에도 불구하고 시인 이하석을 숲과 계곡으로 끌어
들인 존재가 있었으니, 아이러니칼하게도 그것은 바로 '도시에서의
상처'이다.

> 왕벌들마냥 별들 머리 위 잉잉대고
> 뭇 감정 아래
> 납처럼 흐르는 침묵들.
> 어둠에 상처 말리며
> 바람 떨어뜨리는 절벽 부딪쳐
> 내 심장 뛰는 소리가
> 제일 큰 소음.
>
> (중략)
> 내 그리운 이 내닫는 숨소리가
> 모인 게 동강의 침묵이다.
> 깊고 어두우며 환한 속 가진,
> 끊임없이 낮게 푸르게 흐르며
> 뭇 삶에 파고들어 동굴 뚫는.

— 「동강 3」 일부

　　시인은 어둠에 자신의 상처를 말리기 위해 동강의 어둠을 찾았고,
자신의 심장 뛰는 소리가 그 깜깜한 침묵 속에서 제일 큰 소음이라고
말한다. 어디 그뿐인가. 그가 가장 그리워하는 사람의 숨소리가 모인
게 바로 동강의 침묵이라고도 한다. 그 침묵은 '깊고 어두우며 환한
속'을 가지고 있다. 그 침묵은 또 '끊임없이 낮게 푸르게 흐르며/뭇

삶에 파고들어 동굴 뚫는' 힘을 가지고 있다. 그는 비로소 동강의 침묵 앞에서 '도시에서의 심장 뛰는 소리'를 달래고, 사물처럼 경직된 자신의 삶에 동굴을 뚫고 마는 것이다. '물음같이 울음같이 아픈 물'(「동강 1」), 동강이야말로 그에겐 '상처없이 밝은 고요'(「동강 아리랑」)가 된다.

깊고 어둡고 환하고, 낮고 푸르고, 상처없이 밝은 고요. 이것이 바로 시인 이하석이 상처난 몸을 이끌고 찾아낸 '녹색의 꿈'이자 '녹색의 연대'이다.

바랜 나뭇가지들 잎들 바람에 제 꿈과 상처까지 분지른 채 그 위에 널렸다. 이끼의 보료는 제 위에 누운 것들의 상처와 주검들로 한결 부드러워진 채 나뭇가지를 푸르게 안아 일으킬 제 꿈의 역사를 멈추지 않는다. 그걸 읽어내려고 애쓴다면 우리의 그늘이 그 위에 누울 수 있을까.

—「綠」 일부

이 작품은 '이끼는 썩어가는 나뭇잎을 먹고 더욱 윤택해지며 나무의 영양분이 되어 상처난 나무를 푸르게 안아 일으킨다'고 말한다. 자연물과 자연물 사이의 생명의 연대를 말해 주고 있다.[4] 이윽고 이하석은 '존재와 존재의 내밀한 연결'을 지향하기에 이르렀다. 그는 그런 결속이 삶을, 세계를 놀랍게 변신시키고 그윽하게 만든다고 말한다. 그리하여 시인은 「녹」을 통해 '그걸(존재와 존재의 내밀한 연결) 읽어내려고 애쓴다면', '우리(인간)의 그늘'도 '그 위에 누울 수 있을' 것이라는 傳言을 보내고 있다.

---

4) 이하석은 시집 『녹』의 후기를 통해 '모든 존재는 서로 얽혀 있고, 얽힘을 통해 살아가며, 그렇게 모든 것은 소통된다'고 말했다.

그는 인간보다도 자연과의 연결을 모색하고, 이를 통해 '광대한 존재와의 연대'를 꿈꾼다. 그 이유가 무엇일까. 인간, 나아가 도시의 인간군상에게선 더 이상 실낱같은 희망도 발견할 수 없다는 뜻일까.

이하석의 '자연'은 상처난 도시인의 아픔을 환기시켜 주는 존재이자 그 아픔을 껴안는 존재로 나타난다.

> 친구는 도시에서 불길로 일렁이며 광대놀이를 하다 죽어
> 이곳에서 흰 눈을 덮어쓰고 있습니다
> (중략)
>
>
> 겨울 백무동에서
> 우리는 이 세상에서 가장 아름다운 눈이 내려
> 그것이 두 죽음을 받아 안고
> 너그러이 함께 빛나는 것을 봅니다
>
> —「백무동」일부
>
>
> 납처럼 빛나며 흐르는 짐북늘.
> 어둠에 상처 말리며
>
> —「동강3」일부

이하석은 「백무동」을 통해 백무동에서 죽은 친구를 생각한다. 그 친구는 '도시에서 불길로 일렁대며 광대돌이를 하다'가 백무동 계곡의 벼랑에서 떨어져 죽은 것으로 나타나 있다. 친구의 죽음과 그가 살던 도시를 다시 떠올려야 하는 것은 시적 화자에게 안겨지는 하나의 '상처'다. 그러나 '백무동'은 가장 아름다운 눈으로 친구의 죽음을 받아 안고 너그러이 빛난다. '받아안음'을 곧 死者(죽은 친구)와 生

者(시적 화자.시인)의 '상처'를 껴안은 행위다. 시인은 또 '동강'의 어둠 속에 그런 '상처'들을 열어놓고 말린다.

이처럼 이하석의 '자연'은 항상 '도시'와 연결되어 있는 '통로'다. 그는 자연을 고재종처럼 심미적 시선으로 포착하거나[5] 이성선처럼 '자연 속의 聖者'[6]를 꿈꾸지 않는다. 뿐만 아니라, 자연을 노래하는 대부분의 시인들처럼 깨달음의 화두로 삼지 않는다. 그는 결코 자연의 '신성'을 말하지 않는다. 그는 인간과 연대성을 가져야 할 존재로서 '자연'을 드러낸다. 이것이 바로 이 시인의 개성이며 이 시집의 성과이다.

그렇다면, 그는 왜 인간과 연대성을 가져야 할 존재로서의 '자연'을 담아낸 것일까? 그 이유는 인간이 바로 그 '자연'에게 흠집을 냈기 때문이다. 그는 이미 『금요일엔 먼데를 본다』의 시편들을 통해 자연에 대한 인간의 폭력을 보여주었다.

비닐에 싸인 것, 비닐이 터져
빠져나와 모래에 몸을 파묻은 채 몸을 버린 것들,
바람에 마음 없이 잘 찢어지는 것들의 위로 새들은 날지만
내려와 앉지는 않는다
(중략)

새들은 조금씩 더 멀리 난다.

—「경계」일부

---

5) 유성호, 「감각과 기억의 미학적 차원」, 『창작과 비평』, 2001년 여름호, p.329.
6) 정효구, 「구도의 길, 성자의 길」, 『내 몸에 우주가 손을 얹었다』, 세계사, 2000, p.129.

다가가면 보랏빛 깡통들
모래와 자갈들 틈에 뒤엉켜
숨죽은

강

―「강 1」 일부

　이처럼, 인간이 쓰다 버린 비닐과 깡통 등의 폐기물로 인해 새들이
강을 떠나고 강은 숨을 죽인다. 따라서 '자연'을 '연대적 동반자'로
파악해야 한다는 것이다.[7] 이는 '공격적 생명'과 '순응적 생명' 사이
의 화해이자 상생(相生)의 길이다. 상생의 관계가 깨어진다면 다음과
같은 재앙이 올 것이라고 시인 이하석은 전한다.

섭세마을에서부터 정선까지
길이 없으리라.
道理없으리라. 우선 만지동이 잠기면
만지동 사람 목이 잠겨
아리랑 가락 나오지 않으리라.
그 위 된꼬까리 여울물 소리 없고
어디에서든 구석진 수닭의 사랑은 끝나고
어라연의 하선암 중선암 상선암은
별을 비추지 못하리라.

---

7) 양진오는 『금요일엔 먼데를 본다』 해설을 통해 '인간과 자연이 공존할 수 있는 지혜에 대하
　여 발언해야 한다'며 '생태적인 문제들에 대해 더욱 큰 관심을 기울일 것으로 전망되는 시점'
　이라고 지적했다. 그러나 이하석의 시적 행로를 '생태적인 문제'와 관련지워 평한다면, 그 범
　위가 너무 축소된다고 여겨진다.

(중략)

다목적의 댐 아래

너무 많은 목적들 수장되고

마침내 모든 이 죽일

재앙의 물만 그득하리라

—「동강댐 막으면」 일부

동강댐을 만들면, 사람들 목이 잠겨 아리랑가락이 나오지 않을 뿐
만 아니라 수닭의 번식도 끊기고, 다목적 댐이 오히려 생명을 죽이는
'재앙의 댐'이 될 것이라고 말한다. 이런 맥락에서 볼 때, 시인 이하
석이 일관되게 지녀온 시적 주제는 바로 '생명'이었다는 논지도 가
능해진다. 그의 초기시는 인간이 쓰다 버린 '폐기물'과 연약한 '생명
체', 두 개의 항목을 중심으로 구축됐다. 그 중심에 '생명의식'이 깃
들어 있었던 것이다. 그는 또 80년대 중반부터 90년대 초까지 '도시
속의 인간'을 보여주었다. 그 인간들은 '자연인'이었지만 '사물화된
인간'이었으며, 그 모습들이 바로 '생명의 각질화 현상'이 아니었던
가.

이하석은 한국의 시인 중 김춘수처럼 시창작의 방법론적 탐색을
거듭해온 소수의 시인이다. 그는 이 글의 서론에서 언급한 것처럼,
고도의 지적 통제로 그의 시 세계를 구축해 왔다. 스타일리스트로서
의 그의 면모는 이미 많은 논의과정을 거쳤다. 따라서 앞으로 '생명
의식'의 관점에서 시인 이하석의 시적 테마를 일관되게 짚어보는 논
의도 충분히 가능하리라 여겨진다.

始原의 물줄기를 향한 꿈의 변증법
— 박정진의 시집 『몽중천하』의 시 세계

어머니는 언제나 한숨을 쉬었다.
내가 국민학교에 들어가기 직전인가 함께 물에 빠져 죽자고 했다.
동네 개천, 한 뼘도 안 되는 웅덩이에 웅크리고 앉아서
아버지는 언제나 정체 모를 난봉꾼, 미지수였다.

나는 의과대학을 자퇴했다.
사람들은 놀랐다. 미치지 않았나 했다. 박목월도 놀랐다.
언제나 사람들은 목구멍이 포도청이었다.
난, 그런 사람들에게 비수를 꺼내들었다. 시(詩)의 비수를

나는 떠돌았다. 혁명에 실패한 동키호테처럼
군대는 못 갔다. 고도근시, 써먹을 데 없는 남자라나
난, 시를 포기했다. 나도 목구멍이 포도청이었다.
난, 아버지가 간 길을 다시 갔다. 결혼하고 목구멍이 더 생기고

밥 먹는 글을 쓰기 시작했다. 그건 글이 아니고 밥이었다.

공부도 했다. 밤낮으로 공부밖에 몰랐다. 이제 밥이 글이다.

아내는 숫제 매일 나를 포기했다. 매일 제 살길을 찾았다.

혼자 좋아서 병신춤 추는 나를 믿을 수 없었던 모양이다.

그럭저럭 달빛은 흘렀다.

달빛 속에 작은 그림자

난, 아무도 모르게 죽을 준비가 되어있다.

달빛이 너무 아름다워, 아름다워

— 「달빛」

자신의 생애를 이렇게 요약하고 나면 너무 슬프다. 그 슬픔이 너무 억울하고 서러워 박정진 시인은 시를 쓰는가? '혁명에 실패한 동키호테'인 그에게도 '목구멍이 포도청'이었으니, '밥먹는 글'을 쓰기 시작했고, 10년 만에 다시 喀血처럼 시를 쏟아냈다. 잠자코 눈 가리고 입 다물고 흐르다가 벼랑에서 떨어지는 물줄기 같다. 여기엔 감각적 표현이나 세련된 수식이 필요없다. 단지, '떨어지는 행위'와 '시원스런 물줄기'만 우리의 감각을 흔들어놓는다. 이렇게 스스로를 토해놓으면서 시인은 자신을 '혼자 좋아서 병신춤을 추는 나'라고 지칭한다.

그는 왜 자조적인 언술을 서슴지 않는가? 제 혼자 글이나 쓰며 '그럭저럭' 달빛을 흘러보냈기 때문이다. 그의 '달빛'은 그렇게, '그럭저럭' 흘러가버렸다. '그럭저럭', 잔재주를 부리지 않는 詩語의 맛과 더불어 시인도 '그럭저럭' 耳順 고개를 넘어서고 말았다. 그러나 그의 '달빛'은 여전히 아름답고, '달빛이 너무 아름다워' '아무도 모르게 죽을 준비가 되어있다'고 한다.

　박정진의 두 번째 시집 『몽중천하』를 읽는 일은 어쩌면 그가 유년 시절부터 끌고 온 달빛을 되짚어가는 행로이며, 지금 그가 밟고 있는 달빛의 둘레를 살펴보는 행위인지도 모른다. 그에게 있어서의 '달빛'은 무엇인가? '달빛'은 이 시집을 통틀어 딱 두 편의 시에만 나타난다. 「달빛」과 「비밀」이 그것이다.

　　시1은 공간이 가장 작은 것(북쪽 구석방)
　　마음이 가난한 시절은 그것으로 만족했다.
　　달빛으로 만족했다.
　　사람들은 나물 먹고 물 마시고 팔을 베고 누웠다.

　　시2는 공간이 중간쯤 되는 것(중간 황토방)
　　재물은 생기면 생길수록 쌓아야 하는 것
　　햇빛으로 나아갔다.
　　사람들은 저마다 집을 짓고 웅크리기 시작했다.

　　시3은 공간이 너무 커서 끝없음(남쪽 창이 난 방)
　　사물들은 저마다 숨이 막혀 달아나기 시작했다.
　　비좁은 아파트, 자동차 경적, 신음소리
　　사람들은 이름만 남기고 사라졌다.

　　직유, 은유, 환유, 말장난
　　물, 불, 나무, 쇠
　　가슴, 머리, 배, 사타구니
　　청각, 시각, 촉각, 육감

변신에 변신을 거듭하는 도깨비와
영원히 변치 않을 도깨비의 영혼
몸이 있을 때는 말이 없고
말이 없을 때는 몸이 있네

— 「비밀」

「비밀」의 '달빛'은 '마음이 가난한 시절'의 '달빛'이다. 그 시절의 '사람들은 나물 먹고 물 마시고 팔을 베고 누워'서 '달빛'을 바라보는 것만으로 자신의 삶을 만족해 하였다. 그때, 시인은 '공간이 가장 작은', 다락방쯤으로 생각되는 '북쪽 구석방'에서 자신의 최초의 시인 '시1'을 꿈꾸거나, '시1'을 썼을지도 모를 일이다. 그러나 '공간이 중간쯤 되는' '중간 황토방'에 이르러, 시인은 또는 세상은 '재물'에 눈을 뜨게 되고 '햇빛'으로 나아가게 되었으니, '달빛의 세계'가 '햇빛의 세상'으로 전이된 것이다. 시인은 이때부터 사람들이 '저마다 집을 짓고 웅크리기 시작했다'고 전하는데, 인간들이 왜 광명의 세상에 이르러 웅크리기 시작한 것일까?

이 작품은 시인이 지닌 인류 문명사, 또는 문화사에 대한 관심이 담겨진 것으로도 보이는데, 먼 먼 옛날의 '달빛'의 세상(陰의 기운)이 '햇빛'의 세상(陽의 기운)으로 바뀌고, 사람들이 '집'이란 독립공간을 지님으로서 저마다의 '폐쇄된 웅크림'이 시작됐다. 어디 그뿐인가. '북쪽'(제1연)과 '달빛'(제1연)이 '햇빛'(제2연)과 '남쪽'(제3연)으로 바뀜에 따라 '비좁은 아파트, 자동차 경적, 신음소리'의 '인공지옥'이 도래하게 된 것이다. 이로 인해 '사람들은 이름만 남기고 사라'지고 말았다. 사람들은 공간이 크고 끝없는, 햇빛 따스한 '남쪽 창이 난 방'을 희구하여 여기까지 이르렀지만 오히려 제 스스로 실종 당하는 결과를 낳게 된 것이다.

「비밀」은 여기서 끝나지 않는다. '시1', 즉 맨 처음 박시인 또는 우리가 썼던 시는 그 내용적 공간이 가장 작았지만 천연의 달빛으로 만족했다. 이후, 시의 방이 더욱 넓어졌지만 시인은 그 이름만 남기고 사라져 버렸다. 이 같은 상황을 박정진은 '직유, 은유, 환유, 말장난'이라고 표현해 놓았는데, 시의 수사가 바로 '직유→은유→환유→말장난'으로 변천해 왔음을 알려주는 듯하다. 게다가 인간의 감각 또한 '가슴→머리→배→사타구니' 쪽으로 발달해 왔기에 인간을 '변신에 변신을 거듭하는 도깨비'라고 지칭하는 언술이 가능해진 게 아닐까?

그리하여 박정진은 '몸이 있을 때는 말이 없고/말이 없을 때는 몸이 있네'라는 구절을 통해 우리 모두 '몸과 말이 따로 노는 세상'을 살고 있다고 통렬하게 一喝한다.

박정진의 '달빛'을 추적하는 길이 너무 아득한 선사시대로 올라간 듯 하다. 그러나 그 길은 박정진의 시가 내포하고 있는 '始原의 물줄기'를 거슬러올라가는 길이다. 그렇다, 바로 박정진의 '달빛'은 바로 그가 남 몰래 몸에 지녀온, 가장 오래된 '始原의 빛'이다.

그의 시는 '서정적 표현'보다 '주관적 메시지'에 치중하고 있는데, '달빛'을 잃어버린 이후 그가 바라보는 세상은 어떠한가? 우리 모두 '애매모호한 사람' '알쏭달쏭한 사람'이 되고 말았다. 그는 「경계인」을 통해 일단 우리 사회의 풍토를 신랄하게 비판한다.

2

우리는 모두 알쏭달쏭한 사람
아니, 남한에 살아도 북한사람
아니, 미국에 살아도 한국사람

아니, 만주에 살아도 한국사람

아니, 일본에 살아도 한국사람

아니, 독일에 살아도 한국사람

아니, 한국에 살아도 미국사람

남산만한 배를 안고 낯선 곳으로 간다.

출생신고를 저 위대한

유나이티드 스테이트 오브 아메리카로 하고

사는 것은 당분간

리퍼브리크 오브 코리아로 해두네

3

우리의 사방은 온통 회색지대

큰돈을 먹으면 국회의원 되고

작은 돈을 먹으면 도둑놈 되고

참으로 재미있는 곳, 별유천지비인간

높으신 고관나리, 이중국적은

글로벌시대의 앞서가는 세계인의 패스포드

때로는 검은 돈 들통나 오리발도 통하지 않을 때

삼십육계를 위한 구세주, 패스포드

─「경계인」 일부

시인은 '사방이 온통 회색지대'라며 회색지대 속의 인간군상을 시
니컬하게 풍자한다. 우리 모두 경계인이기 때문에 이쪽과 저쪽의 중
간쯤에 서 있지만 사실은 자신의 편의에 따라 이쪽과 저쪽을 수시로
들락거린다. 시인은 '참으로 재미있는 곳, 별유천지비인간'이라고
했지만, 그렇게 비꼬는 '배설의 즐거움'으로 이 시를 끝내지 않는다.

이 시는 '경계인'이란 말을 비꼬듯이 이어지지만 시인은 마지막 연에 이르러 '경계인'을 '안개 속의 유령들'이라고 정의한다. '어둠 속에서 살다가 햇빛이 나면 사라지네'라는 언술을 통해 우리 모두가 '무형의 존재들'이란 자각을 던져준다. 이 '무형의 존재들'이란 언술은 「비밀」의 '도깨비'와 다름없다. 다시 말해, '허깨비의 형상'들이다. 이런 형상들은 인터넷 동영상으로 구체화된다.

> 텔레비전, 아니 인터넷, 아니 몰래카메라
>
> 이름도 없는 놈과 이름도 없는 년들이
>
> 동화상으로 떠돈다. 오직 사타구니 하나로 떠돈다.
>
> 부활한 성녀라도 되는 듯 하늘에 떠돈다.
>
> ―「먼지, 아니 빛깔, 아니 허공」 일부

실체가 없는 허깨비들, 이를 두고 시인은 '먼지'와 '빛깔(色)'로 존재하지만 결국 그것은 '허공'에 지나지 않음을 시의 제목을 통해 말해주고 있다. 이 시의 본문은 '몸의 상품화' '性의 상품화'를 신랄하게 비꼬고 있는데, 이 시의 '사타구니'는 이미 「비밀」에서 살펴본 바와 같이 인간의 감각이 '가슴 → 머리 → 배'를 거쳐 최종적으로 進化한 곳이다. 다시 말해, 인간 욕망의 종착역이다. 시인의 이 같은 인식은 「지하구조」에도 나타나는데, '사람들은 저마다 머리는 집에 놓고/다리만 가지고 외출하였다./욕망의 사타구니만 외출하였다'란 구절이 그것이다. '머리'가 '理性'을 상징한다면, '다리'에겐 '욕망의 사타구니'가 달려 있다. 시인은 그 욕망의 종착역을 '음부(陰府)의 통로에 늘어선 음부(淫婦)/음부(陰部)의 여왕이 부르는 음부(音符)/음부(陰阜)의 높은 둔덕'으로 부르기도 하는데, 특이하게도 그것들을 '지하구조'라고 명명한다. 여기에, 「지하구조」에도 「먼지, 아니 빛깔, 아니

허공」에서처럼 '하늘'이 나타나 있다. 이 '하늘'과 '이름', 그리고 '알몸'이 『몽중천하』의 시세계를 살피는 핵심어인데, 박정진의 '하늘'은 다른 시인에게서 전혀 찾아볼 수 없는 상징성을 지닌다.

1.
나는 알았다. 하늘이 거짓이라는 것을
태초엔 하늘도 없었다. 빛도 없었다.
오직 끝없는 어둠뿐
(중략)
네안데르탈인의 동굴, 그 속에
욕망만이 유일한 빛이었다.
어둠의 딸 지하구조, 욕망만이 유일한 화살이었다.

(중략)

오직 알몸만이 벌거벗고 요란한 지하
오직 위선만이 거드름 피우는 지상
어둠의 아들들은 빛의 아들을 사칭하고
하늘은 언제나 거짓
땅은 언제나 진실
말은 언제나 거짓
몸은 언제나 진실

—「지하구조」 일부

　시인은 애당초 '하늘'이 없었다고 말한다. '빛의 중심'인 '하늘'이 없었기에 '빛'도 없었으리라. 따라서 오직 '어둠'만 존재했다는 것인데, 그 어둠 속에 '빛'이 있었다면 그게 바로 '욕망'이었다는 진술이다. 게다가 '어둠의 중심'인 지하엔 '오직 알몸'만 존재하고, 이 지상엔 '오직 위선만이 거드름을 피'운다고 말한다. 뿐만 아니라 '하늘은 언제나 거짓/땅은 언제나 진실'이라고 단언한다. 왜 이 지상엔 위선만 존재하고, 하늘은 거짓의 허깨비란 말인가? 좀처럼 납득하기 어려운 구절이다.

여기엔 이 시인의 세계관이 담겨 있다. 마치 박시인의 창세기를 보는 듯한 느낌인데, '지하세계'란 '카오스'의 상태, 여기엔 선악도 없고 윤리도 없는 '에너지의 덩어리', 그야말로 싱싱한 알몸만 존재할 뿐이다. 그런데 그 반사물인 '하늘'이 생겼으니, 욕망의 분출구인 지상이 생겼으니, 그쪽으로 욕망을 분출하지만 그것이 헛것이라는 말이다. 왜냐하면, '하늘'은 단지 '땅'을 비춰주는 '거울'에 불과하기 때문이다. 다시 말해, '실체'가 없다는 것이다.

우리는 푸른 하늘 아래, 밝은 햇빛 속에서 분별을 얻는다. 새와 나무, 돌멩이와 사람을 구별할 수 있게 되지만 그런 분별 또한 헛것이라는 얘기다. 우리는 자신의 분별을 전달하기 위해서 '언어'를 사용할 수밖에 없는데, 그 '말' 또한 '헛것'일 수밖에 없다는 것이다.

실체가 아닌 模寫나 그로 인한 감정을 전달해야 하기 때문일까? 아니다, 그 이유는 오로지 '몸'만 진실이기 때문이다. 따라서 시인은 '몸이 시키는 대로', 지렁이처럼 온몸을 움직이며 살아갈 것을 우리에게 권한다. 이것이 바로 가식과 위선의 세상을 벗어던진 채 '인류 始原의 수맥'을 거슬러 올라가는 길이자 이 시인이 지닌 '시의 맥'이다. 그는 때때로 거칠게 세상을 야유하지만 사실은 알몸의 순수, 그 始原의 물줄기를 남몰래 감춰두고 밤마다 그곳에 엎드려 입을 막고 울고 있었던 것이다.

이런 알몸에 덧칠을 하는 게 바로 '이름'이다.

이름을 붙이는 것
그 유치한 이름에 의미를 붙이는 것
의미로 인해 사랑한다고 떠벌리는 것은
아직도 어둠의 검은 바다
어둠의 붉은 자궁을
모른다는 철부지들의 징표

내가 만약 너에게 이름을 붙이고
너를 사랑한다고 한다면
그 날로부터 우리는 불행해질 것이다.
알몸은 이름이 없는 때문.

—「모른다」 일부

사람들은 언제나 자신의 이름, 그 감옥 속에 산다.

이름도 없었으면
노예도 아니었을 텐데

—「노예」 일부

가장 흔한 이름으로 노래 부를 때
너를 알 수 있다
가장 천한 이름으로 노래 부를 때
너와 피가 통함을 느낄 수 있다
(중략)
죽음도 이렇게 가깝게 피가 통하는 것을

—「가장 흔한 이름으로 노래부를 때」 일부

'알몸'에는 애당초 '이름'이 없었지만, 타인에 의해 이름을 부여받고 명명됨으로서 사람들은 제 이름의 감옥에 갇히게 되었다. 이름의 노예가 되었다. 그리하여 '어둠의 검은 바다/어둠의 붉은 자궁'을 망각하고 虛名의 성곽에 갇히게 되었다. '어둠의 검은 바다'나 '어둠의 붉은 자궁'은 기존의 무수한 시인들에 의해 부정적 이미지로 그려졌지만 박정진에 있어서는 이제라도 회귀하고 싶은 '始原의 공간'으로 은유되어 있다. 시인은 이런 無垢한 에너지의 공간을 떠난 우리네 삶의 징역살이를 못견뎌한다. 인류의 逆進化를 희구하는 듯한 느낌이 들기도 하는데, 우리가 이렇게 어쩔 수 없이 '虛名의 세계'를 살아갈 수 밖에 없다면 차라리 '가장 흔한 이름' '가장 천한 이름'으로 소통의 통로를 만들자고 제언한다. 그리하여 죽음마저 육친처럼 가깝게 피가 통하도록 하자는, 섬뜩한 메시지를 던져놓는다.

아, 이 언덕에 이르러 강물을 굽어보니, 박정진의 사회 비판적인 풍자는 이 문명세계를 못견뎌하는 그의 몸부림이었다. 耳順은 넘긴 시인의 나이 탓인가. 박정진은 이즈음에 이르러, 그는 부정할지 모르겠으나, 그의 시는 '청춘을 아쉬워하는 푸른 줄기의 몸매'(「동굴 속 장미」) 같은 것이다. '푸른 줄기'는 始原의 물줄기를 거슬러 오르는 통로이자 그 도구이다. 그런 통로엔 이처럼 눈물겨운 서정시도 있다.

내 눈에 스르르 고이는 걸 보면
어딘가에 무심한 사람이 있는가 보오

내 눈에 터질 듯 넘치는 걸 보면
어딘가에 기뻐하는 사람이 있는가 보오

내 눈에 방울방울 맺히는 걸 보면

어딘가에 한창 핀 인생이 있는가 보오

내 눈에 큰 물줄기 생기는 걸 보면
어딘가에 한 많은 사람이 있는가 보오

내 눈에 그윽한 호수가 있는 걸 보면
어딘가에 순결한 처녀가 있는가 보오

내 눈에 허공이 매여 있는 걸 보면
어딘가에 스치는 깨달음이 있는가 보오

내 눈에 까닭 모를 슬픔이 있는 걸 보면
어딘가에 스스로 연민이 있는가 보오

내 눈에 속절없이 달고 있는 것을 보면
어딘가에 죽음의 그림자 있는가 보오

—「눈물」

　　그는 주위의 '무심한 사람' '기뻐하는 사람' '한창 핀 인생' '한 많은 사람' '순결한 처녀' 때문에 눈물 흘린다. 그러면서 '깨달음은 왜저 허공에 있느냐'고 번민하고, 그 어딘가에 스며드는 죽음의 그림자 때문에 눈물을 떨궈내지 못하고 있다. 필자는 이 시를「몽중천하」중가장 빼어난 서정성을 지닌 絶唱이라고 생각하는데, 이 '눈물' 또한始原을 향한 순수의 몸짓이자 그 지난한 몸부림이다. '눈물'의 '침묵'으로 세상은 또 맑아지고 아름다워지는 것이니, 시인은 '적막이슬프도록 아름답다지만/어떠한 말도 할 수 없는/침묵만큼 아름다울

까'(「참 아름답다, 세상은」)라고 우리에게 반문하는 것일까? 그리하여
시인은 스스로에게도 묻는 것이니,

> 나는 무엇 때문에 사는가
>
> 창 밖의 나무 때문에 산다
>
> 나무의 힘차게 땅으로 파고든 다리 때문에 산다
>
> 나무의 하늘로 가늘게 뻗어나간 팔 때문에 산다
>
>
> 나는 무엇 때문에 사는가
>
> 나무 위로 지나가는 구름 때문에 산다
>
> 구름 위에 뾰죽 내민 교회의 첨탑 때문에 산다
>
> 구름의 쉼 없는 아스라한 이야기 때문에 산다
>
>
> 나는 무엇 때문에 사는가
>
> 바람이 되어버린 그의 소식을 듣기 위해 산다
>
> 갑자기 훌쩍 떠나버린 젊은 날의 애인을 위해 산다
>
> 지금 돌아오면 이미 훌쩍 늙어버렸을 친구를 위해 산다
>
>
> 내 기도는 하늘로 퍼져나간 실핏줄 잔가지
>
> 내 노래는 하늘을 끝없이 설레는 하얀 구름
>
> 내 꿈은 하늘을 향해 귀를 세운 첨탑 안테나
>
> 이미 정든, 함께 늙어갈 너희들 때문에 산다
>
> ―「나는 무엇 때문에 사는가」

　다시 한번 말해 보자. 耳順을 넘긴 시인의 나이 탓인가. 시인은 결
국 기대고 의지하고 소통하는 삶을 긍정하고 있다. 때로는 거칠게,

때로는 요설적으로 이 사회풍토를 비판했지만 인간의 사회적 삶 보다 본질적 삶에 시적 관심을 두었기 때문이다. 시인 또한 그런 삶을 갈망했기 때문이리라.

필자는 이 글을 「달빛」으로 열고 「나는 무엇 때문에 사는가」로 닫는 것을 행복하게 생각한다. 「달빛」이 시인의 지난 생애를 요약했다면, 「나는 무엇 때문에 사는가」는 오늘의 삶을 일상적 세목을 통해 담담하게 담아내고 있다. 시란 결국 자신의 삶에 대한 천착이 아니던가. 이 시집이 우리에게 '始原의 물줄기를 향한 지난한 꿈의 여정'을 보여주었다면, 그것을 열고 닫는 주체 또한 시인 자신이 아닌가. 그리하여, 이같은 자기 인식을 바탕으로 박시인이 '구름의 쉼 없는 아스라한 이야기'를 우리에게 전해줄 것으로 믿는다.

'이미 정든, 함께 늙어갈', 풍화와 폐허의 풍경 속에서도 시인의 '기도'와 '노래'는 끝없이 설레며 퍼져나가니, 이쯤에선 그의 '어둠의 검은 바다'와 '어둠의 붉은 자궁'이 하늘에서도 출렁거려 주면 좋겠다. 그리하여, '어둠의 검은 바다'와 '자궁'이 '구름의 쉼 없는 이야기'를 타고 내려와 그 아스라한 始原의 물줄기가 우리 일상의 곳곳으로 삼투되기를 바란다.

不在의 존재성
— 한용운의 『님의 침묵』 다시 읽기

1. 여는 말

韓龍雲의 『님의 沈默』은 모두 88편의 시로 구성되어 있다. 이 시집은 정서적 흐름이 일관되어 있다. 어떻게 88편의 시가 이토록 일관된 정서로 흘러갈 수 있을까. 시인은 1925년 한햇동안 설악산 백담사 오세암에 기거하면서 『님의 沈默』의 시편을 집중적으로 써내려갔고 이듬해 회동서관에서 시집을 출간했다.

그렇게 1년 동안 집중적으로 쓰여졌기 때문일까. 그 사실만으론 이 시집의 일관된 흐름을 설명할 순 없을 것이다. 이 시집은 다분히 전략적이고 구조적이다. 마치 한 권의 '기획시집'을 보는 듯 한데, 시집의 화자는 줄곧 '나'이며 '나'의 진술로 시가 진행된다. 그렇다면 진술의 밑바탕을 이루는 정서는 무엇인가. 이 글은 『님의 沈默』의 구조적 특성과 그 밑바탕을 이루는 시인의 존재론적 명제들을 살펴보고자 한다.

2. 「님의 침묵」의 구조적 특성

1) 2개의 수레바퀴

이 시집의 시는 언제나 2개의 대립되는 항목을 갖고 있다. 어느 갈피를 펼쳐도 쉽게 발견된다. 표제시 「님의 沈默」에는 이런 항목이 보다 정교하게 배치되어 있다.

님은 갔습니다. 아아, 사랑하는 나의 님은 갔습니다.

푸른 산빛을 깨치고 단풍나무 숲을 향하야 난 적은 길을 걸어서 참어 떨치고 갔습니다.

黃金의 꽃같이 굳고 빛나던 옛 盟誓는 차디찬 티끌이 되아서, 한숨의 微風에 날려 갔습니다.

날카로운 첫 '키쓰'의 追憶은 나의, 運命의 指針을 돌려놓고, 뒷걸음쳐서, 사라졌습니다.

나는 향기로운 님의 말소리에 귀먹고, 꽃다운 님의 얼골에 눈멀었습니다.

사랑도 사람의 일이라, 만날 때에 미리 떠날 것을 염려하고 경계하지 아니한 것은 아니지만, 이별은 뜻밖의 일이 되고 놀란 가슴은 새로운 슬픔에 터집니다.

그러나 이별을 쓸데없는 눈물의 源泉을 만들고 마는 것은 스스로 사랑을 깨치는 것인 줄 아는 까닭에, 걷잡을 수 없는 슬픔의 힘을 옮겨서 새 希望의 정수박이에 들어부었습니다.

우리는 만날 때에 떠날 것을 염려하는 것과 같이, 떠날 때에 다시 만날 것을 믿습니다.

아아, 님은 갔지마는 나는 님을 보내지 아니하였습니다.

제 곡조를 못 이기는 사랑의 노래는 님의 *沈默*을 휩싸고 돕니다.

　　　　　　　　　　　　　　　　　　　　　—「님의 *沈默*」[1]

　「님의 *沈默*」의 대립된 두 항목은 '님'과 '나'를 비롯해 '굳고 빛나던 맹세'와 '차디찬 티끌', '만날 때'와 '떠날 것', '이별'과 '사랑', '걷잡을 수 없는 슬픔'과 '새 *希望*', '갔지마는'과 '보내지 아니하였습니다', '노래'와 *沈默*으로 되어 있다.

　이런 대립항은 다른 시에도 무수히 나타난다. 이를테면 '눈물/웃음' '죽음/다시 살아남'(「이별은 *美의 創造*」), '재/기름'(「알 수 없어요」), '생각한다지만/잊고자 하여요'(「나는 잊고자」), '사랑의 날개/*敵*의 깃발', '자비/악마', '무서운 침묵/*萬象*의 속살거림'(「가지 마셔요」), '붉은 촛불/푸른 술', '포옹/이별'(「이별」), '나는 나룻배/당신은 *行人*'(나룻배와 *行人*) 등이 그것이다.

　이들 시를 살펴보면, 이 시집을 관류하는 2개의 축이 바로 '님(당신)'과 '나'임을 알 수 있다. 이 축을 감싸는 핵심적인 정서는 '만남(사랑)'과 '이별(사랑)'이다. 따라서 이 시집을 '님'과 '나', '사랑'과 '이별'을 수레바퀴로 해서 굴러가는 하나의 마차라고 볼 수 있다. 백낙청이 「시민문학론」(『창작과비평』, 1969년 여름호)에서 말한 바 있지만, 이 시집을 시편마다 그 풍경이 조금씩 달라지는 연작시로 읽을 수도 있겠다. 그 이유는 서정적 자아인 '나'의 '이별'을 일관되게 노래하고 있기 때문이다.

---

1) 한용운, 최동호 編, 『*韓龍雲詩全集*』, 문학사상사, 1989, p.20. 이 논문에 인용되는 한용운의 시는 모두 이 책의 표기법에 따르기로 한다.

2) 矛盾, 존재의 변증법

대립되는 2개의 항목이 수레바퀴처럼 굴러가지만, 특히 주목되는
것은 이 같은 항목들이 단순한 '병치'가 아닌, '역설적 모순'으로 나
타난다는 점이다. 이를테면, '님은 갔지마는 나는 님을 보내지 아니
하였습니다'는 진술을 비롯해 '이별은 美의 創造'라는 표현, 그리고
'잊고자 할수록 생각히기로 행여 잊힐까하고 생각하여 보았습니다'
는 말이 그것이다.

이런 화법은 『님의 沈默』의 정서적 밑바탕을 이루는 중요한 기능
을 하는데, 그 핵심적인 정서는 '님은 갔지마는 나는 님을 보내지 아
니하였다'이다.

『님의 沈默』의 일관된 시적 화자는 '나'이다. '나'는 언제나 기다린
다. 「나룻배와 行人」에선 '님'을 기다리는 심정, 그 심리적 자세가 잘
드러나 있다. '당신은 흙발로 나를 짓밟'아도 '나는 당신을 안고 물
을 건너'가는데, '당신은 물만 건너면 나를 돌아보지도 않고' 가버린
다. 그러나 나는 '바람을 쐬고 눈비를 맞으며' 당신을 기다린다는 것
이다.

이런 기다림의 자세는 여성적 수동형이다. 시인은 시집 곳곳에 여
성 화자를 등장시켜 '바느질 그릇을 치워놓고'(「당신의 편지」) '나의
치마를 걷어주셨지요'(「진주」)라고 진술하기도 한다. 이 같은 여성 화
자의 등장은 '나'의 피동적인 자세와 밀접한 연관성을 지닌다.

남들은 自由를 사랑한다지마는, 나는 服從을 좋아하야요.
自由를 모르는 것은 아니지만, 당신에게는 服從만 하고 싶어요.
服從하고 싶은데 服從하는 것은 아름다운 自由보다 달금합니다, 그것
이 나의 幸福입니다.

그러나 당신이 나더러 다른 사람을 服從하라면 그것만은 服從할 수가
없습니다.

　　다른 사람을 服從하랴면, 당신에게 服從할 수가 없는 까닭입니다.

— 「服從」

이 시는 시적 화자의 복종 의지를 선언하고 있다. '복종'은 피동적
인 자세지만 그 의지는 능동적이어서 '당신을 기다리고 당신에게 복
종하는 것'이 곧 '가장 적극적인 나의 사랑'이라는 식이다. 이런 모순
은 '내가 사랑을 기다리고 있는 것은 기다리고자 하는 것이 아니라
기다려지는 것입니다'(「自由貞操」)라는 진술을 낳는데, 그 밑바탕엔
'나는 님을 기다리면서 괴로움을 먹고 살이 찝니다. 어려움을 입고
키가 큽니다'(「自由貞操」) '당신과 나의 距離가 멀면 사랑의 量이 만
하고, 距離가 가까우면 사랑의 量이 적을 것입니다'(「사랑의 測量」)이
란 인식이 깔려 있다.

이처럼 대립되고 모순되는 정서들이 『님의 沈默』을 떠받치는 인식
론적 바탕이 되고, 나아가 시적 화자인 '나'를 존재케 하는 변증법으
로 발전한다.

3) 不在의 존재성

시적 화자는 항상 '제 곡조를 못 이겨서' 운다. 시집을 통틀어 '나'
와 '님'이 만나는 장면은 한번도 없다. '나'는 '님'을 떠나보낸 후
'님'을 기다리는 상태로 존재한다. '님'과의 접촉은 '날카로운 첫 키
스' 뿐이다. 그런데, 「님의 沈默」엔 '날카로운 첫 키스'가 아닌, '날카
로운 첫 키스의 추억'이 '나의 運命의 指針을 돌려놓고 뒷걸음쳐서

사라졌습니다'라고 되어 있다. 왜 '날카로운 첫 키스'가 아닌 '그 추억'이 나의 운명의 지침을 돌려놓은 것일까? 이는 곧 '님'과 이별한 뒤에 비로소 생각하기 시작한 '思惟'에 의해 나의 운명의 지침이 바뀌었음을 의미한다. 따라서 「님의 沈默」의 사랑은 다분히 관념적인 사랑이다.

따라서 「님의 沈默」의 정서 또한 '감각적 체험'에서 비롯된 게 아니라 '思惟에 의한 감정'임을 알 수 있는데, 이처럼 '님'과 이별을 한 이후의 상태가 결국 '나'의 존재 이유가 된다. 다시 말해, '님은 갔지마는 나는 님을 보내지 아니하였'기 때문에 시적 화자는 '님의 不在'를 견딜 수 있고, 다시 만날 것을 믿기 때문에 '나의 現存'이 가능해진 것이다.

이처럼 「님의 沈默」을 비롯해 시편 곳곳에서 '님의 不在로 인해 내가 존재한다'는, 다분히 역설적인 존재의 비의를 발견할 수 있다. 결국 '님'의 부재가 '나'의 존재를 드러내는 셈이다.

이는 또 色卽是空과 같은 不二의 상태이기도 하다. 이같은 관념은 시인의 데뷔작 「心」의 '物質界도 心이요 無形界도 心이라 空間도 心이오 時間도 心이니라'[2]라는 구절에서 인식론적 뿌리를 찾을 수 있다. 이와 함께 '인간존재의 본질은 결여(Manque)'라는 샤르트르의 말에서도 시인의 인식론적 근거를 살필 수 있겠다.

김우창은 「궁핍한 시대의 시인」(『문학사상』, 1973년 4월호)을 통해 '님은 한자리에 놓여 있는 存在로서의 대상이 아니라 움직이는 辨證法으로서의 意味를 갖는 存在의 可能性'이라고 말했지만 이 시집의 '님'은 이미 저만큼의 높이와 거리로 고정되어 존재하는 등불 같은 존재이다.

---

2) 『唯心』, 제1호(1918년 9월호).

최동호는 「시집 '님의 沈默'과 현대시사의 갈림길」(『시와 시학』, 1996년 8월호)에서 '이 시집은 사랑의 상실에서 사랑의 되찾음으로 나아가는 변증법적 전개를 중심축으로 구성되어 있다'며 시집의 구조를 '이별과 이별의 슬픔, 이별의 기다림, 만남의 과정을 정 반 합'으로 파악하고 마지막 시인 「사랑의 끝판」에 이르러 만남이 완결된다」고 말했다. 그러나 필자가 보기엔 「사랑의 끝판」에서도 재회는 이뤄지지 않는다.

네 네 가요, 지금 곧 가요.

에그 등불을 켜랴다가 초를 거꾸로 꽂았습니다그려.저를 어쩌나, 저 사람들이 숭보겠네.

님이여, 나는 이렇게 바쁩니다. 님은 나를 게으르다고 꾸짖습니다. 에그 저것 좀 보아, '바쁜 것이 게으른 것이다.' 하시네.

내가 님의 꾸지럼을 듣기로 무엇이 싫겠습니까. 다만 님의 거문고 줄이 緩急을 잃을까 저퍼합니다.

님이여, 하늘도 없는 바다를 거쳐서, 느릅나무 그늘을 지어버리는 것은 달빛이 아니라 새는 빛입니다.

훼를 탄 닭은 날개를 움직입니다.

마구에 매인 말이 굽을 칩니다.

네 네 가요, 이제 곧 가요.

—「사랑의 끝판」

이처럼 「사랑의 끝판」은 시적 화자가 허둥지둥 님을 마중하러 나가는 것으로 끝난다. 시인이 연작 형식의 완결성을 염두에 두고 이 시를 시집의 맨 마지막에 배치한 것으로 보이지만 『님의 沈默』의 핵심은 아니라고 여겨진다. 이 시집의 핵심은 여전히 '님의 不在로 인해 나는 존재한다'는 것이다. '님'과의 재회를 기다리는 행위는 '나'의 '결핍'을 인식시켜주지만 그와 동시에 '나'를 견디게 하는 요소로 작용한다. '정'과 '반'은 끝내 '합'을 이루지 못한 채 대립된 2개의 항목으로 존재하고 그 항목이 곧 '나'를 지탱시켜 주는 힘으로 작용한다.

이 시집은 끝없는 기다림의 순환구조를 지니고 있다. '타고 남은 재가 다시 기름이 되'듯이, 시적 화자는 '슬픔의 힘을 옮겨서 새 希望의 정수박이에 들어부'으며 '이별은 미의 창조'라고 말한다. '님이여, 이별이 아니면 나는 눈물에서 죽었다가 웃음에서 다시 살어날 수가 없습니다' (이별은 美의 創造)라는 표현이 말해 주듯 '나'는 여전히 '이별'이란 이름의 '피학적 아름다움' 속에 앉아 있고, '님'은 침묵한다. 그 침묵이 또한 나를 존재케하는 질료로 작용하고 있는 것이다.

3. 맺는 말

이상 살펴본 바와 같이 『님의 沈默』은 각 시편마다 상반되는 2개의 대립항이 설정되어 있다. 시인은 이를 길항시켜 『님의 沈默』을 일관된 흐름의 전략적인 시집으로 축조해냈다. 이런 대립항은 시인의 존재론적 인식을 드러내기 위한 장치인데, 시인은 '나'와 '님'이란 두 개의 축을 길항시켜 '님의 不在로 인해 내가 존재한다'는 '역설의 아름다움'과 '不在의 존재성'을 일깨워 주었다.

『님의 沈默』은 그 내용상 추상적 관념의 세계이다. 그 표현은 때때로 感傷的이고 내용전개는 다분히 논리적이다. 역설의 논리로 생의 비의를 추출해내는, 우리 시문학사상 가장 앞선 지성적 서정시를 보여주었다.

1926년 5월, 『님의 沈默』이 출간된 시기는 신문학 초창기였다. 1925년 김소월의 『진달래꽃』이 출간됐고 KAPF가 결성된 것도 이 무렵이었다. 게다가 서구에서 유입된 후기 상징주의나 서구 세기말의 잔영인 퇴폐적 낭만주의가 시단의 주류를 이루고 있었다.

한용운은 이런 풍토 속에서 『님의 沈默』을 출간했는데 김소월과 함께 전통적 가락과 정서를 계승 심화했고, 일상적인 대화체를 십분 활용하는 등 근대적인 자각을 뚜렷이 지녀 '조선어의 운율적 구사를 성공적으로 보여주었다'는 평가를 받았다. 47세 때 집중적으로 타오른 한용운의 시심은 '얼음바다의 봄바람'이 되어 이육사와 조지훈의 시정신에, 그 정서와 표현기교는 서정주에게 적지 않는 영향을 주었다. 그러나 『님의 沈默』 이후 한용운은 다시 불교 및 사회활동에 뛰어들었고 漢詩와 短詩들을 발표했지만 『님의 沈默』의 성과를 뛰어넘지 못했다.

불온한 상상력의 가건물
— 1990년대 소설의 몇 가지 징후들

1. 가출한 아이들

1990년대 작가, 좀더 정확하게 말해 1990년대 후반의 작가들은 스스로를 '아이들'[1]이라고 부르며 '계획되지 않는 사건'(배수아, 「4번 버스를 타고 떠나다」)으로 태어났다고 당당하게 말한다. 여기서의 '아이'는 '전쟁고아'나 60, 70년대 가난에 찌든 '아이들' 그리고 80년대 '민중의 아이'들과 너무 다르다. 백민석의 말처럼 '유아기 상태의 유예현상'을 고집하며 성장이 멈춰지길 꿈꾸는지 모른다. 이들은 아버지의 세계, 기성세대로의 전입을 거부하고 있다. 이들은 '유치한 파랑글씨로, 마치 만화영화의 한 장면처럼'(백민석, 「16믿거나말거나박물지」) 소설을 써나가지만 마지막 장면에 이르러 "메롱!" 하고 혀를 내

---

1) 인간이 시간의 변화에도 불구하고 성장 노화하지 않고 아이의 상태에 머물러 있다는 상황은 크게 두 가지 시각에서 관찰될 수 있다. 그 하나는 성장불능의 기형적 상황이며, 다른 하나는 성장하고 싶지 않다는 소망의 심리적 발현이다. (중략) 그것은 모두 성숙성에 대한 비판이라 하겠다. — 김주연, 「소설로 쓴 그림」, 『가짜의 진실, 그 환상』, 문학과지성사, 1998, p.264.

민다.

연극 영화 만화 CF 인터넷 컴퓨터게임 등의 대중문화를 한껏 향유하고 있는 이들 90년대 작가들. 하이테크 문명이 뿜어내는 현란한 문화 기호와 이미지들을 자신의 존재기반으로 삼고 거침없이 질주하는 일군의 젊은 작가들, 예컨데 배수아, 김영하, 김연수, 백민석 등에게서 소설가로서의 고전적인 사명감을 찾아보기란 어려운 일이다.[2] 이들 소설의 주인공들은 백민석 소설의 주인공인 '박스바니'이며 '딱따구리'이며 '캔디'와 다름없고, 그 무엇보다도 '집 없는 소년들'을 표방하고 있다.

이들은 전통적 서사구조를 거부한다. 서사성이야말로 소설의 가장 근엄한 아버지이자 자상한 어머니가 아니었던가. 90년대 작가들은 스스로를 '아이들'이라고 칭하듯 부모형제를 버리고 '가출한 아이들'이다.

이들은 지금 길을 떠돌고 있다. 따라서 이들의 소설적 세계관을 논하기엔 아직 이르다. 그러나 우리는 이들에게서 80년대, 나아가 90년대 초반의 소설문법과 확연히 구분되는, 소설의 고전적인 정체성을 위협하는 문제적 징후들을[3] 발견할 수 있다. 이 글은 이런 징후들을 살펴봄으로서 새로운 소설쓰기의 가능성을 짚어 보고자 한다.

2. 전통적 서사구조의 붕괴

90년대 작가들의 작품에서 가장 먼저 발견되는 게 바로 전통적 서

---

2) 백지연, 「키치와 판타지, 그리고 소설」, 『90년대 문학 어떻게 볼 것인가』, 민음사, 1999, p.207.
3) 백지연, 위의 글, p.208.

사구조의 붕괴이다. 먼저, 배수아의 단편 「1999년 네덜란드 모텔을 떠나며」(『심야통신』, 해냄, 1998)를 살펴보자. 이 소설은 "나는 1997년 가을에 죽었다"는 나레이션으로 시작된다. 이미 죽은 자의 독백으로 시작되는 이 소설의 일부를 옮겨보자.

내가 살고 있는 방은 너무 덥고 좁아서 그림을 그리기에는 적당하지 않았다. 나는 자동응답기에 새로 녹음을 했다.
"사라는 여행을 떠나요. 네덜란드 모텔로 가거든요. 사라를 찾을 일이 있으면 네덜란드 모텔로 오세요"
왜 그때 내가 하필이면 네덜란드 모텔을 생각했는지 모르겠다. 나는 한번도 네덜란드 모텔에 대해서 들어본 일이 없었다.

한번도 그 이름을 들어본 적이 없는 모텔로 여행을 떠난다는 게 과연 가능한 일일까. 게다가 이 소설의 줄거리는 유부남과 불륜 관계에 빠진 미혼여성이 2년 동안 강물에 가라앉아 있다가 그 유부남을 다시 만나러 가는 이야기로 짜여져 있다. 게다가 이미 죽은 주인공이 자신이 죽고 난 뒤 주변사람들이 어떤 형태를 벌이는가를 천연덕스럽게 진술한다. 이처럼 이 작품은 한편의 괴기스런 영화를 연상시키는데, 작가는 이런 상상력으로 인과적 질서를 붕괴시킨다.

또 하나의 사례를 보자. 송경아의 단편집 『엘리베이터』(문학동네, 1998)에선 벼락을 맞아 투명인간이 된 인물들이 나타나고(「투명인간」), 아이들이 UFO의 계시에 따라 자신들의 부모를 십자가에 매달기도 한다(「작은 토끼야 들어와 편히 쉬거라」).

내가 삽을 빌려 구멍을 파는 동안 그들은 차 위에서 십자가를 끌어내렸다. 동생과 그 아이들은 부모님을 뒷좌석에서 끌어내려 십자가에 묶었다.

(중략)

부모님은 여전히 깊은 잠에 빠져 있었다.

"가엾은 토끼들"

나는 다가가 부모님께 작별의 키스를 드렸다. 가엾은 토끼들. 비행접시
는 제축하듯 공중에서 회전하고 있었다. (「작은 토끼야 들어와 편히 쉬거
라」)

이 소설은 아이들이 왜 UFO의 계시에 따르는 것인지 설명하지 않
는다. 단지 그런 행위만 기술될 뿐이다. 벼락을 맞으면 투명인간이
된다는 근거도 제시되지 않는다. 다만, '몽상같은 현실'이 그려질 뿐
이다. 그렇다면, 이들 작가들은 전통적 서사구조가 붕괴된 그 자리에
무얼 채워 넣는가. 이들은 그 자리에 비현실적 몽환의 세계를 채워
넣는다. 전통적 소설의 골격을 이루는 사실적이고 구체적인 경험이
아닌, 원인불명의 초현실적인 사건으로 소설을 짜나간다. 이 소설들
은 '비선형의 서사, 파편화된 기호의 전시'[4]를 꾀하고 있다.

3. 글쓰기, 플롯의 해체

90년대 작가들은 인과관계에 의한 극적 사건을 거부하는 대신 '글
쓰기에 대한 자의식'을 작품에 그대로 담아낸다. 다시 말해, 작가가
소설에 직접 등장해 글쓰기에 대한 고민을 토로하거나 창작 과정을
일부러 독자에게 노출시킨다. 이는 전통적 소설의 플롯(plot)에 대한
반역이다. 전통적 소설의 플롯은 작가를 숨겨왔고 이것은 불문율이

---

4) 백지연, 위의 글, p.217.

었다. 그러나 1990년대의 포스토모더니즘 작가들은 이 세계의 불확
실성에 동의하기 때문에 소설의 전지적 작가시점을 불신하게 되었
다. 따라서 '탈(脫) 중심의 관점', 다시 말해 파편화된 '나'의 관점에
서 자유로운 글쓰기를 즐기게 되었다. 또한 전통적 소설쓰기의 그림
자가 여태 가시지 않는 포스트모던 시대의 글쓰기에 대한 괴로움을
토로하기도 한다.

> 나는 여기서 다시 글쓰기를 멈춘다. 그들이 다시 침묵하기 때문이다.
> 그러나 무엇보다도 더 이상 그들에 관해 당신에게 말할 수 없음에 기막혀
> 하기 때문이다.그들은 지금 소리없이, 거의 정지한 듯이 조금씩 앞으로
> 걷고 있다. 그들 사이에는 감정의 흐름이 존재한다. 아, 이 감정의 흐름들
> 을 어떻게 서술할까.
> ─ 박청호, 「단 한 편의 연애소설」(『단 한 편의 연애소설』, 문학과지성사, 1996)

여기서의 '나'는 작가 자신, '그들'이란 소설의 등장인물이다. '당
신'이란 바로 '독자'이다. 이처럼 작가 박청호는 글을 쓰는 과정을 소
설로 기술해 독자와의 소통을 꾀하고 있는데, 그는 단편 「장씨행장」
에서 아예 소설의 서두에 "나 : 작가이자 나레이터이며 이 소설의 주
인공"이라고 밝혀놓고 소설을 전개시키기도 한다.
이는 작가인 주인공의 일상을 '있는 그대로', 아무런 극적 장치 없
이 보여주는 동시에 극적인 사건 위주의 전통적 서술방식을 정면으
로 거부하는 '소설 해체' 전략이다. 물론, 이 작품 이전에도 작가가
직접 소설에 등장해 소설쓰기의 과정을 보여주는 메타픽션
(metaficton)이 많았다. 하일지의 「경마장 가는 길」의 주인공인 작가
는 '소설' 속의 '또 다른 소설'을 써내려갔고, 밀란 쿤데라는 「불멸」
을 통해 작가 자신이 소설의 주인공과 토론을 벌이는 장면을 보여주

었다.

그렇다면 박청호와 같은 90년대 작가들의 변별성은 어디에 있는 가. 이들은 소설쓰기를 극적 사건이 요구되는 '소설창작'이 아닌, 단순하고도 일상적인 글쓰기로 보고 있다는 점이다. 이들은 작가를 주 인공으로 내세우고 있지만 사실은 주인공을 소멸시키고자 한다. 주인공의 자리에 '허구의 인물'이 아닌, '작가'를 개입시킴으로서 '극적 사건을 수행하는 행위의 주체'를 무력화시키고 '극적 사건'을 향해 움직이는 플롯을 붕괴시킨다. 이처럼 90년대 작가들은 극적 서사의 플롯을 붕괴시켰고, 이를 통해 소설에서는 스토리보다는 담론이 더욱 중요함을 실천으로써 일깨워 주었다.[5]

4. 섹스, 커뮤니케이션

90년대 작가들은 거의 예외 없이 소설에 섹스를 등장시킨나. 그것도 주로 불륜관계이다. 이들의 소설에 등장하는 섹스의 특징은 '윤리적 무감각'이다. 종전의 소설에서처럼 다소곳하게 머뭇거리기는커녕 당돌하기 그지없다.

여주인공이 낯선 남자와 성행위를 가질 때의 '무감각'은 은희경의 소설에 잘 나타나 있다. 그의 단편 「세 번째 남자」는 30대 초반의 여주인공이 절에서 목공 남자와 맥없는 성관계를 가지는 장면을 보여 주는데, "그런 일로 상처를 받기에는 그녀의 성격이 좀 건조했다"고 표현되어 있다. 또 이 소설의 주인공은 "남자가 몸 속으로 들어오자 역겨운 이물감 때문에 구역질이 올라왔다. 그러나 남자가 움직이는

---

5) 조남현, 「1990년대 문학의 풍경」, 『1990년대 문학의 담론』, 문예출판사, 1998. p.22.

대로 가만히 있었다. 남자의 품이 따뜻했다"고 중얼거린다. 전통적 소설의 성에 대한 고정관념이 여지없이 붕괴되는, 인간의 감정과 육체가 분리되는 현상을 보여준다.

송경아의 소설집 『성교가 두 인간의 관계에 미치는 영향에 대한 문학적 고찰중 사례연구 부분 인용』에선 동성애를 비롯해 시동생과 형수의 간통 등 여러 형태의 섹스가 등장한다. 그중 시동생과 형수의 정사를 다룬 장면은 "햇빛에 마른 그녀의 성기에 그가 삽입을 하면 무척 아프리라고 생각하며 그때 비명을 지르겠다고 그녀는 다짐했으나, 막상 그이 성기가 그녀에게 들어왔을 때, 그녀는 자신이 안쪽이 축축이 젖어 있다는 사실을 깨달았다"고 표현되어 있다. 이는 형수와 시동생의 간통이라는 느낌보다 인간의 섹스가 때로는 그 자신의 정신과 무관하게 멀리 떨어져나갈 수 있다는 극단의 예를 극명하게 보여준다.[6]

박청호의 「단 한 편의 연애소설」에선 "내가 좀더 일찍 철이 들었다면 아마 아버지하고 섹스를 했을 거야"라는 식의 근친상간에의 욕망이 나타나는가 하면 한 여자와 다섯 명의 남자가 혼음을 한다. 문제는 이들 작가들에게서 나타나는 섹스, 특히 불륜이 소설 속에서 어떤 기능을 하느냐는 점이다.

나는 남편의 차에 그를 태운 것이 불륜처럼 느껴진다고 그에게 말한다. 그는 그 단어가 자기도 가장 좋아하는 말이라고 웃는다. 나 역시 끔찍한 불륜이라도 경험하게 된다면 조금은 자유로워질지도 모른다는 생각을 한다.

— 박청호, 「단 한 편의 연애소설」

---

6) 김주연, 「육체와 글」, 『가짜의 진실, 그 환상』, 문학과지성사, 1998, p.142.

　　1년 동안 나는 다른 사람과 사귀고 세 명의 남자와 섹스를 하고 그중 한
명과 약혼했다가 파혼하는 경험을 했고, 한번은 어떤 미친 여자로부터 간
통죄로 고소하겠다는 협박도 받았다. 그러면서 나는 걸레처럼 너덜너덜
해진 게 아니라 푸르게 철이 들고 무럭무럭 자라났다.

— 배수아, 「나는 1997년 가을에 죽었다」

　　끔찍한 불륜을 경험하게 되면 내가 자유로워지고, 여러 남자와 성
관계를 가짐으로서 철이 들고 무럭무럭 자라났다니! 전통적 윤리의
잣대로 볼 때, 당혹스런 표현이지만 여기서의 섹스는 타자와의 커뮤
니케이션이자 세상읽기의 한 방식이다. 그런데 섹스로 연결된 등장인
물들의 인간관계는 파탄에 이른다. 이는 섹스를 통한 타자 또는 세계
와의 의사소통이 실패로 돌아갔음을 말해준다. 박청호와 배수아, 은
희경이 소설이 여기에 해당된다. 특히 박청호의 남녀가 만나 섹스를
하지만 애증이나 지배욕구, 의존도가 전혀 없는 관계를 그려낸다. 이
어서 '남녀의 속성 소멸, 혹은 기능소멸에 관한 조치'[7]까지 행한다.
　　송경아가 그려내는 섹스는 이와 좀 다르다. 그는 섹스가 행위자들
의 인간관계에 어떤 영향을 미치는가를 꼼꼼하게 관찰한다. 결국 이
들은 성을 타자 또는 이 세계와의 소통을 꾀하는 코드로 사용한 셈인
데, 그 형태는 불구의 커뮤니케이션으로 나타나 있다.

5. 가치전복

　　여전히 길을 떠도는 90년대 작가들. 그들은 70, 80년대 주류를 이

---

7) 김주연, 「남?여?/존재?무? : 해체와 질문의 글짓기」, 위의 책, p.242.

렸던 이념과잉의 십자가를 벗어 던졌다. 이들은 반복적 도시적 일상을 전복하는 사건이나 인물과의 조우를 통해 '인공낙원'으로부터의 탈출을 꿈꾼다. 그 방법의 하나로 이들은 위악적이고 도발적인 성을 그려낸다.

"비상구 잘 닦았어?"
욕실을 나온 그녀를 향해 장난을 걸어본다.
"뭐 하러 잘 닦어? 오늘밤에 또 불날 일 있나?"
"불이야 언제 날지 모르니까 늘 잘 닦어 둬야지. 그러니까 비상구지."
"놀고 있네. 맥이나 잘 닦아둬."
"닦는 얘기 하니까 생각난 건데."
"뭔데?"
"우리, 밀자"
"밀긴, 뭘 밀어?"
"비상구."
"야 너 미쳤냐?"
"나 문신한 여자애들은 많이 봤어도 민 애는 못봤거든"

— 김영하, 「비상구」(『문학과사회』, 1998년 여름호)

이 소설의 다음 장면에선 여자가 '미는 조건'을 제시한다. 그 조건은 "나중에 나 안 만날 때 말야. 내 생각하면서 세 번만 쳐줘"이다. 여기서 "세 번만 쳐줘"라는 말은 수음을 뜻하는데, 소설은 화살표가 그려진 여자의 성기에 면도거품을 바르고 면도를 하는 장면을 담담하게 보여준다. 여자의 "차가워"와 면도기 소리인 "드르륵"이 반복된다. 다분히 위악적이고 도발적으로 느껴진다. 그러나 다시 한번 생각해 보면, 이것이야말로 90년대적 풍경이다. 가출한 여자애와 술집

삐기인 남자의 언행 속엔 이들만의 정서가 흐르고 있다. 거칠고 위악적이지만 따뜻한 정서가 깃들어 있다. 남자는 '민 애'를 못봤다는 구실을 달아 여자에게 "밀자"고 제안한다. 여자는 이를 수락한다. 단지, 그 조건으로 '나 안 만날 때 나를 생각하면서 세 번만 쳐달라'는 것이다. 여기서 문득 롤랑 바르트의 '글쓰기란 언제나 변태(perversion)'란 말이 떠오른다. 이 '변태'란 용어는 뒤짚음과 뒤틀림을 의미한다.

결국 작가는 가치전복적 상상력을 통해 90년대 소설의 비상구를 찾고 있는 셈이다. 그 동안의 소설은 너무 무거웠다. 그리고 단정했다.

> 날 형처럼 잘 돌봐주는 친구가 있지. 지금 군에 있어. 초소에서 여자랑 하고 싶다더군.
>
> 초소에서 한다구요? 어머, 그것 참 기발한 착상이군요. 당신도 군인이예요?
>
> 그럼 해주겠어?
>
> (중략)
>
> 은하도 숲으로 들어갔다. 잠시 후 남녀의 옷 벗는 소리가 들릴 듯 말 듯 들려왔다. 그리고 숨이 넘어갈 듯한 신음소리. 아마도 은하가 소년의 몸에 올라타고 쾌락을 향해 치닫고 있는 것 같았다. 그는 벌떡 자리에서 일어나 북쪽 아이의 목을 따버리고 싶다는 생각이 들었지만 끝까지 자리에 앉아 있었다.
>
> — 박청호, 「DMZ-通姦亂舞」, (『문학과 사회』, 1998년 여름호)

이 작품의 주인공은 휴가 나온 병사이다. 그는 은행을 털면서 만난 여자를 DMZ로 데려가 초소 안에서 동료병사와 정사를 나누게 한다. 그리고 북한군과도 정사를 나누게 한다. 한 작가가 바라보는 DMZ가 이제 이런 장소가 되고 만 것이다. 분단의 현장이 이렇게 탈바꿈된 것이다. 90년대 중반까지만 해도 타인이나 역사에게 부채의식을 가졌던 작가들이 서서히 이러한 부채의식에서 빠져나가는 현상이[8] 있었기에 가능한 일이었다.

이들 작가들은 아직 길 위에 있다. '리얼리즘'이란 문패를 내건 아버지의 집을 떠나 즐겁고 달콤한 반역의 꿈을 꾸고 있다. 이제 소설은 주체의 내재적 성숙을 표현하는 단계를 넘어서 소설 장르가 태어난 고향마저도 부정하고 뛰어넘어야 하는 경계선에 와 있다.[9]

90년대 작가들은 전통적 서사성의 고갈에 시달리는 작가들을 비웃는다. 이들은 여태 한번도 이름을 들어본 적이 없는 네덜란드 모텔로 여행을 떠났고, UFO의 계시에 따라 투명인간과 섹스를 하면서 무럭무럭 자라나고 있다. 또 저쪽에선 '박스바니'의 요청에 따라 거웃을 밀어버린 여자가 길가에 앉아 꿈을 팔고 그 꿈값으로 '집 없는 소년'들을 먹여 살리고 있다. 저 여행과 꿈이 바로 우리 소설의 가능성이다.

---

8) 조남현, 앞의 책, pp.21~22.
9) 백지연, 앞의 글, p.222.

되풀이로서의 삶, 그 비극성과 아이러니
— 하일지의 장편 「경마장 가는 길」 再論

1. 들어가는 말

하일지의 장편소설 『경마장 가는 길』(민음사, 1990)은 책의 출간과 함께 각종 신문과 잡지에 이례적으로 많은 논평들이 게재되었다. 무명의 신인작가가 일정한 데뷔 절차를 거치지 않고 곧바로 출판사에 의해 장편소설을 출간했다는 점에서 일단 매스컴의 눈길을 끌었고, 평론가들의 비평이 잇달아 발표되기 시작했다.

지금까지 발표된, 비평적 성격을 지닌 글은 모두 8편이다. 이들 평문들은 거의 '이 소설의 기법이 놀랍고 새롭고 충격적'이라는 점을 서두에 내세우고 있지만 논평의 내용에 있어서는 공통점이 거의 발견되지 않고 있다. 특히 이 작품의 주제와 문학적 성취를 밝히는 데 있어서는 상반된 평가를 보여 오고 있다.

이를테면, '중산층의 허위의식을 고발했다' (한기, 『서울신문』 1990년 12월 25일자)는 최초의 평문에서부터 '방법론적 새로움이 경이롭다'

(장석주, 『문화예술』 91년 1월호)란 지적을 거처 '인간관계의 불구성을 적나라하게 보여주었다' (우찬제, 『문학과 나』 91년 1월호)는 논평, 그리고 '진정한 의사소통의 부재를 드러내고 있다' (권오룡, 『세계일보』 91년 1월 29일자)는 평가가 그것이다. 여기다가 포스트 모더니즘과 관련지어 이 작품을 '외래문학의 박래품' (전영태, 『월간조선』 91년 1월호)이라고 비판한 평문이 발표되자 이를 둘러싸고 작가와 평론가 사이에 한 차례 지상논쟁(『한국일보』 90년 1월 21일자, 『한국일보』 1월 26일자)이 벌어졌다. 게다가 이 논쟁의 연장선상에서 평론가 남진우가 '객관적 인물 형상화와 사회비판에 결함을 지닌 결코 새롭지 않은 소설' (『시사저널』 90년 2월 14일자)이라는 내용의 평문을 발표했다.

이같은 상황들을 지켜보면서 필자는 우선 '어떻게 한 작품을 두고 해석과 평가가 이렇게도 다른가' 하는 점에 의구심을 가지게 되었다. 물론 하나의 작품에 대한 평가는 평자의 시각에 따라 얼마든지 달라질 수 있다. 게다가 텍스트 자체가 여러 해석이 가능하도록 짜여져 있을 가능성도 배제할 수 없다. 그런데 문제는 '하나의 텍스트를 보는 시각이 어떻게 이렇게도 상이한가' 하는 점이다. 여기에서 필자의 평문은 출발한다.

필자는 기존의 비평들이 이 작품을 너무 즉물적으로 대했으며 나무 몇 그루에 매달려 전체의 숲을 조망하지 못했다고 생각한다. 특히 이 소설의 주제와 연관지어 작품의 성취도를 밝혀내는 데 있어서 오류가 많았다고 본다. 그 개념조차 불분명한 이른바 '도덕적이고도 윤리적인 가치기준'에 의해 작품을 평가한 것이 아닌가 여겨진다. 이 논문은 앞으로 이런 점을 구체적으로 밝혀냄과 동시에 작품 자체에 대한 총체적인 분석을 시도해 보고자 한다. 텍스트가 가진 소설 기법 상의 특성과 의미구조를 유기적으로 파악해봄으로써 보다 구체적인 자리매김을 해보고자 하는 것이다.

2. 형식으로서의 소설

1) 낯설고 다양한 기법

하일지의 「경마장 가는 길」에 대한 평가가 엇갈리고 있는 것을 무엇보다도 이 소설이 '낯선 모습'으로 던져졌기 때문이다. 이 작품은 지금까지 발표된 종래의 소설과 비교했을 때, 여러 낯설고 특이한 점을 가지고 있다. 우선 소설의 형식에 있어서 실험적인 요소가 많아 독자와 평자들이 텍스트를 총체적인 의미구조, 즉 주제를 가려내는 데 혼선을 주고 있다고 여겨진다. 형식상의 특성들을 열거해 보면 다음과 같다.

첫째, 방대한 분량에 비해 스토리가 너무 간단하다. 둘째, 인물의 심리상태나 사물에 대한 설명을 가급적 피하고 객관적인 묘사로서 문장을 이어간다. 셋째, 대화를 통해서 사건을 전개시키고 인물의 성격들을 부각시켜 나간다. 넷째, 소설 속의 과거의 장면이 한번도 나타나지 않는다. 과거에 일어났던 사건은 인물의 대화를 통해 단편적으로 드러날 뿐, 지문으로 설명되지 않는다. 다섯째, 주요 인물의 이름에는 한국명이 없다. R, J, R의 아내, R의 아버지, R의 어머니 등 모두 영어의 이니셜로 되어있다. 조연격인 인물도 '가죽잠바 차림의 사나이' '뚱뚱한 남자' 등으로 지칭되어 있다. 여섯째, 작가가 주인공의 입을 빌어 자신의 소설론을 피력하기도 하고 작가가 소설속에 등장, 주인공과 대화를 나누기도 한다. 일곱째, 전체의 줄거리와 전혀 무관한 이야기, 즉 '소설 속의 소설'이 군데군데 끼워져 있다. 주인공이 소설속에서 「경마장 가는 길」이란 또 다른 소설의 문장을 기록해 나가는 행위가 바로 그것이다. 여덟째, 이 소설의 제목은 소설의 줄거리나 테마와 무관하다. 소설의 제목이 작품의 의미구조와 유기적인 관련없이 개별적으로 존재한다.

이 같은 형식상의 특성들은 텍스트의 의미구조를 파악하는 데 주요한 단서들이다. 이들 중 주요 항목들을 좀 더 자세히 살펴보자.

2) 방대한 분량, 간단한 스토리

이 소설은 200자 원고지로 모두 3400매, 책의 부피는 607쪽이다. 기존의 관례화된 단행본과 비교해 보면 두 권의 부피에 해당된다. 이에 비해 줄거리는 소설의 골격이 겨우 지탱될 정도로 간단하다. 기존의 여러 소설들처럼 복선이나 극단적 요소도 없고 클라이맥스도 발견되지 않는다. 단지 아래와 같은 기본 줄거리가 지루하게 이어진다.

주인공 R이 5년 반만에 프랑스 유학을 마치고 귀국한다. 공항에서 그는 프랑스에서 3년 반 동안 동거생활을 했던 J의 마중을 받는다. R은 귀국 첫날밤 서울의 여관에서 J에게 섹스를 요구하다 거절당하고 이튿날 가족들이 사는 대구로 내려간다. 거기서 가족과 아내를 만난다. 아내의 첫마디는 "왔어예"였고, R은 아내로부터 섹스를 요구받는다. R은 이를 거절한다. 이후 R은 4개월 반 동안 서울과 대구를 반복해서 오르내리면 J를 만나 식사를 하고 거의 매번 성교를 요구한다. R은 유성이나 대전, 부산, P시 등의 공간을 한두번씩 오가며 친구들을 만나기도 하지만 주로 서울과 대구를 왕복한다.

R은 강사 자리를 얻기 위해 교수들을 만나고 또 강의를 하기 위해 서울의 여관이나 친구 집에서 잠을 자기도 하지만 서울에 오면 매번 J를 전화로 불러내어 성교를 종용한다. J는 프랑스에서 R이 써준 논문으로 박사학위를 받고 또 그가 써준 논문으로 국내에 와서 문학평론가로 데뷔했다. 그런 이유에서인지 J는 R의 고압적인 태도를 참고 견디기도 하지만 성교

만은 한사코 거절한다. 그 이유는 "여기는 프랑스가 아니다"라는 것이다.

R은 아내와 성격상의 문제점을 들어 이혼을 요구한다. R의 아내는 처음 "절대로 안해조예"라고 말한다. 그리고 R의 집요한 요구에 "한 달만 생각할 시간을 달라" "닷새만 더 여유를 달라"는 등의 꼬리를 달면서 '이혼불가'의 입장을 끝까지 고수한다.

R의 아내는 친정으로 거처를 옮겨 R과 별거를 하게 된다. 마침내 R은 J와 성교를 한다. R은 J에게 결혼을 요구한다. 그러나 이 제의는 결렬되고 R은 J에게 자신이 다시 프랑스로 나가기 위한 자금조로 돈을 3천만원을 달라고 한다. 이 제의 또한 받아들여지지 않자 R은 J에게 "함께 프랑스로 가자"고 말한다. 이 제의 또한 받아들여지지 않자 R은 J의 부모를 만나 프랑스에서의 동거생활을 비롯한 그간의 모든 관계를 폭로하고 이를 소설로 쓰겠다고 말한다. J와 J의 가족은 이를 거절한다. R은 이같은 사실들을 소설로 쓰기 위해 대구를 떠난다. R은 노트에 이 소설의 맨 앞부분과 똑같은 문장을 적고 마지막으로「경마장 가는 길」이란 제목을 적는다.

소설은 이렇게 끝난다. 이 같은 스토리를 도덕적이고 윤리적인 시각으로 바라본다면 많은 논란거리가 담겨 있다. 특히 R의 J에 대한 집요한 섹스 요구와 R이 J에게 돈을 요구하는 행위, R의 J와 아내에 대한 고압적인 자세, R의 한국과 한국인에 대한 경멸 어린 태도 등이 그것이다.

이 문제는 앞으로 서서히 살펴보기로 하고 우선 여기에 논급하고자 하는 것은 '왜 이토록 간단한 스토리를 가지고 방대한 분량의 소설을 만들었느냐냐'는 점이다. 그것도 시시껄렁하다고 표현해도 될 만큼 지루한 일상의 이야기이다. 이미 장석주가 지적한대로 '비범하고, 기구하고, 예사롭지 않은 사건들을 지워내고 난 다음 작가는 그 자리에 반복되는 나날의 삶이 새롭지 않고, 속되고, 평이한 인간들의 심리적 현상들을 빼곡하게 채우고 있는' 것이다. 여기엔 작가의 소설론이 깔려있다.

> 나는 이 서울이야말로 송두리째 하나의 소설이란 생각이 들어. (「경마장 가는 길」 본문 p.218.)
> 현실을 있는 그대로 재현하기만 하면 대부분의 경우 상당한 미적 가치를 갖는다고 나는 믿는다. (작가의 말, p.604.)

이미 작가가 밝혀 놓은 대로 작가는 현실을 있는 그대로 그리려는 셈인데, 여기서 요구되는 기법이 바로 철저한 묘사이다. 인물이나 사물을 그려 가는데 가능한 한 설명투의 문장을 배제하고 철저한 묘사로서 소설을 이끌어 가고자 하는 것이다. 특히 등장인물의 심리상태를 나타낼 때는 더욱 철저하게 객관성을 유지하려고 하고 있다. 이 같은 객관성의 자세, 이는 이 소설의 두 번째 주요한 특징이자 작가의 세계관이 걸려 있다.

3) 현상학적 판단중지

> 그녀는 자존심이 상한 듯, 혹은 화가 난 듯했으나(본문, p.11.)
> 전혀 이해가 되지 않는다는 듯한 표정과 어투였다.(본문, p.12.)
> J는 약간 화가 난다는 어투였다. (본문, p.16.)
> 그녀는 다소 도전적인 태도였다.(본문, p.17.)

본문의 어느 갈피를 펼쳐도 쉽게 발견되는 이 같은 문장으로 작가는 인물의 심리상태를 간접적으로 표출하고 있다. 인물의 표정과 말투에만 의존하고 있는 記述 방법이 다양하지 못하다는 약점을 지니고 있기는 하지만 작가는 가능한 한 카메라의 눈으로 인물과 사물을 관찰하고 이를 그대로 模寫하려는 태도를 견지하고 있다. 이는 곧 작가가 '현상학적 판단중지'(Phanomenogische Epoke)로 세계를 보는 상태이다.

그렇다면 작가는 왜 세계를 '사실 그 자체'로만 보려 드는 것일까. 이 작가에 있어서 세계란 어떤 존재이기 때문일까. 바로, 인간의 감각이나 언어로 단정할 수 없는 '불가해한 것'이기 때문이다. 인간은 세계의 속성을 무수히 파악해 보려 들지만 '세계는 의미심장한 것도 부조리한 것도 아니다. 세계는 다만 존재할 뿐이다. 우리들 주위에서 우리들이 적당히 꾸며서 생명을 불어넣고자 시도해보는 도구인 모든 형용사들의 떼거리쯤은 아랑곳하지 않고 사람들은 그냥 저기에 있을 뿐'이라는 알랭 로브그리예의 세계관에 작가가 동의하고 있는 것이다.

실존주의 작가들은 2차대전 이후 허물어진 인간의 모습을 회복하여 그 얼굴에 긍지와 존엄성을 부여하려는 '휴머니즘'의 가치를 들고 인간을 위한 '모럴'을 제시하려 들었지만, 또 그것이 작금의 세계 문학과 국내 문단에도 지대한 영향을 미쳤지만 이 소설의 작가는 이 같은 세계인식과 소설론에 '동의할 수 없다'는 태도를 내세우고 있다. 즉, 알베르 카뮈를 비롯한 실존주의 작가들이 세계를 '부조리한 것'으로 파악한 데 비해 세계를 '불가해한 것'으로 파악했던 누보로 망 작가들의 세계관에 동의하고 있다고 보여진다.

따라서 작가는 인물이나 사물에 대해 주석을 가하는 설명투의 문장을 배제하고 있는 게 아닐까. 무엇을 설명하려 든다면 거기엔 필연적으로 작가의 주관이 개입될 것이다. 기존의 국내 소설에서도 묘사체의 문장이 많이 쓰이고 있으나 근본적으로 이 같은 세계인식을 바탕으로 소설이 축조된 사례는 드물다.

이러한 記述 방법은 또 독자의 심리적 반응을 유발시키는 고도의 테크닉으로 유용하게 사용된다. 그러니까, 작가가 인물의 심리상태를 설명해 버리면 독자에겐 상상의 공간이 주어지지 않을 뿐 아니라 그 심리상태를 구체적으로 느낄 수 없게 된다는 것이다. 다시 말해, 독자의 심리상태가 진행되기에 앞서 작가가 먼저 소설 속에서 울거나 웃어 버리면 독자의 정신활동은 그 자리에서 정지되고 만다.

기실, 그 동안의 한국 작가들은 독자에게 심리적 파동을 안겨주기는커녕 그 얼마나 신파조처럼 울고 웃어왔던가. 전통적인 소설은 독자가 작가 한 사람의 윤리나 사상을 수동적으로 따라가면서 만족하는 차원에 그쳤으나 누보로망 이후의 독자들은 능동적이면서도 창조적인 자세로 작품에 직접 참여하는 자유를 누리게 되었는데, 이 소설은 그러한 효과를 겨냥하고 있다.

이 소설의 이 같은 창작방법론은 사건을 전개시키는 데도 독특한 방식을 취하는데, 바로 대화에 의존하고 있는 스타일이 그것이다.

4) 대화, 그 출구 없는 통로

이 소설은 한편의 연극, 또는 영화를 연상시키리만큼 시종 대화를 통해 사건을 전개시키고 인물의 성격도 부각시켜 나간다. 가끔씩 간접화법이 쓰이기도 하지만 주로 현재형의 직접화법을 사용한다. 시인 이문재는 이 소설을 '거대한 대화록'이라고 지칭하면서 '이 대화록이 충격적인 까닭은 결과적으로 대화가 전혀 가능하지 않다는 데 있다'(『시사저널』 91년 1월 17일자)고 지적했다. 이러한 지적처럼 이 작품은 처음부터 끝까지 갈등의 구조로 짜여 있다. 그 매듭은 한사코 풀리지 않는다. 주요 인물들이 '서로 말을 주고받는다'는 점에선 대화라고 볼 수 있지만 사실상 이들의 말은 '독백'이나 '방백'이다. 항상 하나씩의 모티프가 제시되고 이것이 수시로 변주되는데, 그 대화는 항상 正과 反의 상태로 이어진다. 가령, R이 J에게 성교를 요구하면 J는 거절한다. R이 아내에게 이혼을 요구해도 마찬가지다. 이런 正과 反은 가까스로 合에 이르기도 하지만, 이 合은 또 正과 反을 낳고 끝끝내 '합일'에 이르지 못한다.

소설이 끝날 때까지 '합일'의 사태가 지속되는 것은 가족관계뿐이다. 그러니까, 엑스트라로 등장하는 3개의 가족단위(R의 가족, J의 가족, R의 아내의 가족)는 끝까지 '합의 유니트'를 유지한다.

주요 인물들은 끝끝내 합일에 이르지 못하지만 끈질긴 대화를 통해 그 어떤 '출구'를 찾으려 든다. 특히, 주인공 R은 미로 같은 현실 속에서 그의 아내나 J와의 관계를 통해 새로운 미래를 열기 위한 출구를 찾으려 든다. 그러나 이 소설은 H.G 윌스의 장편소설 『시간의 정복』에서처럼 '출구도 없고 回路도 없으며 뚫고 나갈 길도 없'는 상태로만 이어진다. 이는 서로가 전화에다 대고 자신만의 얘기를 쏟아붓거나 이미 상대방이 전화기를 놓아 버렸지만 계속 혼자 지껄이는 모습과 유사하다.

그럼에도 불구하고 인물들의 대화는 끊임없이 되풀이되고 동일한 모티프의 사건들은 형태만 조금씩 바뀐 채 줄곧 변주되어 나간다. 여기에 이 텍스트의 의미구조가 있다.

3. 의미구조로서의 소설

1) 되풀이로서의 삶, 그 비극성

이 소설은 하나의 주제를 향하여 모든 사건들이 통일성 있게 집약되어 있지는 않다. 작가는 일단 1989년이란 '시간'과 서울 또는 몇 개의 도시를 '공간'으로 설정했다. 그리고 그러한 배경을 바탕으로 존재하는 '삶의 그 어떤 모습'을 구체적으로 그려 보이고 있다. 그렇다면 작가는 '삶의 그 어떤 모습'을 독자 앞에 펼쳐 보이고자 한 것일까.

이 소설의 대화를 이끌어가는 두 개의 중심축은 '이혼'과 '성교'이다. 즉, ① '이혼하자' (R)와 ② '안된다, 이혼을 해줄 수 없다' (R의 아내)는 게 하나의 축을 이루고 ③ '성교를 하자' (R)와 ④ '안된다, 성교에 응할 수 없다' (J)가 또 하나의 축을 이루고 있다. 등장인물들은 저마다 나름대로의 이유를 들어 ①②③④를 줄곧 반복하지만 좀처럼 합일점을 찾지 못한다. ③④의 경우는 열차의 레일처럼 도중에 몇 번씩 교차되기도 하지만 끝내는 합일점에 이르지 못하고 황폐한 고립의 평행선으로 아득히 멀어져 간다.

이 같은 반복 속에 포착되는 주요한 사실은 그때 그때의 상황이 언제나 비슷하다는 것이다. 소설의 앞부분에 나타난 장면이 또 다시 반복되고, 그리하여 그 상황만 봐서는 소설의 전반부인지 후반부인지 분간할 수 없을 정도다. 가령, R이 J에게 성교를 요구하는 횟수를 세어보면 모두 12회이다. 또 R은 모두 12회에 걸쳐 아내에게 이혼을 요구한다. 그러나 R의 아내는 "절대로 이혼 안해조예"란 입장을 끝까지 고수한다. R의 아내는 "아이는 어떡하고" "한 달만 여유를 달라" "여유를 닷새만 더 달라" "나도 유학갔다 와서 결정하겠다"는 등

의 말을 반복한다. R과 R의 아내, 이들의 이혼문제는 R의 부모에게
까지 번져 R이 자신의 부모를 통해 아내의 "이혼 안해조예"란 말을
7번이나 듣는다.

그리고 말하기를 R이 없는 사이에 R의 아내가 R의 아버지와 어머니가
있는 방으로 와 어떻게 하면 좋겠느냐고 묻더라고 했다. 그래서 R의 아버
지와 어머니는 이혼문제에 관한 한 R과 상의할 일이라고 했다고 했다. 그
러자 R의 아내는 왜 R의 아버지와 어머니는 아들이 그렇게 버릇없이 이
혼을 하겠다고 하는데도 말리지 않느냐고 항의를 했다고 했다. 그래서 R
의 아버지와 어머니는 그동안 무수히 말렸지만 안되는 것을 어떻게 하느
냐고 했다고 했다. 그러자 R의 아내는 자신은 절대 이혼을 안해주며 자기
도 유학을 보내주면 한 오 년쯤 나가 있다가 돌아와서 생각해 보고 그때
서야 이혼을 해주든지 어떻게 하든지 할 것이라고 했다고 했다. 그래서 R
의 아버지와 어머니는 이혼을 하든 말든 그들에게는 상관없는 일이니 그
들에게 와서 이혼을 안하겠다고 말할 건 없지 않느냐고 했다고 했다.(본
문, pp.246~247.)

그리고 말하기를 R이 없는 사이에 R의 아내가 R의 아버지와 어머니가
있는 방으로와 어떻게 하면 좋겠느냐고 했다고 했다. 그래서 R의 아버지
와 어머니는 이혼문제에 관한 한 R과 상의할 일이라고 했다고 했다. 그러
자 R의 아내는 왜 R의 아버지와 어머니는 아들이 저 나이가 됐는데도 살
림을 내보내지 않느냐고 했다고 한다. (중략) 그러자 R의 아내는 자신은
절대 이혼을 안해 주며, 자기도 유학을 보내주면 한 오년 쯤 나가 있다가
돌아와서 생각해보고 이혼을 하든지 말든지 하겠다고 했다고 했다. 그래
서 R의 아버지와 어머니는 이혼을 하든지 말든지 우선 그들이 이혼을 하
라고 아들에게 명령했던 것이 아니니 그들에게 와서 이혼을 안하겠다는

말을 할 필요는 없다고 했다고 했다. (본문, pp.280~281.)

이처럼 문장까지 비슷한 반복의 상황은 소설의 서두부터 곳곳이 깔려있다. R이 귀국하여 대구에 도착한 날, R의 아내가 했던 첫 인 삿말 "왔어예"는 그 뒤에도 R이 대구로 돌아올 때마다 반복되는데, 모두 5회이다. 그리고 R의 아내는 거의 매번 부엌에서 설거지를 하 고 아이들에게 동화책을 읽어주는데, 책을 읽어주는 장면이 열 번이 나 되풀이된다. 또 R은 대부 본가에서 잠을 깰 때마다 똑같은 노래 를 듣게 되는데, 모두 다섯 번이나 「대구의 찬가」를 듣는 것으로 나 타나 있다. 그리고 R은 서울을 비롯 몇 개의 도시를 오가며 식당에 서 혼자 식사를 할 때마다 매번 육개장을 시켜 먹는데, 그 횟수는 헤 아릴 수 없을 정도이다. 뿐만 아니라, R은 서울에 올 때마다 거의 '한성장'에 투숙한다.

실로 끔찍한 일이다. 다음 장면에선 무엇인가 달라지리라는 독자 의 예상은 끊임없이 붕괴된다. 독자로서도 지칠 노릇이다. 그러나 소 설은, 앞뒤를 분간할 수 없는 상황은 계속된다.

이것이 바로 이 소설이 보여주는 비극이다. 인간 삶의 비극이란 바 로 이같은 되풀이에 있는 것이 아닐까. 이같은 되풀이는 모래시계에 서 모래가 흘러내리듯 생명의 시간들을 소리없이 붕괴시키는 행위 다.

이처럼 하일지의 「경마장 가는 길」은 '출구없는 방'에 갇힌 '피의 외로운 순환'을 보여주고 있다. 결국 이 소설은 주인공 R이 비극적 순환의 고리를 끝끝내 벗어날 수 없음을 보여주되, 극적 구조 대신 되풀이되는 상황을 독자에게 던져주고 있다. 이를 통해 독자들이 직 접 인간 존재의 비극성을 느끼도록 하기 위해서다.

2) 되풀이로서의 삶, 그 아이러니

이것은 또한 아이러니다. 끝없이 되풀이되는 일상들을 가까이서 보면 비극이지만 일정한 거리를 두고 바라보면 너무나 아이러니컬한 동작들이다. 세상살이의 기대치가 항상 무너지고 있음에도 불구하고 삶은 연극배우처럼 매양 같은 동작만을 반복하고 있는, 그러한 아이러니다.

아이러니의 개념을 C. 브룩스가 분류한 대로 '상황적 또는 극적 아이러니'(사건의 아이러니)와 '언어 또는 표현으로서의 아이러니'(표현의 아이러니)로 구분해볼 때, 이 소설은 연속해서 '사건의 아이러니'를 낳고 있다. 그 어떤 장면을 펼쳐봐도 항상 대립적 요소가 존재하고, 당연히 예상되던 상황이 자꾸만 어긋나기 때문이다.

루카치가 말했던가. 소설의 본질은 아이러니에 있으며 아이러니 때문에 소설을 현대의 대표적인 예술형식으로 부른다고. 이 소설의 미학적 가치는 바로 이런 아이러니에 있다. 다시 말해, 「경마장 가는 길」은 독자들에게 인간 삶의 비극성과 아이러니를 보여주되, 섣부른 단정이 아닌 '지금 여기서'란 소설 기술의 방법론을 통해 인간 삶의 비극성과 아이러니를 몸서리쳐지도록 그려 놓았다.

루카치는 또 이런 말을 했다. 서사시가 그 자체로 완결된 삶의 총체성을 형상화한다면 소설은 작품을 형상화하면서 숨겨진 삶의 총체성을 찾아내어 이를 구성한다고. 여기에 비춰볼 때, 이 소설은 '인간 삶의 속성'을 고리처럼 이어지는 상황을 통해 드러내고 있다. 결국 이 소설은 '인간 삶의 속성'을 발굴해내고 재구성하는 작업이었던 셈인데, 그 관념의 형상화가 작가의 독특한 창작방법론에 의해 효과적으로 이뤄지고 있다. 따라서 이 소설을 '관념소설'로 볼 수도 것이다.

3) 순환의 구조

이같은 시각으로 이 소설을 살펴본 결과, 필자는 『경마장 가는 길』의 344쪽쯤에서 소설을 끝내 버렸어야 했다고 생각한다. 왜냐하면 반복의 패턴들이 344쪽 이후부턴 갑자기 헝클어지고 사건이 전혀 다른 국면으로 접어들기 때문이다. 본문 344쪽에 이르면 R이 귀국 첫날부터 10번이나 J에게 섹스를 요구한 끝에 마침내 성교를 하게 된다. 여기에 앞서 소설을 끝내게 되면 J와 단 한번의 성교도 이뤄지지 않게 되고 아내와의 이혼도 여전히 보류상태가 되는데, 이런 상황 속에서 소설을 맨 앞부분과 유사하게 돌려 버리면 그야말로 '순환'이 되는게 아닐까. 그렇게 되면 이 소설은 되풀이의 완벽한 형태, 다시 말해 빈틈없는 순환의 구조를 가지게 된다. 모든 사건들이 영원한 되풀이되는 '미완의 고리'로 남게 되는 것이다.

물론 344쪽 이후에도 몇가지 반복의 패턴이 수레바퀴처럼 굴러간다. 그리고 작가가 의도적으로 '순환의 구조'를 만들어 놓는다. 주인공 R이 그간 자신이 겪었던 사실을 소설로 쓰겠다고 결정한 뒤 노트에다 주인공 이름만 R에서 K로 바꾼 채 이 소설의 첫머리와 똑같은 문장을 적고 마지막으로 이미 씌어진 소설의 제목인 「경마장 가는 길」을 적는 행위가 그것이다. 이를 두고 문학평론가 권오룡은 '소설이 포괄할 수 있는 리얼리티의 폭을 혁신적으로 배가시켰다'라고 말했는데, 작가의 의도가 너무도 쉽게 노출되는 소설적 장치가 아닌가 여겨진다. 물론 작가는 수시로 소설 본문 가운데 또 다른 소설인 경마장에 관한 문장들을 적어나가고 있다. 이 부분들은 작가가 주인공 사이를 오가는 긴요한 '통신수단'이며 작가가 글을 써나가기 위한 '화두'이다. 또 주인공 R의 절망적인 심리상태를 파악하는 결정적인 단서가 되며 '출구 없는 방'에 갇힌 R이 유일하게 바라볼 수 있는 창일 뿐 아니라 이 텍스트의 흥미로운 특이점으로 지적될 수 있으나 스토리 텔링의 차원에서 순환의 궤적을 갖추려면 후반부의 사건전개가 부적절하다는 것이다.

소설의 후반부에 이르면 R이 J에게 돈을 요구하고, 결혼을 제의하고, 함께 프랑스로 떠나자고 제안한다. 이런 요청들이 결렬되자 R이 J의 부모를 만나 J와의 관계를 폭로하고 그간의 사실을 소설로 쓰겠다고 말한다. 이어 J의 부모가 R의 부모를 만나고, 돈이 오간다. 그 와중에서 R은 뚜우 뚜우 뚜우 발신음만 울리는 전화를 무려 32회 이상 걸었으나 끝내 J와의 관계는 파국으로 끝나고, R은 소설을 쓰기 위해 대구를 떠난다.

이같은 종결로 인해 통일되고도 단일한 인상으로서의 주제가 무너진 것이다. 이에 따라 이 작품은 여러 평론가에 의해 갖가지의 상이한 주제를 짚어내도록 만들었다. 어쩌면 그런 각도에서의 해석도 가능하리라. 그러나 평자에 따라선 '콩을 팥이라고 지칭해 놓고 팥이니까 탐탁치 않다'는 식의 평가를 한 경우도 있었다.

4. 기존의 비평에 대한 견해

1) 인간관계의 불구성

문학평론가 우찬제는 이 소설의 주제를 '인간관계의 불구성과 그 비극성'이라고 보았다. 그리고 그는 '귀향의 모티프'를 골간으로 하여 '현대성의 징후'를 일단 성공적으로 포착하고 있으며 '자아의 상실, 주체의 위기, 익명의 가짜 삶, 내용보다는 포장이나 상표에 의해서 결정되는 타락한 교환관계' 등을 꼼꼼하게 짚어냈다고 평가했다.

소설의 후반부에 이르러 주요 인물들이 황폐해 질대로 황폐해진 모습으로 파국을 맞게 되기 때문에 이같은 해석이 더욱 가능해졌다고 여겨지는데, 여기서 필자는 작가가 인간관계를 중심으로 소설을 이끌어간 것은 사실이지만 현대성의 징후를 짚어내는 데 초점을 맞추지는 않았다고 생각한다. 단지, 작가는 주인공 R의 시선으로서 한국 사회의 여러 단면들을 서치라이트처럼 비춰가고 있을 뿐이다. 작가는 '지금 여기서'란 기술상의 원칙에 의거해 주위의 모습들을 닥치는대로 模寫하고 있기 때문에 현대성의 징후들이 부수적으로 노출된 것으로 보인다.

게다가 작가에게 있어서 삶이란 '그 원인도 결과도 그리고 의미도 알 수 없는 것들'(본문, p.218.)이며 '허구의 세계'(본문, p.218.)에 불과하다. 작가는 그러한 원인 불명의 모습들을 관찰하고 있을 뿐, 굳이 그 어떤 의미를 부각시키려 들지는 않았다고 여겨진다.

허지만 작가는 주인공을 통해 소설 곳곳에서 한국과 한국 사회에 대한 비판적 발언을 행한다. 이런 부분들은 이 소설의 약점이다 현실을 '있는 그대로' 재현한다는 기술상의 원칙에 어긋날 뿐만 아니라 주제를 약화시키고 있다. 작가가 안해도 될 말을 중얼거렸다는 뜻이다. 5년 반 만에 귀국한 주인공 R의 시선을 통해 관찰되는 한국 사회는 일상의 독자들에게 일상에 마비된 감각을 일깨워 소설을 보다 흥미롭게 읽게 하는 데 어느 정도 기여하고 있으며, 또 주인공의 처지와 심리상태로 볼 때 충분하게 납득이 가는 행위로 여겨진다. 그러나 한국사회에 대한 관찰이 피상적이고 한국 사회에 대한 불만을 너무 노출시켰다는 것이다. 이것은 이 소설의 약점이자 평론가들의 오독을 유발시킨 원인이 된다.

2) 중산층의 허위의식

문학평론가 한기는 이 작품을 대상으로 두 번의 평문을 쓰는데, 두 번째 평문(『문학정신』, 91년 2월호)은 '한국 소설의 새로운 방법적 차원을 개척했다'고 기법면을 높이 평가하면서도 내용면에 있어서는 비판을 가했다. 이 작품을 염상섭의 「만세전」과 대비하면서 '중산층의 허위의식을 비판한 빈곤한 주제'였다고 비판했다. '중산층의 허위의식을 비판한 작품'이란 근거로 그는 텍스트의 433쪽과 434쪽을 예시했다. 그 예문을 이렇게 시작된다.

한국에서 만족해하며 산다는 것은 무엇인가? (중략) 한국의 소위 중산층이라고 하는 사람들이 느끼는 행복의 진수는 무엇인가? (중략) 그들은 삼십 평, 사십 평, 혹은 오십 평짜리 공간 하나를 가지고 있다는 사실을 대단한 긍지로 생각하고 있는 것 같애.(중략)

그러니 나는 이땅에서 무엇을 위해 살아야 하나? 나도 언젠가는 삼십 평 또는 사십 평짜리 공간을 소유할 수 있을지도 모른다는 희망 때문에 살아야 하는가?

이 부분은 주인공 R의 발언이다. 주인공이 행하는 이같은 발언과 '중산층'으로 분류될 수 수 있는 J와 J의 가족에 대한 주인공의 공격적인 태도 등에서 평자는 '중산층의 허위의식'을 거론한 것으로 보이는데, 이 부분들 역시 R의 시각 또는 의식이 그물망에 잡힌 한국사회의 한 단면일 뿐이라고 필자는 생각한다. 게다가 주인공은 조악한 자신의 환경으로 인해 은연중에 중산층에 대한 비판적인 자세를 취하는데, 그것이 이 소설의 전체 테마를 가름한다고 보기는 어렵다. 그리고 소설 안에 중산층의 삶, 그 패턴이 구체적으로 그려져 있지도 않다.

그럼에도 불구하고 평자는 이 소설의 주제를 위와 같이 단정하고 '닳고 닳은 소설적 주제'라고 평가했다. 그리고 이 소설의 중산층 문제라는 '빈곤한 주제'에 그치고 만 원인을 특이하게도 작가의 소설 집필 동기에서 찾고 있다. 작가가 '개인적 원한' 때문에 이 소설을 썼으며 '그 원한에의 몰입은 작품을 사사화, 주제를 빈곤케 했다'는 논지였다. 이어서 그는 '전기적 성격이 초래한 예술적 결과는 추악한 사사화라는 치명적인 예술적 흠을 노출했다'고 말했다.

여기서 필자는 설령 작가가 개인적 '원한'을 지닌 실제 모델을 두고 작품을 썼다고 해도 그것은 어디까지나 텍스트 이외의 문제라고 생각한다. 평문에서 논급할 수 있는 성질의 것으로 보기 어렵다는 얘기다. 또 이 평자는 '전기적 성격에 대해서 우리가 윤리적으로 책잡을 필요는 추호도 없는 것이지만, 그것이 초래한 예술적 결과에 대해서는 문제삼을 수 있다'고 전제하고 '그것이 곧 추악한 사사화'라고 말했는데 이 작품이 '전기적 성격'에 의해 '추악한 사사화'에 떨어지고 말았다는 비평적인 근거는 한마디도 제시되어 있지 않다. 당혹스럽고도 의아스런 평문이라 여겨진다.

그리고 이 평자는 결론삼아 '이 작품이 원한의 추구가 아니라 새로운 모럴의 제시 쪽으로 나아갔더라면 그때 정녕 이 작품은 위대한 작품으로 기록되었으리라'고 지적했는데, 여기서 필자는 '모럴'이라는 용어를 주목하면서 이를 다른 평자들의 견해와 함께 묶어서 언급하고자 한다.

3) 주인공의 성격

이 소설의 주인공, R의 성격과 태도를 두고 많은 논란이 벌어졌다.

R의 행위들을 두고 '진실의 담지자' (장석주)나 '진리의 담지자' (남진우)라고 말하는가 하면 '전정성을 상실한 인물' (우찬제)로 이야기하기도 한다. 이와 함께 '비윤리적 가르침의 한 전형' (전영태)으로도 말해지고 있다. 일부 평론가들이긴 하지만 여기엔 국내의 문학평론계가 안고 있는 흥미롭고 주요한 시각들이 담겨져 있다.

먼저, 평론가 남진우의 비평을 살펴보자. 그는 '등장인물의 상호관계를 검토해 볼 때 우리의 R이라는 인물이 그렇게 옹호될 수만 있는 인물이 아니다'라고 말했다. 그리고 'R이 과연 아내나 J에 비해 도덕적 우위를 주장할 수 있을 만큼 처신했느냐 하는 점도 문제려니와, 귀국 첫날밤을 호텔이 아닌 장급 여관에 묵게 한 사실에 대해 분노한' 점 등을 들어 'R 역시 철저히 물화된 의식의 소유자이며 극도로 이기적인 인물'이라고 꼬집는 한편 이를 작품을 비판하는 예로 들었다.

여기서 필자는 'R이 옹호될 수 있는 인물이다, 또는 아니다'를 판별하기에 앞서 '소설에서의 인물이란 반드시 옹호될 수 있는 인물로만 그려져야 바람직한 것'이며 '소설의 인물은 항상 도덕적 우위를 지켜야 하는 것인가' 하는 의구심을 떨쳐 버릴 수 없다. 극단적으로 말해 소설의 인물은 장급여관에 투숙게 했다고 분노해선 아니 되는 것이며 극도로 이기적인 인물로 그려서도 안 된다는 말일까. 필자는 소설 속의 인물이 '극도의 이기적인 인물' 이든 그야말로 '도덕적 우위'를 지켜가는 인물이든 처음부터 끝까지 일관된 성격의 리얼리티만 살아 있다면 소설로서의 미학적 가치를 지닌다고 생각한다.

5. 맺는말

　본론 2, 3에서 살펴본 대로 이 작품은 결국 작가가 그의 소설론을 테스트해 본 실험장이다. 그리고 1989년의 서울과 몇 개의 도시를 무대로 한 관념소설이다. 작가 특유의 소설적 장치와 트릭을 이용해서 '되풀이로서의 삶, 그 비극성과 그 아이러니'를 독자에게 보여주었기 때문이다. 특히 '지금 여기에서'라는 소설 기술의 방법론을 통해 남루하고 지루하고 파편화된 우리 삶의 모습을 여실히 보여주었다. 이를테면, 'R이 J를 2시간 동안 지루하게 기다렸다'라고 표현하는 대신 2시간 동안 겪게 되는 일들을 꼼꼼하게 그려넣음으로써 실제로 독자들이 몸을 뒤틀고 하품을 하도록 만든다. 책갈피 속의 다방이나 거리, TV에 방영되는 연속극 또는 광고 장면 앞에서.

　이 같은 소설 기술의 방법에는 누보로망의 영향이 강하게 깔려 있고 카프카적 요소도 배제할 수 없다. 우선, 특정 사물에 대한 집요한 묘사와 주요 인물들의 이름을 외국어의 이니셜로 표기하고 있다는 점이 그러하고 — 평자들은 이를 두고 '현대사회의 익명성, 또는 탈인물의 징후'를 암시적으로 보여준다고 지적했는데, 필자는 반드시 그런 의도에서 이니셜을 사용되었다고 생각지는 않는다. 家門의 의미가 사라져 버린 현대사회이기 때문에 굳이 성명을 밝힐 필요가 없긴 하지만, 그것보다도 등장인물에게 성명을 주어버리면 그 어감으로 인해 주인공의 성격이 암시되고 따라서 그 인물이 사건 속에서 활기차게 움직이면서 성격을 부여받는 데 장애가 오기 때문에 작가가 이니셜을 사용했다고 본다. 이들 외국어로 된 이니셜은 독자에게 등장인물들을 낯설게 하고 또 한국사회를 관찰시키는 데 상당한 효과를 준다. 그런 점에선 이니셜 사용이 소설의 기술적 장치로서 적절했다고 여겨지지만 무특성한 한국이름을 사용했다 할지라도 주제를 살려 나가는데 아무런 장애가 없었다고 생각한다. 따라서 필자는 굳이 외국어를 차용할 필요가 없었다고 본다.—카프카의 「城」과 같이 '경마장' 또한 끝내 다다를 수 없는, 그러나 주인공의 의식 속에서는 항상 살아서 움직이는 '화두'와 같은 구실을 하고 있다는 점이 그러하다. 이와 함께 가능한 한 인물이나 사건의 인과관계를 설명하지 않으려는 태도가 그러하다. F.카프카가 소설의 핵심을 이루는 사건의 인과관계를 '원인도 결과도 알 수 없는 신비'로 처리해 버린 것처럼.

이와 함께 작가가 인물들의 대화를 계속해서 '正'과 '反'으로 뒤집어 나가는 스타일은 도스토예프스키에서 그 전형을 찾을 수 있다. 그리고 작가가 이 소설에서 간접화법을 구사할 때, 반드시 인과관계로 말을 이어가는 것은 피터 한트케의 소설, 특히 '페널티킥 선상에 선 골 키퍼의 불안'에서 그 독특한 사례를 발견할 수 있다.

이 같은 작가들로부터 하일지가 어느 정도 영향을 받았을지 알 수 없으나 필자는 이런 점들이 작가에게 약점으로 작용한다고 생각지 않는다. 왜냐하면 위의 여러 작가들이 가진 소설론이 신인 하일지에게서 상당히 변용된 상태로 나타나고 있기 때문이다. 그 한 예로서 과거의 장면이 한 번도 소설의 지문으로 나타나지 않는 특성을 짚어 볼 때, 누보로망의 소설에서는 아예 과거가 존재하지 않는다. 거울에 비친 물상들처럼 항상 현재만이 나타날 뿐이다.

이 소설의 약점은 대화체가 어색하고, J가 R에게 줄곧 '선생님'이라고 부르는 이유가 불분명하며, 등장인물에 대한 균형적 시각의 분배가 아쉽다. 또 R이 '메흐드' '셀라비' 등의 불어를 수시로 사용하는데, 굳이 그 말을 사용해야 할 당위성을 찾기 어렵다. 그리고 R의 대구 본가 세간아 서울 술집의 다락방, 그리고 섹스 장면이 지리하리만큼 정밀하게 묘사되고 있는데, 인간관계 중심의 사건 전개에는 걸림돌이 된다.

이제, 작가 하일지에게 요구되는 과제는 무엇보다도 여러 문학적 테크닉과 이론들을 육화시켜야 한다는 점이다. 앞으로도 이런 스타일로, 현실을 있는 그대로 옮겨 놓은 듯한 소설 기법으로 과연 소재의 영역을 어느 정도 확대시켜나갈 수 있을 것인지 짚어봐야 할 것으로 보인다. 그리고 부분적으로 단어 선택이나 문장이 정밀하지 못한 약점들을 보완해 나간다면 독특한 스타일리스트이자 리얼리스트가 되리라고 믿는다. 주인공 R이 아웃사이더였던 것처럼 작가 또한 아웃사이더의 눈으로 이 사회와 인간의 실존을 관찰해 편향적 시각의 폐쇄회로에 갇힌 한국문단의 진정한 테러리스트가 되길 빈다.

끝으로 필자는 「경마장 가는 길」이 갖가지 논란을 불러일으킨 만큼 국내 소설의 다양성에 커다란 기여를 했다고 생각한다. 1990년대에 이르러 새삼 소설 기술상의 방법론의 중요성을 일깨웠으며 그 문학적 성과는 앞으로 발표될 '경마장' 시리즈와 함께 더욱 면밀하게 논의되고 자리 매김 또한 이뤄질 것으로 보여진다.

한국 현대시의 설화 수용, 그 의의와 성과
— 『시의 탄생, 설화의 재생』 補論[1]

1. 시인별 성과

1910년대 서구 문예사조의 유입과 더불어 시작된 한국 현대시는 설화를 시의 소재나 모티프로 수용한 시인들을 꾸준히 배출해왔다. 이들 시인들은 주로 『三國遺事』와 『春香傳』을 선행 텍스트로 삼아 '상호 의식적인 교류'를 행했다. 설화는 말해지는 것이면서 동시에 말하는 것이다. 시인이 서사구조의 틀을 지닌 설화에서 '서정적 충동'을 받았다는 것은 '텍스트의 의미는 상대적이며, 또 그것은 영원히 불확정적일 수밖에 없다'[2]는 것을 말해 준다.

'서정적 충동'은 '심리적 투영'을 거쳐 새로운 텍스트로 태어난다.

---

1) 필자는 한국 현대시의 설화 수용 양상을 통시적으로 살핀 논문집 『시의 탄생, 설화의 재생』(2002년, 청동거울)을 출간한 바 있는데, 설화를 수용한 텍스트가 한국시문학사나 각 시인에게 주는 의의와 성과를 짚어내지 못했다. 이 글은 『시의 탄생, 설화의 재생』의 補論이다.
2) 송효섭, 「서사학의 문화기호학」, 『설화의 기호학』, 민음사, 1999, p.14.

'심리적 투영'이란 시적 오브제, 즉 객관적 대상물에 비유나 풍자, 또는 상징을 가미하는 행위를 말한다. 시인들은 다양한 방법으로 설화에 담긴 한국인의 근원적인 의식구조와 상상력의 원형질을 탐색하고자 했다. 설화는 시공을 뛰어넘어 시인의 당대적 삶을 비춰주는 거울이 되었고, 그 거울에 얼굴을 비춰본 시인들에겐 작품창작의 원천이 되었다. 설화를 수용해 개성적 시 세계를 구축한 시인들은 살펴보면, 우선 설화 수용의 선구적 역할을 김소월을 꼽을 수 있다.

김소월은 1920년대 민요시를 통해 일제 강점기의 현실적 상황을 우회적으로 담아냈다. 김소월은 반복과 열거라는 민요의 특성에[3] 설화의 口演式 화법을 결합시켜 시의 율격과 화법을 얻었고 이를 민요조의 가락으로 실어냈다.

설화는 구전방식까지 구전되는 특성을 지니는데, 김소월은 설화의 구전방식을 활용한 독특한 언어운용법과 정서적 의미구현을 통해 당시 현대시의 새로운 영역을 구축했다. 또한 설화의 차용에서 비롯되는 알레고리를 효과적으로 활용하여 현실에 대한 우회적 대응을 용이하게 하고, 민중적 정서와 공감에 기대어 현대시의 대중적 독자의 저변 확대에 기여했다.[4]

김소월은 또 민요의 율격을 가장 높은 수준에서 근대시로 성취해냈다는 평가를 받았지만, 1920년대의 민요시가 현실에 대한 관심을 은폐하는 대신 전통적인 정서나 향토적 정취란 이름의 퇴영적인 세계로 함몰하고 만 것이란 지적을 받기도 했다.[5]

김소월은 「접동새」를 비롯해 「물마름」 「어버이」 「부모」 등의 작품을 『진달래꽃』(1925)에 수록했는데, 그는 전래 설화에서 한국인의 전

---

3) 감태준, 「근대시 전개의 세 흐름」, 『한국현대문학사』, 현대문학사, 1997, p.136.
4) 정끝별, 『패러디 시학』, 문학세계사, 1997, p.97.
5) 감태준, 「근대시 전개의 세 흐름」, 『한국현대문학사』, 현대문학사, 1997, p.137.

통적 恨을 발견했고, 이를 시로 형상화해서 민족의 보편적 정서를 환기시켰으며 당시 서구 문예사조에 휩쓸린 시단에 향토적 정서의 소중함을 일깨워 주었다.

설화는 서정주의 가장 매력 있는 서정적 충동이면서 상상력의 원천이 되었다. 서정주는 자신이 설화에 천착하는 이유를 "그 民族의 上代부터 고유하게 傳來해 내려온 傳統이야말로 民族의 本質인 가장 중요한 것이요, 또 이것은 거의 完全 死滅되는 일도 없기 때문"라고 말한 바 있다.[6]

서정주는 가장 광범위하게, 그리고 가장 다양한 방법으로 문헌설화는 물론 구전설화까지 시로 받아들여 독보적 시 세계를 개척했다. 서정주는 우선 설화의 구연식 화법을 특유의 구어체식 어법으로 재창조했는데, 그 어법엔 해학과 유머가 깔려 있다. 김소월과 김영랑 등 일제 강점기의 시인들이 설화 전승의 수동적 화자였다면, 서정주는 능동적이고 창조적인 화자가 되어 설화적 구어체와 토속어를 현대시의 중심부로 끌어들였다. 산문시의 형식과 어법을 새롭게 개발하고, 역설과 왜곡의 방법으로 활용함으로서 풍자와 유머를 유도하고, 나아가 현실에 대한 우회적 대응방법을 모색하고자 했는데,[7] 이는 시인이 설화를 다양한 방법으로, 그리고 집중적 수용함으로써 구축된 성과였다.

그렇다면, 설화는 서정주의 시 세계에 어떤 영향을 준 것일까. 서정주는 설화를 수용함으로써 첫 시집 『花蛇集』(1941)이 보여준 초기 시 세계의 악마적이고도 관능적인 생명력의 몸부림으로부터 정신적 안정을 얻을 수 있었다. 그의 『徐廷柱詩選』(1955)은 한국 현대시문학

6) 서정주, 『서정주문학전집』 제2권, 일지사, 1972, p.299.
7) 정끝별, 『패러디 시학』, 문학세계사, 1997, p.97.

사에 설화 수용의 적극적인 양상과 새로운 국면을 제시했다. 이때부터 서정주는 일제강점기 이후 단절된 신라정신, 불교정신을 스스로 계승하고 肉化하여[8] '신라정신' '영원주의' '영통주의'로 불리는 독창적인 시 세계를 구축했다. 그는 설화를 수용한 200여 편의 시를 통해 한국인의 원형적 심상을 환기시켰고 서구 문예사조에 경도되어온 한국 시문학사에서 한국 현대시의 주체성을 확립해나가는 튼튼한 지주가 되었다.

『徐廷柱詩選』에서 출발해[9] 『新羅抄』(1960) 『冬天』(1968) 『徐廷柱文學全集』(1972)을 거쳐온 그는 『질마재 神話』(1975)에 이르러 설화의 '집단서사'를 '개인서사'로 바꿔놓았고, 절정기로 치닫는 그의 시 세계는 설화 수용의 궤적이기도 했다.

박재삼은 『春香이 마음』(1962)에 『春香傳』을 선행 텍스트로 한 11편의 시를 집중적으로 게재했다. 박재삼 역시 설화의 문답식 구연 화법을 받아들여 자신이 『春香傳』에서 발견한 '순정의 세계' '정한의 세계'를 토속적인 구어체의 가락으로 풀어냈다. 박재삼은 설화를 시에 수용함으로서 민족적인 원형과 전통을 시에 도입하여 전통적 시 세계를 적절히 표현하고 있으며, 비애를 바탕으로 하는 恨의 전통적 정서를 오늘날에도 계승할 수 있다는 가능성을 열어주었다.[10]

박재삼의 시는 눈물과 탄식, 비애의 정서는 넘칠 듯 넘칠 듯하면서도 균형과 조화를 이룬다. 이는 '춘향' 시편에서 나타나듯 '우물집이었을레' '아니었을레' '눈물져 올 줄이야'라는 식의 유보적 서술태도 때문이다. 박재삼은 『春香이 마음』에 실린 시를 통해 한국인의 서

---

8) 서준섭,「전통의 수용과 시적 재창조」,『시안』, 2000년 겨울호, p.34.
9) 서정주의 두 번째 시집 『歸蜀途』(1946)에도 「牽牛의 노래」「門열어라 李道令아」「高乙那의 딸」 등 설화를 인용한 작품이 있으나 본격적인 설화 수용으로 보기 어렵다.
10) 신규호,「박재삼론—비애와 절제의 미학」,『한국현대시연구』, 민음사, 1989, p.104.

러움과 恨을 서정적 풍경과 가락으로 담아내는 초기 시 세계를 확립해가게 되었다.

신동엽은 '영지설화' '곰나루 설화' '서동설화' 등 '백제계 설화'를 수용해 시적 인유의 원천으로 삼았다. 신동엽은 4·19혁명의 역사적 뿌리를 3·1운동과 東學혁명에서 찾고자 했으며, '아사달'과 '아사녀', 그리고 '곰나루설화'를 통해 그 뿌리들을 연결시켰다. 이 인물들은 그의 작품을 통시적으로 오가는 하나의 상징이 됐으며, 분단조국의 현실을 드러내는 알레고리적 화두가 되기도 했다. 이처럼 신동엽은 설화를 통해 민중적 상상력의 토대를 굳힐 수 있었다.

그는 주로 인유를 통해 설화를 수용했고, 현재보다 과거, 다시 말해 과거의 사람과 과거의 역사, 그리고 과거의 삶의 모습들을 재현하고자 했다. 그의 복고주의는 과거의 질서 또는 과거의 풍습에 대한 막연한 그리움에 따른 것이 아니라 민족의 순수성의 회복이라는 차원으로 이해되고 있다.[11]

전봉건은 장시 「春香戀歌」를 통해 '춘향 설화'를 집중적으로 수용하면서 감각적인 이미지를 활용한 역동적 상상력을 보여주었고 설화의 현대적 변용 가능성을 제시했다. 그 내용 줄거리를 전달하기보다는 주인공의 심리를 보다 생기 있게 공감시키고 확대시키는데 기여했고 구속된 삶으로부터의 구원은 사랑의 완성에 의해서만 가능하다는 구속과 자유, 사랑의 완성이라는 주제의식을 강하게 전달시키는 효과를 거두고 있다.[12] 언어사용에서 있어서도 선행 텍스트의 고전적 문장을 생동감 있는 구어체로 바꿔 현대적 감각에 접합함으로서 말의 미적인 조응을 이루어내었다는 평가를 받았다.[13]

---

11) 신경림, 「역사 의식과 순수언어—신동엽의 시에 대하여」, 『민족시인 신동엽』, 창작과비평사, 1999, p.34.
12) 임문혁, 「한국 현대시의 전통연구」, 한국교원대 박사논문, 1992, p.99.

김춘수는 무려 32년간 「處容」 시편을 썼다. 그 원동력은 '처용'이 본 '다리 넷'의 상황이었다. 처용이 '다리 넷'을 보기 전까지의 세계는 처용이 뭍으로 올라오기 전 근심걱정 없던 '바다 밑 세계'로 연결되고 '신화적 세계'를 상징한다. 반면 아내의 간통을 목격한 이후의 세계는 '疫神'으로 대표되는 폭력의 세계, 현실적 공간을 뜻한다. 김춘수는 처용의 '바다 밑 세계'를 자신의 유년시절과 동일시했고, 疫神 앞에서 忍苦行의 춤을 춰야 했던 처용의 처지를 역사로부터 폭력을 당한 자신의 경험과 결부시켰다. 김춘수는 처용과 자신을 동일선상에 돌려놓고 「處容斷章」(1969~1991)을 시작했는데, 이 작품은 그의 시작활동의 중심부를 이루었다.[14] '처용 설화'는 중기 이후 김춘수의 시 세계를 이끌어간 시적 오브제이자 인식론적 화두가 되었다. 이러한 고전 설화의 해석은 매우 현대적이며 여기서 특유의 예술가적 안목과 창조적 에너지를 볼 수 있다.[15]

송수권은 주로 설화의 현장에서 느낀 체험을 시로 형상화했는데, 선행 텍스트를 읽은 시인의 체험과 현장체험이 융합되어 하나의 텍스트가 탄생되는 전형을 보여주었다. 송수권은 70년대부터 「춘향시편」 이외에 「아도」 「정읍사」 「달노래」 등의 작품을 꾸준히 발표했는데, 토속적 정한의 세계를 해학적인 정경과 남성적인 가락으로 담아내 주목을 끌었다.

이밖에도 김영랑 · 조지훈 · 박제천 · 강은교 · 최하림 · 이하석 · 윤석산 · 문정희 · 정일근 등의 시인들이 설화를 수용했으며, 그 변별적 양상이 텍스트 생성의 의의를 보여주었다. 그러나 자신의 작품 세계를 열어가고 구축하는 핵심적인 모티프가 되진 못했다.

---

13) 하현식, 『한국시인론』, 백산출판사, 1990, p.231.
14) 서준섭, 「순수시의 向方」, 『작가세계』, 1997년 겨울호, p.34.
15) 서준섭, 위의 논문, p.38.

문학적 언술은 다중의 메시지를 도착지인 독자에게 전달하는 수많은 약호들로 구성된 길이다.[16] 시인의 창작활동은 역사적 시간의 흐름 속에서 변화의 미적 가치를 발견하고 산출하려는 '욕망의 분화 원리'와 기억의 지속을 재생시키는 '지속원리'의 상호충돌에 의해 전개된다. 설화를 수용한 시인들은 '설화 체험'을 시 창작의 실존적 삶으로서 다시 한번 체험해냈고, 개별적인 시작품의 변화를 통해 설화 전승의 가치를 확인해 주었다.

2. 시문학사적 의의

한국 현대시는 1920년대 김소월에 의해 처음으로 설화를 수용하기 시작했는데, 그 첫 단계는 '재구술'이나 '인용' 등 단순하고 초보적인 '선언어군의 재현'이었다. 이러한 유형은 시인의 내면에서 우러나오는 체험의 형상화가 아닌, 또 하나의 전승행위였다. 따라서 설화 수용 초기의 한국 현대시는 '개인 체험'의 발현보다 '종족 체험'을 확대시키고 부각시켰다.

그러나 서구의 문예사조가 물밀 듯 유입되고 일제강점기를 맞아 전통문화가 침몰되어갈 때, 한국 현대시는 설화가 지닌 민족의 생활감정과 상상력, 그리고 집단무의식을 담아냄으로서 한국인의 전통적 정서와 동질성을 확인시키는데 기여했다. 뿐만 아니라 설화의 口演화법을 받아들여 한국적 어법과 가락을 가지게 되었다. 그 어법과 가락은 한국 詩歌文學의 전통을 이어받지 못한 한국 현대시의 귀중한 자산이 되었다.

____

16) 동시영, 『현대시의 기호학』, 미리내, 2000. p.157.

1930년대의 한국 현대시는 프로문학과 모더니즘, 그리고 언어미학을 추구하는 '시문학파'의 시적 경향이 혼재되어 있었다. 따라서 이 무렵의 한국 현대시는 경향적 특성만 보여주었을 뿐, 詩歌문학이나 說話문학의 전통을 이어받지 못했다.

1930년대 후반과 40년대의 초반 오륙 년이란 시기는 우리의 현대문학사에 있어서 가장 불행한 '문학적 암흑기'였다. 한국 현대시 또한 '암흑기'를 걷게 되는데, 한국 현대시는 1950년대에 이르러 서정주가 설화를 소재로 한 시를 발표하기 전까지 설화를 거의 수용하지 못했다. 일제 강점기와 해방공간, 그리고 6·25를 거쳐오는 동안 서구 문예사조의 유입과 이데올로기의 대립, 그리고 전쟁의 참상 등 한국 현대사의 질곡을 담아내는데 관심을 쏟았기 때문이다.

이 같은 과정을 거쳐온 한국현대시문학사는 1955년 서정주의 『徐廷柱詩選』이 출간됨으로서 설화 수용의 획기적인 전기를 마련하게 되었다. 이 시집은 설화 소재의 시적 변용 가능성을 다양한 기법으로 보여주었고, 일제강점기 이후 단절된 한국인의 삶의 원형적 심상을 환기시켰다.

1960년에 이르자 한국 현대시는 비로소 설화 수용의 '개화기'를 맞게 된다. 서정주를 비롯 박재삼 신동엽 전봉건 김춘수 등의 시인들이 설화의 인물과 사건을 집중적으로 시에 수용, 양적으로도 풍성한 성과를 낸다. 특히 서정주는 문헌설화는 물론 구전설화까지 폭넓게 수용함으로서 서구 문예사조에 경도되어온 한국 시문학사의 주체성을 확립해나가게 된다. 이때의 한국 시단은 '영지설화' '곰나루 설화'를 인유의 원천으로 삼아 4·19혁명의 좌절과 민족분단의 뼈아픈 현실을 담아낸 신동엽을 배출하게 되는데, 신동엽의 민중적 상상력은 이 같은 설화를 바탕으로 구축됐다. 뿐만 아니라 김춘수가 '처용'을 시적 오브제이자 인식론적 화두로 삼아 「處容斷章」을 쓰기 시작했는데, 이로 인해 한국 현대시는 고전 설화를 상징적이고도 현대적인 문법으로 변용한 특이한 사례와 성과를 지니게 되었다.

1960년대의 시인들은 주로 『春香傳』을 선행 텍스트로 삼았다. '춘향'은 지금까지 한국 현대시에 가장 많이 등장한 설화적 인물로 1960년대의 한국시는 주로 '옥중 춘향'의 '일편단심'을 주목했다. 박재삼은 '춘향의 일편단심'에서 '애틋한 순정의 세계'를 보았고 전봉건은 '사랑의 비극적 굴레'로 읽었다. 이는 시인의 개성에 따른 해석이지만 '사랑의 순수성'을 옹호하는 당대적 삶의 가치관이 개입된 것으로 보인다. 1960년대의 한국시는 인용과 인유, 모티프의 변용 등 다양한 방식으로 설화를 수용해 시의 소재를 확산시켰고, 그 결과 한국 시단은 풍요로운 개성을 지니게 되었다.

1970년대에 이르자 한국 현대시는 설화의 모티프를 변용하고 설화적 인물을 패러디하기 시작한다. 이는 '선언어군의 확장'이 '선언어군의 전환'으로 바뀌게됨을 의미한다. 전통주의의 소산인 '선언어군의 확장'이 언어적 전통을 포함해 전통적 삶의 원형을 탐구해 새로운 가치를 형성한다면, '선언어군의 확장'은 선언어군의 모형을 위반함으로써 오히려 설화의 전승가치와 생명력을 높이게 된다. 이 같은 작업은 주로 최하림 박제천 송수권 강은교 등의 시인들에 의해 모색됐다. 이때부터 '춘향'은 일편단심의 대명사에서 벗어나 '사회적 인습의 희생자'가 되거나 '사회비판의 메신저'로 변신하고, 나아가 '민중적 투사'가 되기도 했다. 이는 70년대의 정치적 사회적 억압상황이 반영된 셈이다.

1980년대에 이르자 '正典'처럼 여겨지던 고전설화의 모형이 도시시와 해체시에 의해 붕괴되기 시작한다. 시인들은 또 설화의 현장에서 느낀 현장 체험을 통해 고전 설화와의 '비평적 거리'를 갖게 된다. 이를테면 송수권의 경우 『春香傳』의 무대인 전남 남원의 광한루에서

'춘향의 애틋한 사랑'은커녕 '화냥기같은 사랑의 생명력'을 보게 되고, 이하석은 '처용설화'의 무대인 경북 울산의 개운포에서 느닷없이 '처용의 딸'을 떠올린다. 이하석은 6·25직후 미군 동거녀의 딸을 '처용의 딸'로 변용시켜 설화의 모형 자체를 해체했다.

1980년대의 시인들은 '춘향'이나 '지귀'보다는 '처용'을 매력적인 오브제로 채택한다. '처용'은 신적 존재이자 인간이며, 초월자이자 체념자이다. 그 복잡하고 다층적인 인물의 모호한 정체성이 끊임없는 질문을 던진다. 처용은 이처럼 흥미로운 텍스트가 되어 시인들의 상상력을 자극했는데, 처용이 노닐던 '평화롭던 徐伐의 달밤'은 황지우의 「徐伐, 셔블, 셔볼, 서울, SEOUL」에 의해 '룸살롱이 즐비한 서울'로 옮겨져 와 속물화된 자본주의를 고발하는 메타포가 된다. 또 '처용'은 윤석산에 의해 아내의 부정을 지켜보며 자신 또한 황홀한 욕망을 꿈꾸는 '햄릿적 욕망의 대변자'로 패러디되는가 하면, 90년대에 이르러 울산지역 산업공단의 근로자가 되어 나타나기도 한다. 정일근의 「취재수첩·16—處容의 도시」는 설화의 처용을 33세의 공단 근로자 처용으로 패러디해서 대규모 공업단지의 물질적 정신적 오염을 고발하고 있다. 또 문정희는 '처용의 아내'를 시적 화자로 내세운 「처용 아내의 노래」를 통해 '다리 넷'의 상황은 애당초 없었다고 말한다. 처용이 월경중인 아내의 개짐을 疫神으로 오인했다며 「處容歌」의 구전가치에 대한 역설적 의문을 제기한다. 한국 현대시는 1980년대 이후 설화를 다양하고도 집중적으로 수용하지 못했다. 그러나 텍스트 생성의 여러 양상들을 골고루 보여주었다.

이 같은 양상들을 볼 때, 결국 설화는 시인들의 독창적 시 세계의 오브제가 되었고, '현실적 자아'의 갈등 속에서 '피안의 세계'를 지향하는 초월적 비전을 꿈꾸는 질료가 되기도 했다. 설화는 또 당대의 현실적 삶을 실존적으로 극복해내는 창조적 예술활동의 원동력이 되

었고 시인들은 설화의 서사성과 상징성을 통해 삶의 본질과 현상의
상관관계를 해명하고자 했다. 그 결과물이 곧 시였고 시의 진의가 되
었다